京都粟田焼窯元　錦光山宗兵衛外伝

粟田、色絵恋模様

Kazuo Kinkozan
錦光山和雄

開拓社

粟田、色絵恋模様

京都粟田焼窯元　錦光山宗兵衛外伝

目次

父雄二、妻博子と縁あるすべての人々に捧げる

第一章　宗兵衛と二人の女

一

井上千恵が祇園の舞妓となったのは、まだ寒さが残る早春のことであった。

その日、千恵は鏡のまえに座り、髪結いに髪を結ってもらっていた。肩から腰にかけて、少女らしい硬さが残っており、赤い座布団に正座した小さなお尻からはみ出した足の裏が紅みを帯びて、あどけなさを感じさせていた。千恵はまだ十三歳であった。

「この娘《こ》も、うちで遊んで暮らしていたらええのに、あてに似て芸事が好きで舞妓に出るというてきかぬのや。天満屋はんもそないに好きならやらしたりいなとお言いやすし」

母親のお蓮がつぶやくともなくつぶやき、自分も一度は結った髪だと思いながら、髪結いの手が動くたびに、舞妓らしい髪型に変っていく千恵をじっと見つめていた。

天満屋というのはお蓮の旦那であった。彼は大阪の有名な興行師で、雁治郎、梅幸といった一流の若手の役者衆とも関係が深く、京都の南座で顔見世興行を何度も打っており、飛ぶ鳥をおとす勢いであった。そんな天満屋が芸妓であったお蓮を落籍して、祇園の大和橋近くに朝乃家というお茶屋を開かせたのは、お蓮がまだ二十二歳の時であった。翌年、お蓮は千恵を生み、チャキチャキの女将として朝乃家を切り盛りしてきたのである。

「まだどすか?」

朝子が待ちきれないのか、すっかり晴れの黒紋付の衣装を身につけ、部屋に入ってきた。彼女は、ほとんど出来上がった千恵の髪型を眺め、自分もちょっと髪先に指先を当て、ポンと帯をたいて首筋をシャンと立てた。朝子は華やかな顔立ちで、その襟首には薄紅の白粉《おしろい》を刷《は》いた下地に、黒い日本髪が艶々と輝いて目が覚めるような二十七歳のあだっぽさであった。

朝子は、二十一歳の時からつい先年まで旧島原の城主で貴族院議員大平子爵の想いものとして、島原の城にも住んでいたこともあり、また東京のお屋敷にも住んでいた。東京暮しの時は、時の大臣や紳士淑女の夜会にも大平子爵と馬車に乗って行ったことがあり、今でも英国風の肩の上が張り、コルセットで細く締めつけたロングスカートの夜会服に身をつつんだ貴婦人姿の写真が残っているはずであった。しかし、大平子爵が逝去すると再び芸妓としてもどり、いまや祇園の名妓として押しも押されぬほどの評判をとっていた。

お蓮と朝子は、父親《てておや》違いの姉妹であり、二人の亡くなった母親は、祇園町でも名うての髪結いであった。祇園には父親を知らず、子供心にもそれが少しも不自然なことと考えていない子供が大勢いた。お蓮も父親を知らずに育ち、母親に父親のことを聞いたこともなかった。それでも、自分にはまだ天満屋という旦那がいて、千恵も天満屋が父親であることは知っている。それが救いといえば救いだが、いくら舞が好きだといっても、千恵をそんな世界に送りこむことに一抹の不安を感じていた。

先程まで台所でチンチンと鳴っていた鉄瓶がひっそりとしているのに気がついて、手伝いの小女《おちょぼ》が炭籠《すみかご》から炭を二つ三つつぎ足した。早春といっても、まだ春になりきれぬ寒気が伝わってくるのであった。

「まだ、でけんのかいなあ」と、隣室から声がした。天満屋の待ちわびた声であった。

「もうじきどすわ、お父さん」と、お蓮が答えると、「えーい、もう一本飲みまひょうか」と、天満屋が独り言を言って、台所へ立って行く気配がした。彼はでっぷりと肥えていて、明治もだいぶ経つというのに頭にはまだチョンマゲを小さく乗せていた。

「こんなもんどすやろか」

髪結いがお蓮の方へ顔を向けて言った。お蓮は千恵の前にまわって、丁寧に顔の化粧をしてやった。彼女はしばらく千恵の髪型や化粧の様子を眺めてから、「さあ、お立ち」とうながした。千恵が立ち上がると、お蓮が両手で赤い長襦袢《ながじゅばん》を後ろから掛けた。千恵は一人前の芸妓がするように前裾をうまく両脚にはさみ込んで白タビをはいた。

男衆《おとこし》の作造が、慣れた手つきで着付をしていき、だらりの帯をぎゅっと力強く締めた。「さあ、でけあがりどっせ！」という声に、いつの間にか部屋に入って来て、うっとりと打ち眺めていた天満屋の赤い顔に微笑が湧き、「ワア、きれいにでけたなあ、成駒家はんに見せたら、なんちゅうてほめてくれるやろか」と、チョンマゲをふるふる震わせながら感嘆の声を上げた。

「あんたはんはお気楽でええなあ。男はんはお金と種を出せばそれでおしまいや。おなごはそういうわけにはいかへんのどす」とお蓮が少しやりこめるように言った。

金と力のある男たちはお茶屋に遊びに来て、酒を飲みながら芸舞妓の舞いを見て、そのなかで気に入った妓がいれば大金を惜しげもなく注ぎ込み、落籍して囲い者にする。お蓮は、内心この天満屋かてかなりの悪党や、自分にお茶屋を任せてくれてはいるが、大阪に本妻がいて京都に仕事があるときに朝乃家に寄り、お蓮を抱いて帰る、そんな道楽者の一人ではないか。そう思うと、憎らしくなってきて、天満屋のほっぺたを思い切りつねってやりたくなるのだった。

「そないなことというたかて、千恵も今日から舞妓になるさかい、わしは一言いうておきたいことがあるのや」

天満屋が何を思ったのか神妙な顔つきをして言った。

「なんどすか、その一言というんは？」

「千恵も芸で身を立てるなら、出雲の阿国《おくに》のように天下一の女といわれるほどになってほしいということや」

「出雲の阿国？　そら、誰どすか？」

千恵がキョトンとした顔をして尋ねた。

「出雲の阿国というのは、幼い頃から出雲大社をはじめ全国の社寺を巡業して、疫病神を追い払う、ややこおどりを踊っていたのや。それが娘盛りになって、北野天満宮でかぶきおどりを踊って大評判となり、天下一の女といわれるようになったのや」

天満屋がもの知り顔で言った。

「そないなことをいうたかて、阿国がはじめたのは歌舞伎で、舞妓の舞とは違うやないか」お蓮が少し不満げに言った。

「昔は芝居も遊芸も悪所というてな、根っこは同じようなもんやったのや。違うのは、阿国が男の格好をして踊ったことや」

「どないな格好やったのやろか」お蓮が好奇心まるだしで尋ねた。

「阿国がかぶきおどりを踊っていた頃は、まだ戦乱の時代で、若者たちは、男髷《まげ》に鉢巻を締め、腰に大刀脇差を差し、首から南蛮趣味の水晶の十字架や黄金の鎖をかけた異様な風体をして、南蛮渡来の煙草を吸い、京の町を跋扈《ばっこ》していたのや。阿国はそんな異装のかぶき者の格好で踊ったさかい、やさぐれて生きていた若者たちに現世の色恋という慰みを与えて、大喝采《だいかっさい》を浴びたのや。それで風紀が乱れて、おんな歌舞伎は禁止されて若衆歌舞伎になったのや。それでも、前髪を美しく結った若衆に魂をうばわれて、男色に走る男や情死するおんなが出て、それから前髪を切った野郎歌舞伎が今日まで続いているのや」

天満屋が興行師らしく一席ぶった。

「室町から戦国時代というのは、なんや面白い時代だったんどすなあ」

「そうなのや。室町から戦国時代というのは、戦乱や疫病、天変地異のあった乱世やったけど、自由奔放で痛快な気風の時代でもあったのや。それが、徳川幕府の秩序が整うと、新しい力を秘めたものは禁止されて影を潜めてしまったのや。新しいもんは自由な気風がないと生まれてこないのかもしれへん」

天満屋が弁舌を振るっている。

千恵は難しいことはわからなかったが、自分も舞妓として店出しする以上、舞で身を立てて生きていけたらと心のなかで願っていた。

「そろそろ行きまひょか」と朝子にうながされて、千恵は階下に降りて行った。

玄関先で、お蓮が燧石《ひうちいし》をカチッカチッと打って送り出すと、男衆の作造に付き添われて、千恵と朝子は舞の師匠やお茶屋などの主な家を一軒ずつ挨拶にまわって行った。

祇園町の北側から始めて花見小路のお茶屋の挨拶を終えたのは昼もだいぶまわった頃であった。さすがに千恵も重い衣装を身につけ、慣れないポックリをはいて足取りも重くなっていた。千恵たちが祇園白川にかかる巽《たつみ》橋のたもとまでくると、しだれ柳の新芽が風に揺れるなかを、幼なじみの柳川民が姉さん芸妓のお福と一緒にやってくるのが見えた。お民は千恵と同じ歳であり、幼いころから舞やお囃《はや》しを一緒に習った仲であった。たまたま舞妓としての店出しが同じ日になっていたのである。

「お民ちゃん！」

千恵が満面の笑みを投げかけた。お民も笑みを返したが、頬をこわばらせながら上目使いに千恵の方へ目をやった。どないしたんやろか……と、千恵が一瞬顔をくもらせた。

「お民さんも今日店出しやったのやなあ。精々おきばりやしておくれやす」と、朝子がどこかぎこちない空気をほぐすように言った。「へえ、おおきに、朝子さん姉さん、よろしゅうおたのもうします」と、お民が硬い表情のまま頭を下げた。

挨拶を交わしているあいだも、お民はしきりに千恵の衣装に目をやっていた。千恵の衣装は天満屋が金に糸目をつけずにしつらえさせた裾に御所車が描かれ、金糸で彩られた扇面の帯という豪華なものであった。それにひきかえお民の衣装は裾に桜の花を散らしたものであったが、どこか冴えない色づかいで、その差は歴然としていた。

「ほな、お先に、失礼させてもらいます」

朝子の声にうながされて、千恵が狭い巽橋を渡って行った。お民の一行は気おされたかのように佇んでいた。千恵が通りすぎようと、二、三歩行きかけたとき、伏し目勝ちにしていたお民がうっすらと目を上げて声をひそめて呼びとめた。

「千恵ちゃん、ちょっと話があるさかい待っといておくれやす」。千恵が足をとめると、「千恵ちゃんとちょっとだけ話していくさかい先に帰っておくれやす」と、お民はお福に声をかけた。

幼なじみの二人の少女は橋の上で向かい合った。

年かっこうは同じでも二人は対照的であった。千恵は通りを歩いていると、すれ違った男が振り返るほどの美少女であったが、色白でほっそりとしたなで肩をしており、どこか弱々しそうで放っておけないようなところがあった。それに対して、お民はどちらかというと筋肉質で勝気そうな目をしていて、少女ながら世間慣れしているような感じがあった。

「うちら舞妓になったさかい、今日からは、幼なじみというたかて、どっちが祇園一の舞妓になるのか勝負せなあかんのや」お民が言った。

「えッ！」

千恵は思いがけない言葉に息をのんだ。

「あては、継母の、テカテカ頭のびんずるお源の手で祇園町へ来たんや。仕込みとして年季奉公して、やっと舞妓になれたのや。千恵ちゃんみたいに、身内でお茶屋しとって、道楽半分にやってはる妓とはちがいますね」

お民が二重まぶたの大きな目を見開いて言った。

彼女は生みの母がはやり病にかかって早く亡くなり、元芸妓仲間のお源に養女として育てられ、八歳になると、置屋の時乃家に小女《おちょぼ》として奉公に出され、苦労してやっと舞妓になれたのである。

育て親のお源は女ながら禿《はげ》ていたので、陰で〝テカテカ頭のびんずるお源さん〟と呼ばれていた。お源は朝乃家にもちょくちょく顔を出しては、猫なで声で「お蓮さんはいつ見ても、お若うておきれいどすなあ」とお世辞を言って、びんずる頭をすりむけるほど下げて、小銭をせびったり、酒を飲ませてもらったりしていた。かつて芸妓であったお源は、いまや容色はすっかり衰え、絵草子に出てくる山姥《やまんば》のように頬はこけ、酒やけで肌もどす黒くなっていた。

千恵がお民に反発するように言った。

「道楽とはちがいますねん。うちかて、一生懸命舞の精進しているのや」。「あて、千恵ちゃんとはちがうのや。一日もはよう売れっ子の舞妓になって、一本でも多くお花を売らなあかんのや。びんずるばあさんにも、お小遣をやらんとあかんのや」。「そんなこといわんと、これまでみたいに一緒に舞のお稽古をしたら、それでええのとちがいますか」。「あて、千恵ちゃんのそういうとこがいややねん！」。「そんなッ……」。「自分は家つき娘やいうて、お高くとまってはるのや！あては好きで舞妓にならはったような、お気楽なあんたに負けるわけにはいかへんのや」お民が千恵をにらみつけた。目の奥にメラメラと炎が揺らめいている。

千恵は一瞬たじろいだ。お民のいうように、千恵はお蓮がお茶屋を経営していることもあって、よその置屋に奉公せずに、朝乃家の家つき娘として自前で舞妓の店出しをしたのである。自前で店出しをするとなると、舞などのおけいこ代、衣装、ご祝儀などすべての費用を持たねばならず親によほど甲斐性《かいしょう》がないとできないことであった。

そう思うと、小さい頃から小女《おちょぼ》として時乃屋に奉公して舞妓になったお民にすまないという気持が湧いて来た。だが、それを振り払うように、

「あてにとって舞は命やさかいに、うちかて、舞のことやったら、いくらお民ちゃんいうたかて、負けるわけにはいかへん」と言って、お民を正面から見すえた。

祇園に生まれ育った千恵にとって舞には特別な思い入れがあり、舞だけを見つめて生きていきたいと思っていたのである。

「ようういうておくれやした。これで決まりや。あてかて、舞でもなんでもあんたに負けしまへん。覚えておいておくれやす」そう言うと、お民はくるりと背をむけて、振り返ることなく足早に立ち去って行った。

お民の後ろ姿を見送りながら、どうしてこんなことになってしまったのだろうかと悲しい気持で思いを巡らしていると、三カ月前の歌舞練場の稽古場《けいこば》の情景がよみがえってきた。

お民が稽古場で舞を舞っていると、師匠の片山八千代が扇子でピシャリと膝を打った。

「お民はん、どないなつもりで、そないな顔をして舞っているのや」

「えっ！」

お民は凍りついたように動きを止めて、「お師匠さん、そないな顔って、どないな顔どすか？」

と、戸惑ったように尋ねた。

「梅干を口に含んだような、酸っぱい顔をして、うちをにらんでいるやないの。うちになんぞ恨《うら》みでもあるのかいな」

「いや、恨みなんて、これぽっちもあらしまへん。あては心をこめて舞っていると、にらむような顔になってしまうのどす」

そう言ってお民は顔を伏せた。

「人をおちょくるのもええかげんにおしやす。ええかッ、お民はん、舞というもんはいつも涼しい顔して舞わんとあかんのや。それなのに、あんたは人をにらんだり、思い切り早く身体を動かしたりして、動きが派手すぎるのや。お腹に力をこめて、足のはこびはもっとゆったりとして、上品に舞わなあかんのや」

師匠が矢継ぎ早に小言を繰り出してくる。

「お師匠さん、そないにいわはるけど、顔に表情が出てもええのとちがいますか。それに動きをキビキビさせた方がお客さんも喜ぶのとちがいますか」

「なにトンチンカンなことをいうてはるのや。そないなことをいうてはるから、お民はんはいつまで経っても上達せいへんのや。舞というのは、息をつめて心静かに、無駄な力が身体にかからないように舞わなあかんのや」

「そやけど……」

　お民は不満そうに口を尖らせた。

「舞は心と技の両方から極めていかんとあかんのや。あんたの舞は舞とはいえへん。それにひきかえ、千恵はんの舞ははんなりとしてええ舞や。お民はんも少しは千恵はんを見習ったらどうや」

「へい……」

　お民は屈辱感を噛みしめるようにピクリと肩を震わせると、川に転げ落ちた子犬のようにしょげ返っている。

「あの……」

　千恵が思わず声をかけようとしたが、お民が暗い目をして千恵をにらみつけるので押し黙ってしまった。

　千恵から見れば、お民の舞は動きが敏捷《びんしょう》で手や足さばきがキビキビしていて、決して悪い舞ではなかった。ただ、お民は舞うときに、顎《あご》をひいて口を少しへの字に曲げ、きつい目でにらむ癖があった。あどけない十三歳の少女が見せる、どこか世をすねたような凄みのある妖艶な表情は真似しようとしても出来ないことであった。千恵はお民の男を挑発するようなその表情に内心舌を巻いていたのである。だが、舞の師匠にはそれが気に入らないようであった。

歌舞練場からの帰り道、お民が不満そうに言った。

「お師匠さんはああいわはるけど、あては取り澄ましたような舞やなくて、キビキビした舞のほうが好きなんや。舞かていろいろ工夫して新しいものを取り入れていった方がええのとちがうか。千恵ちゃんはどう思う？」

「あては舞というのは、動きはゆったりしていても、いろんな動きがそのなかにこめられていると思うのや。そやから、舞うときには、足のはこびに注意して無心で舞うのが一番ええと思うのや」

「そうどすかッ。お師匠さんがいわはる通り、千恵ちゃんは優等生や。お師匠さんにほめられて、さぞかしええ気分やろな」

お民が蜂の一刺しするように皮肉たっぷりに言った。

「…………」

「千恵ちゃんは少しもあての気持なんてわかってくれへんのやな。あてはお客さんが喜んでくれることなら何でもするつもりや。それで人気ものになって、お花をたくさん売ってお金を稼がんとあかんのや」

「お民ちゃん、あてら、そないに、お花、お花といわんでも、舞さえ舞っていたら、それでええのとちがいますか」

千恵がそう言うと、お民が「チッ」と舌打ちした。

「千恵ちゃんはお金なんていらへんというて、さすが家つき娘や。それで、千恵ちゃんはあてみたいにお金のために舞妓になる女を見下してはるのやろ」

「そんな……」

千恵が言葉を失った。

「あてと千恵ちゃんとは、天と地ほど差があるのや。千恵ちゃんは家つき娘やさかい、舞妓になってもお気楽に生きていけるのや。そやけど、あてみたいに親なしはお金の心配をして生きていかないとあかんのや。そんなん、不公平とちがいますか」

お民はそう言って唇を噛んだ。

彼女は胸のなかで世の中はどうしてこんなに不公平にできているのだろうかと思った。お母ちゃんが早く死んでしもうただけで、どうして自分は惨めな思いをしなければならないのか。両親が病気になったり、亡くなったり、そんなことは誰にでもあることやないか。みんな、そんな不幸な出来事と隣合わせに生きているのとちがうのか。それなのに、運よくそんな不幸に見舞われなかった者は、その幸運をまるで自分の能力のように思って人を見下しよる。見下された者は、自分は努力が足りかったのや、自分はダメな人間なのや、と心が壊れてしまうほど自分を責めまくる。ああ、こんな世の中はいやや！　そんな思いが胸のなかを駆け巡っていたのである。

千恵は稽古場の光景を思い出しながら、そうや、あのとき、お民ちゃんはあてと袂《たもと》を分かつ決意をしたのや。同じ祇園生まれの舞妓としてともに精進していこうと思っていたのに、ほんのちょっとしたことで、人の心というものは離れてしまうものなのだろうか。それは悲しくやり切れないことであった。千恵は、背筋に悪寒のようなものが走り抜けるのを感じてブルと身体を震わせた。いつか、何かとんでもないことが起こるような嫌な予感がしたのだった。不幸にも千恵のこの予感はあたり、二人の人生に深い陰翳を与えていくことになるのである。

それからしばらくして、千恵が重い足どりで帰宅すると、お蓮が「よう、おきばりやしたなあ、少しお休みやす」とねぎらいの言葉をかけた。千恵が浮かない顔をして二階に上がって行くと、朝子がお蓮に「今日はお民さんもお披露目でな、途中でばったり出会うたのや、あんまりパッとせん衣装を着てな、お福さんが引いてはったんやけど、お民さんたら、うっすりと眼を上げて、まるでお千恵をにらむようなかっこうやった」と耳打ちした。お蓮はそんな言葉を聞いて、なにやら心を悩ましている様子であった。

それから半年ほど経って、舞やお囃子《はやし》のおさらいを発表する総ざらいの会である温習会が歌舞練場で開かれていた。

一幕終った頃に、天満屋がやって来て、「雁治郎はんも、梅幸、福助はんも一緒にと思ったけど、わしがみんなの代表で見に来たようなもんや」と、上機嫌でまくし立てた。でっぷりと肥えたチョンマゲ姿の天満屋と小柄で色白なお蓮が並んで桟敷席に座っていると、桟敷裏の廊下を通りすぎる芸妓や女将たちが、「またチョンマゲ姿の天満屋はんが、お蓮さんに会いにきてはる。あの方、京都で顔見世やったり、芝居打ったり、なんやしら大阪より京都での催し物が多いのも、本妻さんの手前、京都へ来るのに都合よろしさかいやそうですえ、ホッホッホ」と、囁《ささや》いて通り抜けて行くのだった。

実際、天満屋は京都でいろいろな興行を行ったが、その陰にはお蓮がいろいろ助言したというのがもっぱらの噂であった。お蓮は歌舞伎に造詣が深いだけでなく、ありきたりの女であることに満足せず、「西郷と月照」という小説を書いたり、英語を習ったり、何でも新しいことに興味を持つ、変わり種で、どこか芸術家肌の女であった。

やがて演目が〝五条の橋〟となった。チョン、チョン、チョンと拍子木の音で幕が引かれ、舞台は五条大橋のたもとの場景となった。遠景には京の町と東山の峰が霞むように見え、富菊の演じる弁慶が七ッ道具を背負い、橋の上で大薙刀《おおなぎなた》を抱えこみ、見得を切っていると、妙《たえ》なる笛の音とともに、ふうわりと白い薄絹を身にまとった千恵が演じる牛若丸が橋を渡ろうとした。弁慶が大薙刀を構えてとうせんぼをしたが、身軽な牛若丸に翻弄《ほんろう》されて、きりきり舞をした。その富菊の演じる弁慶のきりきり舞の面白さは絶品であった。千恵の牛若丸も凛々しくて、そのくせ、えも言われぬ艶っぽさ、まるで舞う水仙のようであった。二人の立ち回りの息がぴったりと合っていささかのすきもなかった。観客は、ほうッ、とため息をついて魅了されていた。幕が下りると万雷の拍手であった。

「お酒にのり巻はどうどすウー、ええ、おせんにサイダーはどうどすウー」と、お茶子が客席をまわっている。間もなく、千恵が舞台衣装を脱いで顔の化粧だけはそのままで客席へやって来た。天満屋は酒で首筋まで真っ赤にしながら、「よかった、よかった、お千恵は十六、七歳位に見えたで、色気も十分やったし、すっきりときびきびした味もよう出てた。おまえみたいなチンコロがあんな大きく見えたんは初めてや」と上機嫌で言った。六十歳近い天満屋にとって、千恵が可愛くて堪らないといった様子であった。

その時、朝子が「ああ、お民さんがあそこに」と言った。千恵がなにげなく振り返ると、お民が客席の間を通っていく姿が見えた。どこへ行くのか見ていると、平升席へ吸い込まれるように入って行き、瀟洒《しょうしゃ》なフロックコートを着た若い男に嬉しそうな顔をして話かけている。「どないしたのやろか、お民さん、舞の出番がないのやろか。あの妓も賢い娘やし芸も悪うないのやけど、もうちょっと愛想というのか、優しさというのか、そういうもんが欲しいなあ」とお蓮がつぶやくように言った。

それを聞いて千恵が顔をくもらせた。幼い頃は、人一倍仲がよく一緒に遊んだ仲なのに、舞妓の店出しの一件以来、お民は千恵と口もきかなくなっていた。

「隣の殿方は、錦光山宗兵衛《きんこうざんそうべえ》さんやないやろか」朝子がつぶやいた。「ああ、そうや、錦光山宗兵衛さんや。二十一歳のときにバルセロナ万博で金牌を受賞して、翌年のパリ万博で銀牌を受賞したと評判の粟田焼の窯元さんや。なんでも、先代の宗兵衛さんが亡くなられて、十七歳で家督を継がはって、七代目錦光山宗兵衛を襲名されたという話や」と地獄耳のお蓮がしたり顔で言った。

お蓮の話では、錦光山宗兵衛というのは、代々徳川将軍家御用御茶碗師を勤めていた京都粟田焼の窯元で、明治になってからは貿易に力を入れ、京薩摩といわれる華麗な陶器の製造を盛んにやっており、祇園でも名の通った人物だという。

千恵が宗兵衛という男の横顔を見つめた。よく手入れされた口ひげをはやし、背筋をのばして座っている。襟の立ったワイシャツにネクタイを締め、グレーのベストを身につけた姿がモダンでよく似合っている。お民はそんな宗兵衛を相手に夢中になってしゃべっている。何をしゃべっているのだろうか。まだ十三歳の少女ながら早熟なところのあるお民は、京都では滅多に見かけないモダンな感じがする宗兵衛に、憧れを抱いているのだろうか。じっと見つめていると、なにか不思議な感情が湧き上がってくる。

そのとき、男が顔を上げ、一瞬、千恵と目が合った。涼しげな目をしてはるお方やなあ、それが千恵の第一印象であった。

宗兵衛が二十四歳の秋のことであった。

二

五条の橋の牛若丸を舞って以来、千恵は若手の花形として祇園で評判になっていたが、十六歳になった頃には舞の名手として祇園に千恵ありといわれるようになっていた。

そんな秋のある日、千恵は、八坂神社の南門前の中村楼のお座敷に朝子とともに呼ばれて出かけていった。二階の大広間に上がっていくと、三十数名の男たちが一堂に会していた。京都の二大窯業地である粟田の艮《うしとら》組合と清水・五条坂の巽《たつみ》組合の二つの組合が解散し、初の統一組合である京都陶磁器商工組合設立の祝いの席であった。

座敷の中央に羽織袴姿《はおりはかますがた》の錦光山宗兵衛が、額の上の少しウエーブがかかった髪をきれいに分けて泰然と座っている。彼は粟田を代表する窯元として統一組合の初代組合長に就任することになっていた。その隣に副組合長に就任する清水《きよみず》の松風嘉定《しょうふうかじょう》が座っている。彼は宗兵衛より二歳下の二十五歳の若さであったが、がっしりとした体格をしていて、すでに大人の風格があった。

「よろしゅう、おたのもうします」と祇園の芸妓、舞妓が座敷に入って挨拶し、それぞれの席に進み出て行った。よく見ると、お民が宗兵衛の脇に座っている。

しばらくすると、白髪の幹事の男が立ち上がった。

「皆様、ご静粛に願います。ここで、このたび、わが京都陶磁器商工組合の初代組合長に就任されます錦光山宗兵衛君から一言ご挨拶があります」

宗兵衛が咳払いをしてゆっくりと立ち上がった。

「このたび、長年の懸案でございました粟田と清水・五条坂の組合を統一し、京都陶磁器商工組合として再出発することになり、ご同慶の念にたえません。これもひとえに皆さま方のご尽力の賜物と感謝申し上げます。時あたかも来年には平安遷都千百年をむかえ、平安神宮が創建されますとともに、京都ではじめて第四回内国勧業博覧会が開催される運びとなっております。この記念すべき内国勧業博覧会におきまして、わが京都窯業界が一層発展していくためには、新しい技法の開発および意匠改革を進めていくことが肝要かと存じます。若輩の身ではございますが、皆さまのご指導をたまわり、全力を尽くしてまいる所存でございますので、よろしくお願い申し上げます」そう挨拶すると宗兵衛はゆっくりと腰を下ろした。

その後、副組合長の松風嘉定の発声で一堂乾杯したあと、白髪の幹事の「ごゆるりとご歓談ください」との言葉を受け、会場ではしばらく談笑が続いていた。お民はめざとく千恵を見つけて一瞬不愉快そうな顔をしたが、宗兵衛に貼りつくようにしてお酌をしている。そのとき、下座のほうが騒がしくなった。

「亀屋はん、やめときなはれ！」まわりの男たちが引きとめているが、酒癖の悪いと評判のある五条坂の陶家の亀屋伊三郎が立ち上がった。「な、なんや、若造のくせして粟田のやつが偉そうに挨拶しおってからに、どういうつもりや！　だいたい粟田の連中は、昔から高級色絵陶器を作っているというて五条坂を日用雑器の荒物を作っていると見下しとったのや。それが明治維新で都が東京に移り、さっぱり売れんようになって、それを輸出で乗り切ったもんやから、粟田の連中はいつも輸出や輸出やと騒いで、輸出が伸びなくなると、今度はやれ技法の開発だとか意匠改革だとかぬかしおって、どういうつもりなのや！」と亀屋伊三郎が吐きすてるように言った。

「亀屋さん、京都で内国勧業博覧会の開催がようやく決まったのです。組合としても全力で取り組んでいくことが大切なのではありませんか」宗兵衛が穏やかな口調で言った。

内国勧業博覧会はこれまで三回とも東京の上野で開催されており、京都では官民挙げて誘致活動を大々的に繰り広げて、ようやく京都開催に漕ぎつけていたのである。

「何をええかっこしてからに！　わしらは天下の京都の陶工や、組合に、やれ技法の開発や意匠改革だとか心配してもらわんでも、なんぼでもええもんを作ってみせたるわ！」

亀屋伊三郎の目がすわっている。

「そうおっしゃいますが、昨年のシカゴ万博ではフランスのセーヴルの陶磁器は完売したというのに、日本の陶磁器は売れ残りが大量に出て、大きな損失が出たのです。これからは国内だけでなく、海外との競争も激しくなるばかりです。技法や意匠改革をしていかないと、欧米に太刀打ちできなくなるおそれがあるのです」

宗兵衛が言葉に力をこめた。

「わしらは国内で通用するもんを作っておったら、それでええのや。粟田の連中はいつも海外と騒ぐさかい、わしは組合を統一することに反対やったのや」

亀屋伊三郎が憎々しげに言った。それを聞いて粟田の陶家も数人立ち上がった。

「黙って聞いておれば、五条坂の連中こそ海外に目をくれんと、国内物ばかり作っておって井の中の蛙やないか。わしらかて、ほんまは五条坂とは一緒にやりとうなかったのや」。「西洋かぶれが、何をいうているのや！」五条坂の陶家も何人か立ち上がった。

宴席は騒然となり、粟田と五条坂の十数人の男がにらみあった。

同じ京都の洛東の窯業地といっても、粟田と五条坂とは犬猿の仲であった。というのも、七十一年前の文政六年（一八二三）に大騒動がおこり、粟田と五条坂の陶家のあいだで、職人、陶土、製品をめぐって激しい抗争が繰りひろげられ、その遺恨がいまもなお人々の心の底に流れていたのである。

そもそも京焼には色絵陶器の大成者である野々村仁清が開いた御室《おむろ》焼、御菩薩池《みぞろがいけ》焼、修学院焼、音羽焼などの諸窯があったが、それらの諸窯は十七世紀後半に没落していった。

そうしたなかで、寛永元年（一六二四）に三文字屋九左衛門が粟田の地に窯を築いた粟田焼は、登り窯による本焼焼成では最古とされているだけでなく、門跡寺院の青蓮院の庇護を受け、「上物」といわれる優雅な高級色絵陶器をつくり、十八世紀初頭には興隆期を迎え、将軍家御用御茶碗師の錦光山家、岩倉山吉兵衛家、禁裏御用の帯山与兵衛家、諸大名御用の宝山安兵衛家など十三軒の窯元と七軒の焼屋がいる最大の窯場となり、微細なヒビの貫入《かんにゅう》の入った玉子色の素地に主に青、緑、金彩を使った色絵陶器を盛んに焼き出してきた伝統と格式を誇る窯場であった。

それに対して、五条坂は「荒物」といわれる日用雑器をつくっていたが、十九世紀に入ると、磁器の製造技術を導入し、染付の磁器をつくりはじめて急激に台頭し、窯も共同で使い、陶家の出入りも盛んな新興勢力であった。その五条坂が焼物問屋と組んで、粟田の職人を引き抜き、岡崎の陶土を買い占め、粟田焼に似た高級色絵陶器をつくりはじめるに及んで「五条坂粟田焼出入一件」という大抗争が起こり、既成勢力の牙城であった粟田焼に手痛い打撃を与えたのである。

錦光山家も例外ではなく、この騒動で存亡の危機に立たされたのである。錦光山家は、正保二年（一六四五）に粟田で創業して、粟田焼の窯元として将軍家御用御茶碗師を勤めてきたが、四代鍵屋喜兵衛の時に騒動に巻き込まれ、細工職人、絵師、裏雇人まで五条坂に引き抜かれ、粟田焼似寄りの品をつくられて、一時は将軍家御用御茶碗師を勤めることが難しくなるほど窮地に追い込まれたのである。四代鍵屋喜兵衛は登り窯を新築するために多大な借金をしていたこともあり、心労のあまり失意のなかで亡くなり、弟の五代鍵屋喜兵衛が跡を継いだのである。

宗兵衛は、まだ父である先代の六代宗兵衛が生きていた頃に、なぜ錦光山家の屋号が江戸時代の途中で鍵屋から丸屋に変わったのか尋ねたことがあった。父は、遥か昔の少年の日々を思い浮かべながら、自分の幼名は文三郎といったのや、と言いながら、次のような出来事を語ったのである。

騒動から四年後の文政十年（一八二七）、文三郎は四歳になり、京の名工といわれていた青木《あおき》木米《もくべい》のところへ修行に出された。当時、青木木米は、六十歳を超えており、口を耳に近づけなければ話し声が聞えずに聾米《ろうべい》と号していた。その前年には妾のおまさとの間に長男の周吉が生まれており、長女のお来《らい》はすでに長じていて祇園で芸妓をしていた。文三郎の父の五代鍵屋喜兵衛が青木木米のところへ彼を修行に出したのは、木米が文人趣味の唐物写しの煎茶器《せんちゃき》などに優れていたこともあるが、磁器の製法を学ばせておきたいという思いがあったのだろう。磁器は、五条坂の「荒物」と粟田から蔑みの眼で見られていたが、硬くて割れにくく、水が浸透しないという優れた特性があり、当時、富裕な人々を中心に流行していた煎茶器にも適していたのである。

「文三郎、おまえは大きうなったら御用御茶碗師を継がなあかんのや。そやさかい、いまからぎょうさん修行して腕磨かなあかんのや」

そう言って、父の喜兵衛は、毎日文三郎を送り出すのだった。幼い文三郎はそれが運命のようによく聞き分け、子供心にも気張らなあかんとこっくりとうなずき、小物座の青木木米の家まで駆け出して行くのだった。

木米のところには、桜太という老ロクロ師がいて、ロクロについては彼から手ほどきを受けていた。桜太はロクロが実に巧みで、素焼の急須《きゅうす》、涼炉《りょうろ》を得意とし、彼の作った急須はいぶし銀のような控えめで渋い品があった。

文三郎が息せき切っていくと、いつも桜太が待っていた。はじめのうちは土遊びのような真似ごとだけであったが、次第に桜太の手ほどきにも熱が入ってきた。

「さあ、ロクロを回してみなはれ。肩の力を抜いて、手全体で土に触るのや」

文三郎は、指先に神経を集中させて、土に指を添えて、ゆっくりとロクロを回した。小さな手にひんやりとした土の感触が伝わってくる。

「土はすべての命の源なのや。その声を聞くのや。土のなかには水の音、風の音、木の音、すべての音が入っているのや。土は必ずそれを伝えてきよる。わしらは、その土の声を聞いて、逆らわずに、そっと手を添えるだけでええ。そうすると、土はなりたい形に自然となっていきよる」

文三郎が土に指に添えると、土が盛り上がり、ひとつの形になっていく。

「だいぶ歪んどるな。ロクロの軸はいつも真ん中で動かないのや。物事には必ず軸があるのや。いつも軸を考えなきゃあかん。そのためには、ロクロに顔を近づけ過ぎてもいかんのや、何でも余り近づくとよう見えんようになる。少し離れて初めて見えるのや」と桜太が言った。

「これでええか」文三郎はしっかりと背筋を伸ばした。「そうや、背筋を伸ばすのや、それでええ」しばらくして小さな盃がひとつ出来上がった。ひとつ、ふたつ……。いくつ作っても同じ大きさにならなかった。

「わしのをよう見ておきなはれ」

桜太は、一塊の土を削りとると、無造作に土をロクロの上に叩きつけ、器用な手つきでロクロの上で回転させた。すると、生命のない土の塊が、手の動きに応じて、小さな動物のように自在に動き始めるのだった。指とヘラの動きに応じて、土はリスが木に駆け上るかのように盛り上がったかと思うと、一転して小さな龍が天を飛翔するように蛇行して広がり、最後に口のところまで膨らむと、壺が出来上がっているのであった。桜太は、一本の糸を取り出して、壺をロクロから切り離し、壺の裏に銘印を押してから傍の棚の上に置いた。こうして出来上がった壺は、極めて薄づくりで、軽く、前に作られた壺と寸部の狂いもないのであった。

文三郎は大きな眼を見開きながら食い入るように見つめている。

「爺《じい》の印は桜の形をしとるなあ。爺は、桜が好きなのか」

桜太は桜好きのせいか給桜亭と号していた。

「そうや、わしは自分を桜の花守と思っておるのや」

桜太はキセルを取り出して火をつけた。

「桜は人を楽しませてくれる。人との縁はわずらわしいもんやけど、桜にはそういうことがない。わしにとって、気がかりなのは、春がきて、いつ桜が咲き、いつ散るかということだけや。今年の桜は、早う散ってしもうて残念やった」

「爺、来年、また見ればええやないか」

「文三郎、おまえはいくつや」

「もうすぐ五歳や！」

「そうか、わしはおまえとちごうて歳やさかい、あと何回桜を見られるかわからへんのや」そう言って桜太はキセルの煙を吐いた。

「爺、長生きしたらええ！」。「おうー、文三郎は元気で、ほんまええ子やなあ」と、桜太は文三郎を抱き締めて、ひげ面を彼の頬に何回も擦りつけるのであった。

四月初め、文三郎は桜太に手をひかれて岡崎の堤に桜を見に行った。

「桜は一年間じっと力を蓄えてから一気に咲きよる。そやけど、そんな風情を露ともみせへん、そこがええとこや」桜太が独り言のようにつぶやいた。

そんな言葉が聞こえぬふうに、文三郎は呆けたように桜を見ている。風が吹いて花びらがいくつか風に舞っている。一片の花びらが空に舞い上がり、大きく弧を描きながら文三郎の方に飛んできた。文三郎は小さな手をあげて、その花びらをつかもうとしたが、花びらは頭上を越えていってしまった。桜太が黙って手を差し出した。手のひらには花びらが一つのっていた。文三郎はそれを指先でつまんで、いつまでも眺めているのだった。

夏が来ても文三郎のロクロ修行は続いていた。

「暑うて、かなわんさかいなあ」

上半身裸でフンドシ一枚になった桜太は、文三郎がつくった盃をいくつか拾い上げて、「この盃は小さすぎるで、これは少し厚ぼったいの」と言いながら、その盃をすべて手でつぶしてしまった。

「爺、せっかく作ったのに、なんでつぶしてしまうのや」文三郎が口を尖らした。

「文三郎は気が強いのう。寸法も厚さも同じじゃないとあかんのや。ロクロは、腕を磨けば磨くほどええものができるのや。盃を作り、その後に茶碗や。茶碗の次は湯呑みと徳利《とっくり》や。その次が急須や。そこまでいくのに三年はかかる」

桜太はそう言うと、「今度は、これを作ってみい。これと同じもん、百個作るのや」と新しい形の盃を差し出した。

文三郎は、蝉時雨《せみしぐれ》の降りしきるなかで、ひたすらロクロを回し続けた。額から汗がしたたり、目に染みて赤く充血してくる。何日かかけて、盃を百個作ると、「ご苦労さんやった。今度は、これを作ってみい」と、違う形の盃を差し出すのだった。

「爺、また百個作るのか」と文三郎が桜太をにらみつけた。「そないに恐い顔せんときや。焼物で渡世していくには、しっかりした腕が必要なのや。浮世とは、憂き世いうてな、辛いことも多いさかいなあ」桜太が諭《さと》すように言った。

文三郎が、くる日もくる日もひたすらロクロを回し続けて、疲れると土間の窓からぼんやり藍色に染まった東山を眺めていた。

そんなある日、「なかなか、筋がよろし、今日はこのくらいでええやろ」桜太が文三郎の小さい肩に手をおいた。何十年も土に触れ、ロクロを回してきた手は、節くれだった大きな手であった。

それから三年経った文政十三年（一八三〇）の一月、文三郎が木米のところからもどってくると、家に客が来ているようであった。文三郎が庭に回って座敷の方をそっとうかがうと、父の喜兵衛がしきりに頭を下げているのが見えた。ただならぬ気配を感じて、大きなツツジの陰に身をひそめた。

「金が返せんなら、家屋敷も土地も窯もすべて譲ってもらわんとあきませんなあ」

小太りの男が横柄な態度で言った。一文字屋忠兵衛であった。彼は若輩ながら時流に乗って金回りは良かったが、すぐに親分風を吹かせる鼻持ちならない男であった。

「忠兵衛さん、そこを何とか、もうしばらく待ってもらえまへんやろか」

「そら、出来まへんがな。何遍、同じことをいわせたら気がすむのやッ」

「これほどお願いしても駄目なら、家も土地も窯もすべてお渡しします。そやけど、五年後に借金すべて返せたら、すべてを返してもらうわけにはいきまへんやろか。後生やさかい、それだけは何とかお願いします」

父の喜兵衛が卑屈なまでに何回も額を畳に擦りつけている。文三郎はツツジの陰で思わず眼をそむけた。そんな卑屈な父の姿など見たくもなかったのだ。

「ほんまに情けないこちゃなあ、喜兵衛さんともあろう方が。人間、落ちぶれたくないもんや。あんたの辛気臭《しんきくさ》い顔見とると、こっちまで胸くそ悪うなってしまうがな。酒でも飲んで厄《やく》払わんと、ろくなこと起こらへん」

そう言って一文字屋忠兵衛は不愉快そうに口元を歪めた。

「そら、申し訳ないこってす。そやけど、なんとかお願いできまへんやろか」

喜兵衛が深々と頭を下げた。心なしか顔が青黒く見える。

「そこまでいわはるなら、よろしおす。五年後に借金をすべて返してくれたら、すべて元にもどしましょう。まあ、無理やろけど、精々おきばりやす」

一文字屋忠兵衛は見下げるように鼻先で笑って立ち去って行った。

文三郎は、身体が小刻みに震えるのを止めることができなかった。父の姿が惨めで子供心にも悔しく情けなかった。ちょうどその時、玄関の方から女の声がした。

「文三郎やないか。そないなとこで何してはるのや」

振り向くとお恵が怪訝な顔をして立っている。お恵は喜兵衛の年の離れた妹で、粟田の陶家である丸屋長兵衛のところへ嫁いでいた。

「風邪引いてしまうさかい、はよう家へお入り」

お恵はそう言いながら文三郎の肩に手をおき、顔をまじまじと見つめた。

「なんや、泣いとったのかいな」。「違う！　泣いとらへん」文三郎はお恵の手をふりほどいて駆け出して行った。

なぜ、父があんなに卑屈になってまで頼まねばならなかったのか、幼い文三郎にはむろん分からなかった。しかし、子供心にも地団駄を踏んで、天を恨む思いであった。自分ではどうすることも出来ない境遇に歯がゆさを覚え、自分の無力さに苛立ち、じっと唇を噛みしめていた。

後に分かったことだが、この日、父の喜兵衛は、七年前に兄の四代鍵屋喜兵衛が借りた金子を返済できずに、一文字屋忠兵衛に家屋敷と土地、登り窯を取れられる破目になったのである。このため、喜兵衛は今道町の家を一文字屋忠兵衛に引き渡し、南側に移ることになった。それでも喜兵衛は、一文字屋忠兵衛から五年後までに借金を完済したら家屋敷や土地、窯を返してもらうという一札を何とかとりつけたのであった。

それから数年が過ぎ、その間、桜をこよなく愛でた桜太も亡くなり、文三郎の師匠である青木木米も六十七歳で没してしまった。葬儀の数日前に、文三郎がたまたま木米の家へ行くと、木米の娘のお来と居合わせた。

その頃、お来は芸妓を辞めて、大阪の文人豪商の殿村平右衛門に身請けされて木屋町二条に住んでいて、すっかり艶めいて女の色香がこぼれるようであった。

「お父ちゃん、妙な遺書残してはるわ」お来の素っ頓狂な声が聞こえた。

その遺書とは、蔵のなかに貯えた陶土と鴨川の水を練り合わせて棺を作り、自らの遺体をその棺に入れ、粟田の窯で三日三晩焼き上げて山中に埋めて、千年後に開いてくれというものであった。

「この遺書変ってはる。ほんまにお父ちゃんらしいなあ」と、お来はしみじみとした声で言った。

だが稀有の識字陶工であった木米のその奇妙な願いは聞き入れられることなく鳥辺野に葬られたのであった。文三郎は不思議だった。人はいとも簡単に死んでいく、儚《はかな》いもんやけど、焼物は千年後も残るのだろうか。そうであれば、自分も千年後も残るようなものを作ってみたいと思うのだった。木米の没後、お来は殿村平右衛門に先立たれ、養女の実家に身を寄せていた。お来は贅沢《ぜいたく》好きな女で絹以外は身につけなかったが、木米の遺品も手放して次第に貯えもなくなり、最後はいつも絹の紋服を着ていたのだった。

そうこうしているうちに、一文字屋忠兵衛との約束の期限である天保六年（一八三五）を迎えた。数年前から天候がおかしくなっていたが、その年は気温が上らず、しとしとと雨が降り続き、米なども冷害で不作となり、価格は高騰していた。後に天保の飢饉といわれる大凶荒が始まっていたのである。京の町も乞食が溢れ、飢えに苦しんで三条の大橋から身投げする者も多く、大勢の餓死者が出ていた。百姓一揆や打こわしも頻発していた。

そうしたなかで、喜兵衛は身を粉にして働いたが、借金を完済することが出来なかった。家も土地も窯も取りもどす見込みはまったくなかった。

「そら、見たことか、口先だけやないか」

一文字屋忠兵衛は一言で切り捨てただけであった。気落ちした喜兵衛は、間もなく病に伏せることになってしまった。

それから一年ほど経った十月初旬のある晩、文三郎は父の喜兵衛に呼ばれた。

「わしは、もう長くないやろ。わしは死ぬ前にどうしても、おまえに言っておかねばならぬことがあるのや」

寝床に半身で起き上がった喜兵衛が、青白い顔で文三郎を見つめた。

「それは、どうやって鍵屋が廃業に追い込まれずに、将軍家御用御茶碗師を続けていくかということなのや。文三郎、ええかッ、粟田で代々将軍家御用御茶碗師を勤めてきたことは粟田の誇りなんや。おまえも知っておろうが、粟田焼の茶碗がなぜ将軍家に採用されたかというと、茶碗に毒が入っていると、粟田の素地はやわらかいので、毒が微細な貫入のヒビの間にしみこんで、貫入にピピピッと青い筋が入って、お毒見の代わりになるからなのや。この伝統をいかに守っていくかが今問われているのや」

そう言うと、喜兵衛は深く息を吐き、言葉を続けた。

「そこで、わしはいろいろ頭を悩ませた末に、先日、丸屋長兵衛さんを呼んで相談して、おまえは丸屋長兵衛さんとこと養子縁組して六代錦光山宗兵衛を名乗り、家督相続することにしたのや」

「えっ、そんなことしたら鍵屋はどうなるのや！」

文三郎が驚いたように息を飲んだ。

丸屋長兵衛というのは喜兵衛の妹のお恵が嫁いだ先である。お恵が、「文ちゃんは、ちいさい頃から苦労してはるから、ほんま芯の強い子や。物に動ぜへん。あの子やったら、あんたの養子にしても大丈夫や。家業を盛り上げてくれるのは間違いあらへん」と夫の長兵衛に養子縁組を強く働きかけたのであった。その頃、丸屋長兵衛は三十半ばを過ぎたばかりで、抹茶道具の炉、風《ふ》炉《ろ》や煎茶道具の涼炉を作っていたが、主力は日用品のコンロであり、不景気のなかでも手堅く商売をしていたのである。丸屋長兵衛にとっても、将軍家御用御茶碗師という粟田の窯元の筆頭を表す最高の栄誉を手に入れることは喉から手が出るほど美味しい話でもあり、文三郎と養子縁組することに喜んで同意したのであった。

喜兵衛が苦渋の表情を浮かべて言った。

「わしかて、代々守り続けてきた鍵屋という屋号を失うのは断腸の思いや。そやけど、丸屋長兵衛さんは、喜兵衛さんとこは、ご先祖さんがお武家さまのご出身やさかい小林という苗字がありますけど、うちは丸屋という屋号しかあらしまへん。そやさかいに錦光山という金看板を襲名するのはええとしても、屋号は鍵屋でなくてうちとこの丸屋に変えてもらわなあきまへんと、どうしても譲らへんのや。このままやったら鍵屋は廃業に追いこまれ、将軍家御用が勤められなくなるさかい、今ここに至っては、稼業を続けていく唯一の道として、その条件を飲んだのや」

「ウーン」文三郎は額に皺を寄せて黙りこんで聞いている。

喜兵衛が消え去る前のロウソクの火のような光を目に宿して言った。

「最後に一言いっておくと、わしはおまえに将軍家御用の権威に頼れと言っているのやない。将軍家御用を勤めるということは、瑕疵《かし》のない最高のものを作るという心構えを持つということなのや。鍵屋の伝統というのは、錦のように華麗で精緻な作品をつくってきたことなのや。そのことを頭の片隅に入れて、おまえは、おまえにしかできん新しいことをやっていってほしいのや」

そこまで言うと、喜兵衛は激しく咳きこんで、大量の血を吐いた。それから寝たきりとなり、一カ月後の十一月五日、喜兵衛は失意のなかで亡くなった。

翌天保八年（一八三七）、文三郎は丸屋長兵衛の養子となり十五歳で家督を相続した。名を宗兵衛に改めて、六代錦光山宗兵衛と名乗り、若き当主となったのである。

この年、米価が急騰して天保の飢饉は一段と深刻化していた。宗兵衛は色絵陶器の製造を続けながらも、丸屋長兵衛の跡を継いでコンロを作っていた。コンロは、高級な色絵陶器とは異なり、大凶荒期であっても日々の生活に欠かせないものだけに需要があり大いに救われたのであった。

だが、丸屋長兵衛は口うるさい男で、当主とはいえ若い宗兵衛を番頭のようにこき使い、細かいことにも一々口出しをした。しかし宗兵衛は、やっと舞台の幕が開き、自分の人生が見えはじめたと感じていた。それまでは、自分の置かれた境遇は与えられたものであり、惨めな現実に自分が手を下せないというもどかしさを絶えず感じていたのだ。

それから五年の歳月が流れ、宗兵衛がひたすら陶器の製作に明け暮れていると、粟田と五条坂の陶家の手打ちの会があるので出てほしいと連絡があった。

よくよく聞いてみると、五条坂の陶家の荒物屋亀蔵が五条坂の焼物問屋で一文字屋忠兵衛とばったりと出会い、「すべて水に流して、昔のように仲ようおつきあいしてもらえまへんやろか」と頭を下げたという。昔を知る一文字屋忠兵衛は渋々ながら、「時世も変ったさかいなあ」

と同意したという。これをきっかけに、粟田の窯元・職方十五名と五条坂の職方十三名が平野屋座敷に一同に会し、仲直りの盃をかわしたのである。それは騒動が起こってから十九年後のことであった。

手打ちの会合は夕方近くにお開きになり、十九歳の若き当主として出席していた宗兵衛が表へ出て帰ろうとしていると、背後から呼び止める声がした。振り返ると、手首に瑠璃色の数珠を巻いた老人が立っていた。五条坂の焼物問屋のまとめ役の美濃屋太兵衛であった。彼は五条坂と粟田の騒動を仕組んだ黒幕とも噂される人物であった。

「時間があれば、ちょっとお茶でも飲んでいかへんか」

美濃屋太兵衛はとうに七十歳を過ぎているのであろう、髪は真っ白で頬は落ち込み、目だけが射るように鋭く光っている。

二人は祇園までそぞろ歩いてお茶屋の奥まった一室で向かいあった。

「時勢の移り変わりは早いもんや。十九年の間に飛ぶ鳥を落す勢いであった陶家も没落したり、屋号や世代が変ったりして、昔のままの家は少なくなってしもうた」

美濃屋太兵衛はそう言って意味ありげな含み笑いをした。

「…………」

「ところであんたは時勢の変化というもんを考えたことあるか」

「ない」

宗兵衛がそっけなく答えた。

「そんな悠長なことをいっていると、あんたのお父さんの喜兵衛さんの二の舞になってしまうで。喜兵衛さんは人柄がええ人やったけど、時勢の変化についていけずに早う亡くなってしもたやないか。時勢の変化に乗り遅れると、廃業するか倒産して、首くくるか身投げするかどっちかや。世の中が変わるというんはそういうこっちゃ」

美濃屋太兵衛がもっともらしく言った。

「美濃屋さんは時勢の変化に乗ったというのか」

宗兵衛がニコリともせずに言った。

「わしは時勢の変化に乗ったというよりも、自分の力で時勢を変えたかったのや。時勢の変化というと、勝手に変化するみたいやけど、ほんまは人の力、世の中を変えようとする人の意志でも変わるもんなんや。人の欲で変わるというてもええ」

美濃屋太兵衛のしみだらけの顔に不敵な笑みが浮かんだ。

「自分の力で?」

宗兵衛がわずかに反応した。

「そうや、自分の力や。あのころ五条坂の陶家は、わしの手駒みたいなものやった。わしが綿密に描いた図面どおりに動いただけや。わしが貸した資金で粟田から職人を引き抜き、岡崎の土を高値で買い占め、粟田焼の偽物を焼いたのや。それもみんな、粟田の力をそぐためや。あの頃、粟田は既得権益に守られた旧守派の牙城やった。そやさかい、それを壊さんと、わしら問屋がすべてを握ることができなかったのや。そやから、わしは自分の力で粟田の力をそいだのや」

美濃屋太兵衛がうそぶくように言った。

彼が語ったことは、当時、京焼の独占的販売権を有し、陶磁器の流通面で力をつけてきた五条坂の焼物問屋が、五条坂の職方のみならず伝統と格式を誇る粟田の窯元に対しても力を及ぼし、製造業者に対する全面的な流通支配を企てたということであった。

「なんで、そんな話をするのや」

宗兵衛の目にかすかに憎しみの光が宿った。

「わしは、不治の病にかかってしもうて、もう余命いくばくもないのや。それに、いつか、もっと大きく時勢が変化するときがくる。そやさかい、喜兵衛さんの息子のあんたに、そのときの心構えを話しておきたいのや。それがわしのせめてもの罪滅ぼしや」

「…………」

「わしの言いたいことは、時代に翻弄《ほんろう》されるのではなく、自分の力で世の中を変えていくことが大切だということや。そやけど、世の中を変えるというのは、気が狂うほどの勢いでやらんとあかんのや。ちょっとでも躊躇《ちゅうちょ》していたらあかん。台風がすべてを根こそぎなぎ倒していくように一挙にやらんとあかんのや」

「そんなこと余計なおせっかいや。わしはわしのやり方でやっていくさかい、美濃屋さんは自分の下の世話でも心配しとったらええ」

宗兵衛が狼のうなり声のような低い声で言った。

「なにッ、わしの忠告に耳を貸さないつもりか。そんなにわしが憎いのか」

美濃屋太兵衛がさぐるように宗兵衛を見た。

「憎いとは思わん」

宗兵衛が身動きひとつせずに無表情な目を向けた。

「どないしてや」

美濃屋太兵衛が驚きの表情を浮かべた。

「父が弱かっただけや。あんたみたいな小悪党に負けたんやさかい」

宗兵衛はそう言うと、後も振り返らずに部屋から立ち去って行った。

こうして若くして家督を継いだ六代宗兵衛は、苦労を重ねて稼業を維持し、なんとか将軍家御用御茶碗師を続け、幕末を迎えたのであった。そして彼は幕末という大きな時代の転換期を迎え、新たな大試練に直面することになったのである。

宗兵衛は、先代の父、六代宗兵衛の語った話を思い出しながら深いため息をついた。彼にとっても、屋号の鍵屋を守れず丸屋に変わったことに無念の思いはあった。だが、今さら過去の遺恨を持ち出しても仕方がないことだと思っていた。昨年のシカゴ万博では、京焼をはじめ日本の陶磁器は大量に売れ残り、ここで手を打たなければ、ひとり錦光山家だけでなく京都の窯業界が世界から取り残されるという危機感があったのである。

それなのに、眼前では粟田と五条坂の陶家の間で一触即発の緊張状態が続いている。彼はおもむろに前に進み出ると、両手を広げて両者の間に立ちはだかり、「せっかく統一組合ができたのですから、もう粟田や五条坂やといって反目している時代ではないのです。これまでの恩讐《おんしゅう》はすべて水に流して、いいかげんに争うのは止めたらどうですかッ」と声を張り上げた。

だが両者はにらみ合ったまま、じりじりと間合いを詰めようとしている。すると、副組合長の松風嘉定がすっくと立ち上がって怒鳴った。

「わからんのかッ、過去の遺恨がどうだ、こうだと、そんな狭い了見でいるから、京焼は世界から置いてきぼりにされるのだ。いい加減にしたらどうだッ」

「松風嘉定、何いうてけつかんねん！　おまえもおまえのおやじも瀬戸の出身やないか。瀬戸から来たよそ者が聞いたふうなことをほざくなッ！　それに京都陶器株式会社が破綻したのも、おまえら親子が能なしやったからやないかッ」亀屋伊三郎が大声でまくしたてた。

松風嘉定の実父は、天才肌の陶工であったが、金銭欲がなく酒と作陶に終始して破産してしまい、友人の松風家を頼って京都に来て、京都陶器株式会社の技師長をしていたのである。京都陶器株式会社は、アメリカ向けの洋食器を生産する近代的な陶磁器生産会社として、京都財界の肝いりで設立された会社であったが、数年前に立ち行かなくなっていた。彼も京都陶器株式会社に勤めていたが、破綻したので、清水の松風家へ養子に入り、三代松風嘉定を襲名していたのであった。

「亀屋さん、よそ者だとかそんな狭い了見で、足の引っ張り合いをしているから、京都の窯業は発展しないのや、いい加減に目を覚ましたらどやッ」

松風嘉定が平然と言い放った。彼は周りから煙たがられるほど、歯に衣を着せずに発言する男であった。

「なにを！　若造のくせに、わしのこと、なめとるのか！」

亀屋伊三郎が膳においてあった盃を手にとるといきなり投げつけた。

松風嘉定はひょいとよけると、「何かッ！　喧嘩なら受けてたつぞッ！」と真っ赤な顔をして仁王立ちになった。二人が今にもつかみかからんばかりににらみ合った。

そのとき、女の声がした。

「みなさん、これから舞妓が舞うさかい、お席にもどっておくれやす」朝子が白髪の幹事の男にうながされて声を上げたのである。「そうや、舞や！　今日は組合設立のめでたい席やさかいに、舞でしきり直しをしてもらおうやないか」と幹事の男が声を張り上げた。

松風嘉定と亀屋伊三郎はしぶしぶ席にもどっていった。一時騒然となっていた宴席もなんとか落ち着きをとりもどしていった。

「さあ、千恵、お民さん、舞うておくれやす」と朝子がいうと、二人が前に進み出て、大広間の前にある舞台の中央にすっくと立った。

地方の三味線の音とともに二人の舞妓は舞いはじめた。千恵は帯を胸高に締め、薄紫地の衣装を身につけ、背筋をたおやかにのばし、手をしなやかに曲げ、キリッとした足さばきで一心に舞っている。指先まで楚々とした情感がいきわたり、踏み出す足さばきが能のように凛としたものを感じさせる。お民も桜地の衣装をまとい千恵に負けじと、まなじりを決して舞っている。二人の舞妓は、目に見えない火花が飛びかっているかのように舞で妍《けん》を競っていた。

舞が終わると、盛大な拍手が巻き起こり、座は一挙になごやかな雰囲気になっていった。宗兵衛がホッとしたような顔をして朝子と二人の舞妓を呼んだ。

「宴がきりっとしまって、騒ぎもおさまった。朝子さんのおかげや」。「おおきに、宗兵衛さんのためやったら、どうということあらしまへん」と朝子がほほ笑んだ。

「それにしても、ええ舞やったなあ。この妓はどこの妓や」

「へえ、この妓は朝乃家の千恵といいまして、うちの妹舞妓どす。お民さんと同じ十六歳になります」

千恵が恥ずかしそうに顔を伏せた。

「千恵さんか。千恵さんの舞はしなやかで、青磁でいえば砧《きぬた》青磁のように凛とした舞やったなあ」

千恵が耳のつけ根まで真っ赤にしている。

「ほめていただきまして、おおきに。そやけど砧青磁、そらなんどすか」と朝子が尋ねた。

「中国の南宋時代の青緑色の青磁を砧青磁と呼ぶのや。砧青磁にはどこか明るい青と何かを秘めたような翳りのある二通りの青があるのや」

横目で様子をうかがっていたお民が、割りこむように話しかけた。

「宗兵衛はん、うちの肌かて綺麗どすえ。うちは砧青磁のどちらの青どすやろか」

「そやなあ、お民は明るい青かもしれんなあ」宗兵衛が言った。

「そうどす、うちは一点の曇りもない明るい青どす」そう言って、お民は豊かな胸を誇示するように上半身を心持そらした。

「千恵さんもここに座ったらどうや」宗兵衛が声をかけると、千恵が遠慮がちに前に座った。お民が慌てて口をはさんだ。

「そや、宗兵衛はん、このあいだの祝賀会はほんまにすごい人出どしたなあ。うち、あないに多くの人を見たのははじめてどす」

来年、京都で開催される平安遷都千百年紀年祭と第四回内国勧業博覧会の祝賀会が、七月一日に盛大に挙行されて、京都の人々の血を沸かせていたのである。

「そやなあ、内国勧業博覧会はこれまでずっと東京で開催されてきたさかい、京都で開くことがわしらの悲願やったのや」。「内国勧業博覧会だけやなくて、平安神宮も創建されるというて、みな、よろこんではりますす」お民がたくみに話を誘導していく。

「岡崎も平安神宮ができたら大きく変わるやろなあ」

「そやけど、日清戦争でどないになるのか、心配どす」

「きな臭くなっとるさかいなあ」宗兵衛も気にかかる様子であった。

その年の八月一日、日本は清国に宣戦布告し、戦況次第では、平安神宮創建と第四回内国勧業博覧会の二大事業が頓挫《とんざ》してしまうのではないかと、京都の人々はさんざん気をもんでいたのである。

「もし内国勧業博覧会が中止になったりしたら、うち、白川に身投げしますう」

「お民はお転婆やなあ。白川では浅すぎて、たんこぶができるだけや」

「宗兵衛はんって、いけずやわあ」

お民は勝ち誇ったように、宗兵衛にしなだれかかった。

千恵は思わず目を伏せた。彼女は言葉数も少なく、お民のようにたくみな話術で座を盛り上げることなどとても出来ないことであった。それでなくても、お民は宗兵衛に淡い想いを寄せているようだ。そう思うと、この場を一刻も早く立ち去りたい思いに駆られるのであった。

宗兵衛はゆっくりと盃を傾けながら時々千恵に目をやった。十六歳の舞妓はどこか頼りなげで胸高に締めただらりの帯が重たげである。それにしても、なんと控えめな美しさを秘めた舞妓だろうか。そんな控えめな舞妓が一旦舞を舞うと、凛とした芯のつよさを感じさせる。なぜ、十六歳の舞妓のなかにそんな相反するものが存在するのだろうか。宗兵衛は妙にそのことが気にかかるのであった。

三

翌年の春、一面のカブラ畑であった岡崎の一帯が切り開かれ、平安遷都千百年を記念して平安神宮が創建され、その隣地で第四回内国勧業博覧会が開催されていた。

「都をどり」が終わり、ホッと一息ついていた千恵は、ふと内国勧業博覧会を見てみようと思い立った。中村楼の一件以来、宗兵衛に二、三度、宴席に呼ばれ、焼物に少し興味を覚えていたのである。

菖蒲《しょうぶ》の花を彩った浴衣を着て、初夏の陽ざしのなかを会場にむかった。疏水に架かる慶流橋を渡ると、すぐに博覧会の正面入口があった。左右にドームがあり、まんなかに時計台のある門がそびえている。会場のなかに入ると、大勢の見学者が列をなし大変な盛況であった。

最初に、千恵は平安神宮の蒼龍楼の右手奥にある美術館を訪れた。そこにはフランスから帰朝したばかりの黒田清輝が『朝妝《ちょうしょう》』と題する裸体画を出品し、風俗を乱すと評判になっていた。『朝妝』が展示されている前は黒山の人だかりであった。つま先立ちになり、人々の頭越しに覗いて見ると、朝の光のなかで水浴している婦人の姿が描かれていた。裸体の一部が布で覆われていたが、千恵は思わず赤面した。

聞くところによると、日本の陶磁器や浮世絵などの美術・工芸品がパリで評判がいいという。千恵は見たこともない、遥か遠くの都パリとはどんな都市《まち》なのだろうかと憧れを抱いたが、頭のなかでパリの街を思い描くことは容易ではなかった。

美術館を出ると、中央に日本庭園があり、そのまわりを工業館が取り囲んでいた。千恵は工業館のなかに入って行った。陶磁器はその一角に展示されていた。しばらく歩を進めていくと、全国の窯業地から出品された陶磁器が陳列されていたが、京都の展示スペースは他の窯業地に比べて圧倒的に狭かった。

「どないして京都の焼物はこんなに見劣りする扱いを受けているのやろか」

不審に思いながら歩を進めて行くと、フロックコート姿の男が化石のように呆然と立ち尽くしていた。

「宗兵衛さんではありませんか」千恵が驚いて声をかけた。

フロックコート姿の男が振り返った。心なしか顔が青ざめて見える。

「おおー、千恵さんですか。珍しいところでお会いしましたなあ。焼物に興味がおありなのですか」と宗兵衛が意外そうな顔をして言った。

「そういうわけでもありませんが……」千恵が言葉すくなにうつむいた。

「折角、見に来ていただいたのですが、京焼がこれほどまでに凋落《ちょうらく》しているとは、忸怩《じくじ》たる思いです」と宗兵衛が無念そうに言った。

彼の話によると、他の窯業地がいろいろ工夫しているのにもかかわらず、京都の焼物はいたずらに野々村仁清、尾形乾山の遺風にとらわれていて、定型化した武者絵や花鳥図など旧態依然とした意匠（デザイン）のものが多く、これまでの因襲《いんしゅう》から一歩も出ていないのだという。そのため、京焼の評判は地に墜ちて目も当てられない惨状を呈しているという。

「そうどすか……」千恵が悲しそうな顔をした。

「ただ、ひとつだけ救いがあるのです」

そう言って宗兵衛は、千恵を展示場の一角に導いた。

千恵は息を飲んだ。そこには、大振りの白磁と小振りの青磁が展示されていて、やわらいだ釉《うわぐすり》の下に意匠がごく控えめにほどこされていた。白磁の花瓶は、あたたかみのある白一色のなかに、桜の花の浮彫がさりげなく散りばめられていて、華やかな色彩は一切使っていないのに、桜が咲いているように見えるのである。彩色がほどこされていないことが、かえって想像力をかりたてるのであった。

「これは清風与平さんの作品です。清風与平さんは十数年にわたって中国の陶磁を研究されて、釉薬の開発に没頭して、これほど立派な作品をつくられたのです」

宗兵衛がつぶやくように言った。彼の話によると、清風与平は清朝の乾隆帝時代（一七三六〜九五）の単色釉の蓮弁文や波状文の文様が浮き彫りになった清朝磁器の写しをつくり、シカゴ万博で高い評価を得て、会期中に帝室技芸員に選ばれる栄誉を得たという。

宗兵衛自身も清朝磁器の豆彩《とうさい》といわれる染付で文様の輪郭線を描き、その中を再度上絵付けする技法や微妙な色彩を細密に重ね塗りする粉彩《ふんさい》といわれる技法を研究してきたのだという。

「清風与平さんが孤軍奮闘していますが、京焼そのものが危機に瀕しているのです。輸出のみならず国内の売れ行きも伸び悩み、このままでは粟田焼もどうなるかわかりません」

宗兵衛が憂いを帯びた眼差しをして言った。

「そら、お困りどすなあ……。そやけど、うちには難しくて、ようわかりまへん」

「それでは少し粟田焼のことをお話ししましょう」

宗兵衛は幕末まで錦光山家が将軍家御用御茶碗師であったことや明治初期に東京遷都に伴い天皇家をはじめ公家、官僚、富裕な実業家などの大口需要家が新都に移り、京都が衰退して、錦光山家が窮地に追い込まれたことなどを話した。

「どないして窮地から脱しはったんどすか」

千恵が不安そうな目をして尋ねた。

宗兵衛はそこまで千恵が興味を示すとは意外であったが、「そら、話すと長くなりますが、かいつまんでお話しすると……」と言って次のように語りはじめた。

父の六代宗兵衛が、東京遷都で需要が激減して窮地に追い込まれるなかで、家族と一族郎党をどうやって養っていくか思案に暮れていたある日、アメリカ人らしき一人の外国人が店先に現れたのです。父が焼物に興味があるのではないかと思って壺を見せると、その外国人はいきなり壺を足蹴にしたのです。通訳などもおりませんから、手真似や身振りで何が気に入らないのか問いかけても、なかなか要領を得ませんでしたが、何とか絵付けが気に入らないことがわかったのです。当時の絵付けは和絵具が使われていて、和絵具は濃いふのりを使ってボテっと塗るので、緻密な絵付けができなかったのです。それで父は、何百、何千回と顔料の調合を変えて試焼を繰り返して、数年後に精緻な絵付けのできる「京薩摩」という採画法を開発したのです。その試作品を神戸の外国商館に持ち込んで輸出することができ、なんとか海外貿易に活路を見出すことができたのです。

「海外に焼物を輸出して窮地を脱しはったんどすね」

千恵が安堵したように言った。

「折からの万国博覧会の開催や欧米で一世を風靡《ふうび》したジャポニスムによって、陶磁器輸出が急増して粟田も活況を取りもどすことができたのです。父は京薩摩が開発できたのは、その傲岸不遜《ごうがんふそん》なアメリカ人のおかげだといつまでも感謝していました。だが、ジャポニスムもすでに遠く去り、いま京焼はふたたび窮地におちいっているのです。わしはなんとか京焼を近代化して、意匠改革を成し遂げ、世界の人々に日本の焼物の美を届けたいと思っているのです」

「うち、宗兵衛さんがそんな志をお持ちだとはちっとも知らへんかった」

千恵が目を輝かせて言った。

「いえいえ、つまらんお話をしてしまい、すいませんでした」

「宗兵衛さん、粟田焼のためにおきばりやしておくれやす。もし、うちに何かお手伝いできることがあれば、いつでもいうておくれやす」

千恵はそう言って宗兵衛を見つめた。

「えッ」

宗兵衛は息を飲んだ。一体どういう意味だろうか。十六歳の舞妓がよくわからないなりに京焼の現状を憂えてくれているのだろうか。それとも、ひょっとして自分に好意を持っているのだろうか。だが、そんなはずはない、自分は何でも好都合に物事を考えてしまう、なんとおめでたい男なのだと、宗兵衛は内心苦笑した。

しばらくして二人は会場を出た。宗兵衛は白川の巽橋まで送って行くことにした。白川沿いを歩いて行くと、柳の枝がサラサラと風に揺れ、千恵のうなじの後れ毛をなぶるように吹き抜けていく。気のせいか千恵はどこか楽しそうで足取りも軽い。堀池町を抜けて白川橋辺りまで来ると、急に雲行きがあやしくなり、雨がパラパラと降って来た。

「夕立やッ」

二人は小走りに走りだした。湿気をたっぷりと含んだ蒸し暑さで額に汗がにじんでくる。「あそこで雨宿りしていきまひょか」二人は一軒の家の軒先に身を寄せた。

空を見上げていると、雨脚が次第に激しくなり、地面一面に白い飛沫が跳ね上がり、千恵の素足の足元を濡らしている。

「濡れるさかい、もう少しなかへ入ったらどうですか」

宗兵衛がそう言うと、千恵が慌てて身体を動かした。その瞬間、宗兵衛の手の甲に千恵の臀部《でんぶ》が触れた。ほんのわずかに触れただけなのに、心が青嵐のようにざわめいた。汗をふくんだ浴衣越しに火のように熱く、ふっくらとした張りのある感触が伝わってくる。あどけなさの残る、華奢で清楚な千恵の外観の一体どこに隠されているのかと思うほど、彼女には匂い立つような官能の予感があった。

雨が地面を叩きつけるように降り続いている。千恵がふと振り返り、宗兵衛を見上げた。黒髪がしっとりと雨に濡れ、ひかりを含んだ雫《しずく》が顔にしたたり頬を伝わっていく。黒目勝ちの目が潤み、真っ直ぐに宗兵衛を見つめている。

その瞳を見つめていると、ふと、砧青磁と称されるものは青縹《せいひょう》にして色最も高くという言葉が浮かんできた。そうや、千恵はどこか秘めたような翳りのある砧青磁なのやという思いとともに、千恵の砧青磁のように艶やかな肌に触れたみたいという思いが突き上げてきた。

身体のなかに何か得体のしれない魔物が潜んでいるのだろうか。その得体の知れない魔物が宗兵衛に囁《ささや》くのである。わしは人生のなかで恋が最も美しいものだというような絵空事は誰にも言わせない。おまえはただ千恵の愛らしい唇を盗みたいだけではないのか。唇を盗め！　花盗人のように千恵の唇を奪えばいいのだ。砧青磁のような艶やかな唇を奪うのだ！　その囁きを聞いていると、宗兵衛の心はときめき、細胞の一つひとつが打ち震えはじめているようだった。

宗兵衛はその声にうながされて磁石に吸い寄せられるように千恵の唇に自分の顔を寄せていっ

た。

いいぞ、花盗人！　と、得体のしれない魔物がはやし立てる。そうだ、わしは花盗人なのだ、と思った瞬間、千恵が降りしきる雨のなかを振り向きもせずに走り去っていく姿が見えた。なぜ、一言もいわずに立ち去ってしまったのだろうか。もしかしたら、唇を盗もうとした、その刹那《せつな》、千恵は自分の人生のすべてが花盗人に盗まれてしまうと怖くなったのだろうか。宗兵衛は脳天に落雷を受けたように呆然と立ち尽くしていた。

その時、千恵の歌うような声が聞こえてきた。

「うちは小さい時から、雨粒が傘にパラパラとあたる軽やかな音が好きなんどす」

「そ、そうですか……」

宗兵衛が幻覚から覚めたようにつぶやいた。

その晩、宗兵衛がひとり書斎にこもっていると、千恵のことが頭から離れなかった。これは、一体何なのやろか、恋というものやろか。彼は不思議な思いにとらわれていた。

いろいろ考えを巡らせていくと、千恵と最初に会った頃の胸高に締めただらりの帯が重たげでひっくり返ってしまいそうな可憐な姿が浮かんでくる。舞妓姿の愛らしさはどこか人知を超越して神々しくさえあった。また夕立に見舞われた千恵は洗われた白い絹地のように凛として美しかった。突然、その愛らしく美しいものを全身で抱きしめたいという、熱い思いが込み上げて来た。宗兵衛は自分のなかにまだそんな激しいものが潜んでいたのかと内心驚きながらも、ふと、千恵も十六歳になるはずだ、そろそろ襟替《えりが》えの時期を迎えるのではなかろうかと思った。もう誰か旦那になる人が決まっているのだろうか……。

突如、宗兵衛は狼のように低いうめき声をもらした。千恵が見知らぬ男に抱かれている、目をそむけたくなるような光景が浮かんできたのだ。その光景を想像するだけで、宗兵衛は顔を歪めて、仁王像のように憤怒の表情を浮かべ、その見知らぬ男にたいして口汚く罵詈雑言《ばりぞうごん》を浴びせたくなるのだった。それだけでなく、拳を握りしめ、その男に殴りかかりたくなる。われながら滑稽だとは思うのだが、すっかり凶暴な男に変身するのだった。

これは嫉妬だろうか。自分がまさかそんな感情に支配されるとは思わなかった。だが、胸が張り裂けるように波打ち、ヒリヒリと焼けつくのは嫉妬以外の何物でもないではないか。悪いことに、この感情は抑えようとしても、執拗に全身を貫くように噴出してくるのだった。落ち着くのだ、いま一番必要なものは千恵の心ではないだろうか。千恵の心を奪わないかぎり何もはじまらないのだ。

宗兵衛はうめくようにつぶやいた。

「なんとか、千恵を身請けすることはできないもんやろか」

だが身請けするということは、わしが千恵を抱くことやないか。次の瞬間、激しく頭を振った。

いかん、そんなことを考えてはいかんッ。それは汚れを知らない無垢な少女を生身の少女に堕しめることになるのだ。

だが、嘘をついてはいけない！　どんなに綺麗ごとを言っても、自分はしょせん千恵が欲しいだけなのではないか。たとえ神の領域を犯すことになっても、千恵を手に入れたいという欲望に支配されているだけではないか。考えてみれば、美というものは突き詰めていくと、どこか狂おしく翳《かげ》りあるものにつながっていくのではなかろうか。美しいものは、時として人の心を妖しい異界に誘い、すべてを破滅させる魔性を秘めているのではなかろうか。そんな思いに宗兵衛の心は解けてバラバラになった帯のように千々に乱れていた。

それにしても、自分には八重という妻がいる。八重は姉の恵以《えい》の娘で自分にとって姪に当たる。恵以の夫は坂本栄太郎といって、大阪の質屋の出であり、放蕩を重ねて京都に流れてきて、先代の六代宗兵衛に拾われ、その経理の才が認められて番頭になり、恵以の婿養子になり、錦光山栄太郎を名乗っていた。だが、先代が亡くなると、どういうつもりか坂本姓にもどった男であった。彼は最高の職務である総務・経理を担当しており、年齢も四十三歳で、二十六歳の宗兵衛とは一回り以上離れており、本家の北側に住んでいて、北錦光山といわれていた。八重は幼いころから宗兵衛の許嫁《いいなずけ》同然となり、宗兵衛も妹のように接してきた仲であり、憎からず思っていたので、三年ほどまえに結婚して長女の美代が生まれていた。

宗兵衛はこれといって八重に不満があるわけではなかったが、八重が姉の子供であり、八重の父が姉の夫の栄太郎であるという錦光山家一族の血で固められた桎梏に真綿で締めつけられるような息苦しさを感じていた。

「親子丼とまではいわんが、血が濃すぎるのや……」

宗兵衛はつぶやくともなくつぶやいた。だが、彼は息苦しさを感じつつも、栄太郎が内心、いったい誰がここまで錦光山を盛り上げてきたと思っておるのや、すべてわしの経理の才覚があったからやないか、先代の宗兵衛さんが亡くなった今となっては、長女恵以の夫であり、宗兵衛の岳父でもある自分が錦光山家の家長にもっともふさわしいと考えていることに思い至らなかった。用心深い栄太郎はそんな本心をおくびにも出さず、弟の竹三郎を大阪から呼び寄せ、長男を支配人にして、他の息子たちも要職に就けて、着々と錦光山商店を支配する体制を整えていたのである。宗兵衛は、こうした栄太郎の陰湿なやり方が、後年、親族の深刻な確執を招くとは想像もしていなかったのである。

彼はゆっくりと顔を上げ、ふと書斎の中央に目をやった。そこには油彩で描かれた父、六代宗兵衛の肖像画が飾られていた。遠くの一点を見すえ、口を真一文字に結んで、厳しい表情をしている。

「父は時代を切り拓くためにどれだけすさまじい情熱を傾けたのだろうか」彼は低くうめき声を

上げた。

千恵に語り聞かせたように、先代の六代宗兵衛は、江戸時代から幕末まで将軍家御用御茶碗師を勤めていたが、明治の御一新によりその地位を失っただけでなく、東京遷都で天皇家をはじめ公家や官僚、富裕層などが東京へ移住してしまい一挙に大手の需要家を失ったのである。彼はその窮地のなかで血のにじむような思いをして京薩摩という新しい彩画法を開発し、海外貿易を切り拓いていった。京薩摩という彩画法は、瑠璃地に窓を開け、そこに金彩を使って花鳥風月を緻密に描いた絵付技法である。華やかで繊細な京薩摩は、燎原の火のように広がっていたジャポニスムの波に乗り、海外で大好評を博し、一世を風靡したのである。それ以来、京都の粟田では主に輸出用の陶磁器を製造し、同じ洛東の窯業地の清水・五条坂が主に国内向けの日用品を製造してきたのに対し、それをはるかに凌ぐ生産を誇ってきたのである。

「それにくらべて、わしはなんというていたらくなのや」

彼はつぶやくように言った。シカゴ万博での屈辱感がこみ上げてきたのである。

思い起こせば、彼は明治二十六年のシカゴ万博に、「色絵金襴手双鳳文飾壺」を出品したのである。その飾壺は全体の形、配置、色彩、細部の文様にいたるまで完璧に計算された絢爛豪華な作品であった。彼はその飾壺がシカゴ万博の白亜の美術館の中央に展示され、燦然《さんぜん》と輝くであろうことを確信していた。それにもかかわらず、その飾壺は一群の陶磁器とともに工芸館の片隅にひっそりと置かれていただけでなく売れ残ったのである。

明治政府は開国以来、国威発揚と殖産興業のために陶磁器を輸出して外貨を獲得してきたが、シカゴ万博では日本の絵画・工芸品を美術館に展示することによって日本が欧米列強並みの一流の文化国家であることを示し、幕末に結んだ不平等条約を改正しようとしていた。そのために巨額の予算を使って日本の美術・工芸品を工芸館だけでなく美術館にも展示されるように交渉したのであった。

売れ残った飾壺がもどってきた時に坂本栄太郎は「この飾壺はアメリカで最高級品市場を開拓するために、金彩を惜しみなく使って手間暇かけて作ったもんやないか。アメリカはわしらの輸出の三分の二を占める大事な市場や。大不況から抜けだせたのも、アメリカ向けの輸出が伸びたからや。これからアメリカで高級品をどんどん売っていこうというのに、それが売れ残るとはいったいどういうこっちゃ。こんなことは言いたくはないが、わしも経理をあずかっている身やさかい、言わせてもらいますと、大変な損失が出ているのですぞ。こんなていたらくでは、わしは先代の宗兵衛さんに顔向けできへん」と苦虫を嚙みつぶしたような顔をして言った。

「…………」

宗兵衛は反論したい気持もあったが黙っていた。栄太郎は計算高いところがあり、その狡猾さが好きになれなかったが、妻の八重の父親でもあり、言い出せなかったのである。

栄太郎が追い打ちをかけるように「宗兵衛さんも店主なのやから、少しは長いものに巻かれて、頭を下げるべきところには頭を下げたらどうですか」と言った。

国威発揚の影響かどうかわからないものの、シカゴ万博で受賞したのは、農商務省の官吏が運営する日本美術協会に属する長老たちか、岡倉天心が指導する東京美術学校の教授連中が大半であった。そういったところに頭を下げたらどうかというのである。

「ご心配をおかけしますが、それにはおよびません」

宗兵衛がきっぱりと言った。彼は飾壺が美術館に展示されなかったのは無念であったが、陶磁器輸出で外貨を獲得するのはよいとしても、国威発揚のために陶磁器をはじめ美術・工芸品が利用されることには不快感を持っていた。彼は陶磁器という美術・工芸品の輸出で日本の近代化を支えてきたという自負を持っていた。

「いずれにしても、宗兵衛さん、あんたも店主なら店主らしくしっかりやっておくれやす。先代の宗兵衛さんが、東京遷都で京都の町全体が真っ暗になっているなかで、それこそ血のにじむような思いをして京薩摩という彩画法を開発しやはったのや。そのおかげで今日まで盛んに陶磁器輸出をしてこれたのと違いますか。こういう耳の痛いことを言うのも、みんな先代の教えをあんたにも伝えておきたいからや」と栄太郎はいかにも自分が家長であるかのように、もっともらしい口調で言った。

宗兵衛はふと我に返り、虫の好かないやつや、と思いながら、栄太郎の姿を頭のなかから振り払い、「いま危機に直面しているのは、おのれ一人ではない。京焼そのものが危機に瀕しているのだ。そのためには、なんとしても従来の因襲を打破して意匠改革を進めていかなければならない」とうめくようにつぶやいた。

そのために宗兵衛は組合を代表して、京焼の復興の切り札として京都陶磁器試験場の設立を京都府、議会、学界などに精力的に働きかけてきたのである。しかし、もう一年近くなるというのに陶磁器試験場設立の動きは暗礁に乗り上げたままだった。

そんな閉塞感のある状況のなかで、宗兵衛にとって千恵は一陣の爽やかな風のように思われてならなかった。

四

京都陶磁器試験場の設立は、長らく暗礁に乗り上げていたが、ようやく京焼復興のためには製法等の改革を指導する機関の必要性が痛感されるところとなり、翌年の八月、京都陶磁器試験場が五条坂に設立された。それを祝して八月下旬、祇園のお茶屋の一力で宴が催されることになった。祇園の芸妓、舞妓が次々に入って行き、そのなかに朝子や千恵、お民の姿も見られた。

一力の二階の大きな座敷で、宗兵衛は京都商業会議所の浜岡光哲会頭、内貴甚三郎副会頭とともに、藤江永孝を待っていた。藤江永孝は農商務省の技手であったが、東京大学工科大学教授の中沢岩太博士の推薦で京都陶磁器試験場の場長に就くことになっていたのである。

しばらくすると、ドタドタと階段を上がってくる足音がして、横長のナポレオン帽にモーニングを着た、がっしりとした体格の男が顔を出した。

「京都は蒸し暑くてかなわん」

その男は、床の間を背にして座敷の中央にどっかと座った。いきなり、ナポレオン帽を脱ぐと、五分刈りのいかつい頭を手拭いでゴシゴシとこすった。

「藤江永孝さん、上着を脱いで、くつろいでおくれやす」と浜岡会頭が言った。

「それはありがたい。じつは、モーニングは人からの借り物で、窮屈《きゅうくつ》で仕方がなかったのです。ふだんは、越中フンドシ一枚に、実験室用の作業服を着ていますから、こんな窮屈な格好はかなわんのです」藤江永孝はやにわに上着を脱いだ。

宴がはじまり、舞妓が酌をしても、藤江永孝は盃で一杯飲んだだけで、それ以上飲もうとしなかった。

「いやいや、もう結構です」。「藤江さん、そないにかたいこといわんと、もっと飲んでくださ い」浜岡会頭が盛んに勧めた。

「わたしは、金沢の前田藩の武士の家に生まれたのですが、父が亡くなり、苦学して東京職工学校（のちの東京工業大学）に入学したのです。金沢にいる老母に送金するために、下宿代にもこと欠く有様で、昼飯は食パン半斤だけで過しているのです。酒は本来飲める口ですが、癖がつくといけないので、あまり飲まないようにしているのです」と頑《がん》として受けつけない。

その場にいた京都の人々は、藤江永孝があまりにかたい男なのに驚き、いきおい話はかた苦しいものになっていった。

「藤江はんは、ワグネル博士の愛弟子やそうどすなあ」と浜岡会頭が言った。

「そうです。ワグネル先生は、わたしの大恩人であります。わたしの知識の大部分は先生のご指導の賜物であります」

「そら、奇縁どすなあ。ワグネル博士は京都の窯業界に貢献された方やさかいなあ」

浜岡会頭が懐かしそうに言った。

ゴットフリート・ワグネルは、明治十一年から三年間、京都府の勧業政策の中核をなす舎密《せいみ》局《きょく》で陶磁器、七宝、石鹸、ガラス製造、薬物飲料などの製造を指導して、京都では窯業界に大きな足跡を残した人物として知られていた。

「その先生も、残念ながらリューマチを患われ、三年前にお亡くなりになってしまいました」そう言って藤江永孝は目を伏せた。

「ワグネル先生は、陶磁器試験場が必要だといってはったそうですなあ」宗兵衛が口をはさんだ。

「はい。先生は、官営の陶磁器試験場の必要性を説いておりました。製陶技術は、原料採掘から焼成にいたるまで範囲は広く、工業のなかでもっとも複雑な分野の一つです。学理に基づく専門的知識を深めて、実験をしていかないと、これからの窯業の発展は望めないとおっしゃっていました」。「そうですか」。「昨年、京都で内国勧業博覧会を見て驚いたのですが、残念ながら伝統ある京焼は目をおおいたくなるほどの凋落ぶりです。一刻もはやく、これまでの経験と勘に頼ったものから、学理を応用したものに転換していかないと、京焼はますます窮地に追い込まれかねないと思います」。「ウーン」宗兵衛は腕組みをして考えこんでいる。

しばらくして幹事の男にうながされて藤江永孝が挨拶に立った。

「この度、京都陶磁器試験場の場長に就任することになった藤江永孝です。今後わが国の窯業界において最も肝心なことは、製陶家と学者が相互に助け合っていくことであり、その交流の場が陶磁器試験場であります。製陶家が祖先以来一子相伝の秘法と称し、格別見るべき価値なきものを、いたずらに隠蔽《いんぺい》するというような狭き心にては、改良、進歩の道を期待することはできません。何卒皆さんのご協力をお願い致します」

これを聞いた京都の陶家の人々は、がぜん騒がしくなった。

「実務を知らん学者先生に何がわかるのや。技法や意匠というものは、わしら陶家にとって代々一子相伝で伝えていく秘伝中の秘伝や。そんな大切なものを陶磁器試験場ができたからといって、そう簡単に教えたりできるわけがないのや」

またしても酒癖の悪い五条坂の陶家の亀屋伊三郎が難くせをつけた。彼はしぶしぶ試験場の設立を認めたものの、不満が鬱積《うっせき》しているようであった。

「欧米では、製陶家と学者が交流し、製陶技術が格段に進歩しているのです。いまや秘伝といって隠していても、一人の力では限界があるのです。試験場で新しい技法をどんどん開発していかないと、京焼の発展は望めないのです」

藤江永孝が額に汗をにじませながら言った。

「アホも休み休みいうたらどや！　わしらは同業者といっても、みんな商売敵《がたき》なのや。なんで商売敵に大切な技法を公開しないとあかんのや」

亀屋伊三郎が語気を強めて言った。

「みなさん、本日はおめでたい席ですので、なごやかにご歓談ください」

宗兵衛が立ち上がり、険悪な空気を和らげるように言った。

「それにしても、藤江永孝というお人は、まるで書生さんみたいや。あれでよう役人がつとまったもんや」と、会場のあちこちで囁《ささや》く声がした。早くも京都陶磁器試験場は波乱含みの門出となったのである。

その後、陶家の人々が藤江永孝のところにやってきて、「このたびはおめでとうさんです。まあ一杯どうですか」と、酒をすすめるのだが、藤江永孝は「わしは武骨者で酒は飲まんのです」とかたくなに飲もうとしなかった。すると、脇にいたお民が剽軽《ひょうきん》な顔をして「へえー、うちがお受けします」と盃を差し出して献杯を受けていた。

「ほー、この舞妓はん、可愛い顔しとるけど、そないに飲んで大丈夫かいな」

「藤江永孝はんがそれでええなら、なんぼでもお受けいたしますウ」

「あきれた舞妓やなあ」陶家の人々はそう言って去って行った。

宴もだいぶ進み、朝子が千恵に声をかけた。

「下へいって、お銚子を二、三本追加するように頼んできてくれへんか」

「へえ」

千恵が立ち上がり、座敷を出ていこうとした。それを目にしたお民がやにわに立ち上がりあとを追った。千恵が黒光りする廊下を進んで行くと、後ろから鋭い声がした。

「千恵さん、あんた、宗さんに身請けされるって、ほんま！」

千恵が振り返ると、お民がきつい目をして立っている。酔っているらしく目の縁に紅味を漂わせている。

「どこからそんな話を聞かはったんどすか」千恵は全身から血の気が引く思いで身を固くした。

「小耳に、はさんださかいに」

「…………」

千恵は困惑したように押黙ってしまった。お民が宗兵衛を一途に想っていることを知らないといえば嘘になる。そのことを十分知りながら、宗兵衛に身請けされることになれば、お民を裏切ることになる。そう思うことはつらく切ないことだった。

「ほんまのことなら、もったいぶらんで、いうたらええやないの」

「へえー、そうなるかもしれへんけど、まだ、決まってへんのどす」

「そら、よろしおしたな!」

いきなり鋭い音がして、お民が平手で千恵の左頬を打った。

「宗さんは、うちがはやくから目星をつけていたお方や。それを知っとって横取りしはるとは、えげつないことをおしやすなあ!」

千恵が頬に手を当てて、逃げるように廊下を進んでいこうとすると、お民が追いかけるように言った。

「なんで逃げようとするねん。あんたは、そないに勝手なことおしやして、のうのうと生きていくつもりやろ」

「…………」

「うちは、千恵さんに、何もかもいかれっぱなしや。へえ、きれいに、うちは負けたことにしときますよ。うちはな、なるほどあんたのように舞の名手にもなれなんだし、目星をつけたお方もとられてしまいました……」

お民の目から涙があふれた。

「………」

千恵は黙ってうつむいている。

お民は指で涙をぬぐうと、千恵をキッと見据えて言った。

「そやけど、千恵さん、あんた、あんまり大きな顔はせんとおきや、うちは芸で負けたんでもないし、器量で負けたんでもおへんの。あての置屋と、あんたの身内との違いだけや。うちらの置屋ときたら、いやでもおうでも旦那さんとっていかな、一生うだつが上がりまへんね。あんたみたいに道楽半分にやってはる女が、ほっといてもええ旦那さんがつくねん」

「…………」

千恵は悲しかった。舞妓の店出しの日以来、ずっと心を痛めてきたが、いつの間にか、こんないがみあう関係になってしまったことがやりきれない思いであった。

「うちは、あんたにさんざん煮湯をのまされる思いをしてきたのや。うちにとってあんたは敵《かたき》どす。一生の間にどっちが勝つか、これからがほんまの勝負や。うちはきっと勝ってみせます。あんたに、いつまでも負けとるわけにはいかんさかいなあ」

美しい眉を逆立ててお民が言った。

「お民ちゃん、堪忍しておくれやす」千恵が目に涙を浮かべて言った。

「えッ」

お民は一瞬大きく目を見開いてたじろいだ。なぜ千恵が謝るのかわからなかったのである。

「いつか、必ずこの償いをさせてもらいます。そやけど、これだけはいわせておくれやす。うちは舞かて恋かて、命がけでやっとります」

千恵はお民の顔をまっすぐに見つめた。

「…………」

二人の間をしばらく沈黙が支配した。

「千恵さん、命がけいうて、せいぜい肺でも患わんように気をつけやっしゃ」

お民は憎々しげに言い放つと、後ろを振り返ることもなく座敷へもどって行った。

こうして祇園に生まれ育った二人の少女の諍《いさかい》は、多くの人々を巻き込み、後々まで尾を引いていくことになるのである。

その翌朝、置屋の時乃家の二階の六畳で姉さん芸妓のお福があきれた顔をして言った。

「昨夜のこと、ちっとも、おぼえてへんのかいな」

「お座敷の途中から、思いだせへん……」

お民が床のなかで顔をしかめている。その部屋はうなぎの寝床のように細長く、窓際に並べられた鏡台やタンスで数人の芸舞妓が寝ると、身動きもできないほど狭かった。

「お福さん姉さん、うち、頭がガンガンしてかなわんさかいに、今日は休ませておくれやす。そないにおかあさんにいうておくれやす」

「二日酔いかいな、めずらしいなあ。いつもなら、どんなに頭痛うても、休んだことあらへんのになあ」

「ほんまに、よろしゅうお願いします」

ほかの芸舞妓が朝の稽古に出かけてしまうと、お民は布団のなかで昨夜のことを一つひとつ思い出していた。

「悔しいけど、うちの負けや……」

一カ月ほど前に、お民は最後の賭けに出たのであった。

初夏のある晩、彼女は宗兵衛に頼んで、祇園のお茶屋の登美代で一席設けてもらった。その席でお民が着物の袖口をおさえて酌をしながら言った。

「宗さん、いつだったか、砧青磁《きぬた》のことをいうてはりましたなあ」

「砧青磁は、おなごの肌のように、艶やかで、しっとりとして深みのある色合いなのや。おだやかだけれども、芯のつよさがあるのや」

「砧青磁はおなごの肌のように艶やかとおいいやすなら、うちの肌にふれてみておくれやす」お民の眼が潤んだような光をたたえている。

「どういうことや？」

宗兵衛が驚いたようにお民の顔を見つめた。

「宗さん、うちを抱いておくれやす。うちは、宗さんのためやったら、どないなことでもしますさかい」

お民はそう言うと、やにわに立ち上がり、帯を解きはじめた。宗兵衛は呆気にとられていた。舞妓とはいえ、十八歳の少女のどこに、そんな激しさがあるのか、分からなかった。

「お民、そないなこと、できるわけないやろ」

「宗さん、後生やさかい、抱いておくれやす。うちの肌を見たければ、心いくまで見ておくれやす。ふれたければ、納得いくまでふれておくれやす」

お民が必死になって哀願した。

「そないなことをしたら、祇園におられんようになるのとちがうか」

「そうなるかもしれへん。祇園では舞妓の恋はご法度なのどす。そやけど、うち、宗さんとなら、どないになってもかまへんのどす」

「せっかくやけど、そら、無理や」

「これほどいうても駄目どすか……」お民が情けなさそうに顔をゆがめた。

「いったい、どないしたのや」

宗兵衛がいくら尋ねても、お民は口を固く結んで、それ以上何も言おうとしなかった。

彼女は舞妓から芸妓になる襟替《えりが》えの時期を迎えて、連日、時乃家の女将のお時から、しつこく水揚げを勧められていたのである。

「お民も十八歳やないか。いつまでも生娘でいられへんし、そろそろ水揚げしてもろたらどないやろか。それでなくとも、ませとるさかい、誰ぞ、好きな人でもできたら、大変なことや」

襟替えして芸妓になるには、相当な費用もかかり、お民が祇園町で生きていこうとするかぎり、どこかの旦那に水揚げしてもらわなければならなかった。それが祇園に生きる女の定めだった。

それなら、せめて自分が好いている人に抱かれたいと、お民は思いつめていたのだった。

お民は頭から布団をかぶり、初夏の登美代での晩のことを思い浮かべながら、ひとしきり声を殺して泣いた。

唇を震わせて泣いているると、時乃家に小女として奉公に出はじめた幼い頃の日々が思い出されてくる。彼女は小柄な身体にタスキをかけて、まめまめしく働いていた。女将のお時は人使いが相当あらい方だった。タスキのかけ方が悪いとか、井戸のつるべの上げ下げが下手だとか、茶碗の洗い方が雑だとか散々小言を言って、お民を叱りつけるのだった。小さい身体で未熟な梅の実のように蒼い顔をして、重いつるべを何十回となく引き上げているお民の姿は憐れであった。

世の中というのはどれほど理不尽なのだろうか。母親は若くして亡くなり、テカテカ頭のびんずるお源に育てられ、惨めな思いをして、やっと舞妓になり、意中の人として宗兵衛を一途に想ってきたのに……。

宗兵衛のところは敷地が五千坪あり、富豪番付にも載っているお金持だということを考えなかったといえば嘘になる。そんなお家の御曹司に水揚げしてもらって、あわよくば身請けしてほしかったのが偽らざる気持であった。いくら計算高い女といわれようと、女はみなそうしているのではなかろうか。でも、そんな夢は叶わなかった。自分のような境遇にある女は何も得られず、そんな苦労を知らない千恵は楽々と手に入れていく。そう思うと、そんな世の中に対して絶望的な気分に襲われるだけでなく、焼けつくような嫉妬心で胸が息苦しくなり、惨めさだけがつのってくる。

「うちは負けたのや、自分はこの世にいても仕方がないのや」という思いだけが、暗い奈落の底に落ち込んでいくように胸に迫ってくる。

どれくらい時間が経ったのであろうか。お民はあたりに誰もいないことを確かめると、寝間着姿のままゆっくりと起き上がった。タンスからお民が大切にしている紫地に扇面を散らした着物をとりだしてじっと見つめていた。

「ほんまに、きれいな西陣や……」

お民は袖のあたりを手にとると、布地に歯をあて、キィーと一気に切り裂いていった。狂ったように何回も布地に歯をあて、手で力いっぱい切り裂き、着物の袖も裾もありとあらゆるところをビリビリに切り裂いていった。部屋いっぱいに切り裂かれた布地が散乱し、そのなかでお民は放心したように虚空を見つめていた。血に染まった海にひとり放り出され、波間を漂っているような絶望感に襲われていた。

「う、うちかて、おんなとしての意地があるのや……」

お民は虚ろな目をして、そうつぶやくと、切り裂かれた一条の布を手にして立ち上がり、踏み台を持ってきて欄間《らんま》にその布をかけた。

「そやけど、すべて、もう、おしまいや……」口を真一文字に結んで、踏み台に右足をかけた。

「南無阿弥陀仏、南無阿弥陀仏……」と念仏を唱えて、布に手を伸ばし首にかけようとした。ドスン！　と大きな音がした。

「お民さん姉さん、どないおしやしたんどすか」

階下から、あわてて小女が駆けあがってきた。

「ウーン……」お民が顔をしかめてうなっている。そばに踏み台がひっくり返り、欄間にかかった布が揺れている。

「ヒエー、おかあさん、大変や！」小女は転がるように駆け下りていった。女将のお時が狼狽したように二階に上がってくると「なんてことをおしやしたのや！」と青い顔して、その場にへたりこんでしまった。

その数日後、祇園町では、お民が自殺未遂をはかって、足をねんざしたという話は、誰ひとり知らない者がいなくなっていた。

その年の秋、千恵も舞妓から芸妓になる襟替えの時期を迎えて、いよいよ宗兵衛に身請けされるという話が正式に決まりかけていた。お蓮ははなから賛成であったが、お蓮の旦那の天満屋はちょっと考えこんでいた。

天満屋としては、宗兵衛の家柄や人物について異存はなかったが、身請けさせるには、祇園の定めに合わない点があったのである。

祇園町の噂では、錦光山商店の坂本栄太郎が、「わしは八重の父親である立場から申し上げますと、そのようなことは八重をないがしろにすることでありますから、賛成はできしまへん」と、この話に反対したという。さらに、総務・経理担当の彼は、仮に身請けすることになっても、必要な費用を全部一度に出せないと言って渋ったそうである。大阪の質屋の出身だけあってカネ勘定にうるさかったのである。

妻の八重は「京都の大店ではよくあることですし、宗さんがお望みならば、うちはそれでかましまへん。そやけど、将来、お子が生まれたら、一族の一員として錦光山家のために働いてもらわなあきまへん」と度量の広さを見せたという。もっとも、噂では、八重は宗兵衛の妻としてよくできた女であったが、心のどこかに宗兵衛が自分と結婚してくれたのはお家のためではないかという負い目のようなものを感じているようだった。そのため、妻としてつらいことであったが、宗兵衛のわがままに堪えるつもりなのかもしれないということであった。

結局、宗兵衛の姉の恵以が、自分の夫である栄太郎にも祇園に妾がいるではないかと食ってかかり、栄太郎を狼狽《ろうばい》させたという。彼は必死に弁解したそうだが、母親の宇野の「宗兵衛も店主として頑張ってるさかい、息抜きも必要やろ。身請けして稼業に一層精を出してくれるなら、そうしたらええがな」という一言で、千恵を身請けできることになったという噂であった。

実際、天満屋のところにも、身請けの費用は、一時金は出さないかわりに、お蓮に一生の間、月々のお金を仕送りするということでどうだろうかと相談があった。天満屋はお金が目当てではないにしろ、祇園ではちょっと例がないことであるし、なおも考え込んでいたのである。

そんなある日の晩、天満屋がお蓮と千恵を前にして盃を傾けながら言った。

「聞くところによると、お民は、宗兵衛さんに横恋慕しとったという話やないか」

「あの妓も一途なとこがあるさかいなあ」お蓮が口をはさんだ。

「思いつめたんやろか。それにしても、足をねんざするとは、そそかっしい妓や。そやけど、千恵も、なにも宗兵衛さんの想いもんにならんでもええのやないか。前にもいうたように、出雲の阿国やないけど、芸妓は芸妓らしく芸で身を立てていけば、それでええのやないか」

「………」

千恵は黙って聞いている。

「それに、宗兵衛さんには、八重さんという正妻もおって、三歳になる美代という娘はんもおるという話やないか。それでも千恵がどうしても縁を結びたいというなら、歌舞伎役者の女房になったらどうや。鴈治郎かて、福助かて、若手のええ役者がいっぱいおるさかい、なんぼでも紹介するがな」

天満屋が真顔になって言った。

千恵はうつむいてしばらく考えこんでいた。正妻の八重のことやお民のことを考えると、心に痛みを感じないわけではなかった。宗兵衛に身請けされれば、正妻の八重はもとより、宗兵衛に一途に想いを寄せて自殺未遂までしたお民の心を踏みにじることになる。宗兵衛の商売の手助けをするならば、むしろ才気煥発で口達者なお民のほうがふさわしいとさえ思われる。

それだけでなく、自分は舞で身を立てて生きていこうと誓ったのではなかったか。千恵にとって舞は単に身過ぎ世過ぎの手段ではなく、自分が生きていくうえで芯となるものであった。それを捨て去ることは、どこか自分の心を偽っているのではないだろうか。そんな思いが拭えないのであった。だが、宗兵衛が語った、世界に日本の焼物の美を届けたいという言葉には抗《あらが》えない魅力があった。日本の国内だけでなく、世界へ、日本の焼物の美を届けて、世界の人々とその美を共有すること、それは想像するだけでも心躍るものであった。それは単なる綺麗ごとではなく、おだやかだが、どこか憂いを帯びて遠くを見ているような眼差しの宗兵衛なら必ずや成し遂げることだろう。そんな仕事に自分が少しでも役だつことができるならば、舞を捨て、また正妻でなくても、後悔することはないのではあるまいか。舞も人の心を捉えて離さない魅力があるが、美しい焼物には人の心のなかにある炎を突然燃え上がらせ、魂を根こそぎ奪っていく魔性の力がある。自分はその魔性の力には身をまかせてみたい。そう思うと、たとえ二人の女の心を踏みにじり、地獄に落ちるような罪深い女になったとしても、どのような美しい焼物を宗兵衛がつくり、世界に届けるのか、それを見届けたいという思いを打ち消すことはできなかった。

千恵がゆっくりと顔を上げた。

「うち、からだがそんなに強くあらへんし、役者はんみたいに忙しいお方のそばにいても役に立ちしまへん」

「そんなこといわんと、もう一度考えなおしたらどうや。蛇《じゃ》の道は蛇というて、同じ芸で身を立てとる芸妓と役者は相性がええのや」

「そら、お父さんのいう通りかもしれまへん。そやけど、うちは、好きなお方と一緒に静かに暮らしていければ、正妻やなくても、それでええのどす」

千恵が訴えるように言った。

「ヘッヘッヘ、のろけかいな、聞いてられんわア」と天満屋が肩をゆすって笑いながら言った。

「これまで親に楯突いたこともない千恵がこれほどいうのやさかい、許してやったらどうどすか」お蓮が助け舟を出した。

天満屋もついに折れて、その年の晩秋に千恵は宗兵衛に身請けされたのである。

翌年の新春早々、宗兵衛は三条小橋から木屋町をすこし下がったところに、庭つきの二階建ての家を用意して、千恵を呼び寄せたのである。

第二章　宗兵衛、パリ万博へ

五

それから三年程経った明治三十三年の二月二日の早朝、宗兵衛は七条（京都）駅で盛大な見送りを受けていた。パリ万博が開かれるのを機に、京都商業会議所の海外視察団が組成され、宗兵衛もその一員に加わっていたのである。

七条駅には、内貴京都市長や京都商業会議所、京都陶磁器商工組合、報道関係など百余名が集まっていた。そのなかには妻の八重が七歳になる娘の美代、三歳になる長男の誠一郎を連れて見送りに来ていた。その後方に千恵が生後七カ月の赤ん坊を抱えてひかえめに立っていた。昨年の夏に貞之助という男の子が生まれていたのである。

宗兵衛が千恵の方に目をやると、彼女は貞之助をささげるように持ち上げた。

「万歳！　万歳！」見送りの人々が歓声をあげ、日の丸の旗を振っている。

海外視察団の一行は、騒然とした七条駅をあとに神戸にむかい、正午きっかりに神戸港を出港する日本郵船の若狭丸に乗りこんだ。

その日は霧が濃く、汽笛を鳴らして若狭丸は出港した。その後は天気も晴朗となり波も穏やかで、宗兵衛は同行の竹内棲鳳（後に栖鳳）画伯や中沢岩太博士と芸術や工業談義をして過ごしていた。竹内棲鳳が甲板の藤椅子にもたれながら言った。

「わしは、西洋画というのは光が生命やないかと考えておるのや。ラスキンというイギリスの美術評論家の話やとターナーというイギリスの画家は、朦朧《もうろう》とした光の風景を描くのがとてもうまいそうや。ぜひ、拝見したいと思っとるのや」

竹内棲鳳は、二、三年前から京都御池の自宅に徳永鶴泉という画家兼英語教師を招き、ラスキンの「近代画家論」の翻読を学んでいたのである。

「棲鳳さん、わしは、今度できる京都高等工芸学校の美術担当の教授を探しているのですが、どなたかいい人をご存じないですか」

中沢岩太博士がツルツルに禿げた頭に手をやりながら言った。彼は明治三十年に創設された京都帝国大学の理工科大学の初代学長であったが、二年後に開校される京都高等工芸学校の初代校長に就任する予定となっていた。

「うーん、すぐには思いつきませんなあ」と竹内棲鳳が言った。

五日目に右舷に香港の島影が見えてきた。港に入って行くと、多くの小舟が行きかっている。なかには子を背負った老婆が櫓《ろ》をあやつる舟や家族が居住している舟などもある。

香港を出てから二、三日後、船はモンスーンの大風に大揺れに揺れ、宗兵衛は甲板に出て白く逆巻く怒涛を眺めながら嘔吐したが、シンガポールに無事到着。その後、スリランカのコロンボを発ってしばらくすると陸影は消え、海原が続き、若狭丸はインド洋、紅海を経て、スエズ運河を通過し、コルシカ島の南端をまわって、マルセーユに到着、陸路リヨンを経て、三月二十八日にパリに着いた。

　翌日から、宗兵衛たちは、精力的にパリ市内をまわりはじめた。オペラ座を望む大通りでは、馬車が頻繁に行きかい、山高帽をかぶり、フロックコートに蝶ネクタイをつけた男たちが、また羽飾りのついた帽子をかぶり、ウエストをきつく締めたロングドレス姿の女たちが日傘をさして通りすぎていく。どういうわけか、女たちがみな美しく見えるのであった。

「これほど発展しているとは思いませんでした」宗兵衛が目を輝かせて言った。

「そやなあ、万博会場が広すぎて、さっぱりわからへん。パリ市内の博覧会や美術館の展覧会だけでも、二、三十ケ所もあるという話やないか」竹内棲鳳も目を丸くしている。

　中沢岩太博士が思いついたように言った。

「ボアード・ブーロン公園に熱気球があるそうですから、それに乗って万博会場をいちど俯瞰《ふかん》したらどうでしょうか」。「そら、ええ考えや」

　一行はボアード・ブーロン公園にむかい、熱気球に乗って会場全体を一覧することにした。竹内棲鳳は、わしは遠慮しとく、といって乗ろうとしなかったが、宗兵衛ほか数名が熱気球に乗り込んだ。熱気球はゆっくりと上昇していき、地上四百二十メートルの高さでとまった。眼下にはパリ市街が広がっている。東から西に大きく蛇行しながら流れるセーヌ川が、春の陽ざしを浴びて銀色に光り、両岸にはセーヌ川を縁取るように各国のパビリオンの白亜の建造物が立ち並び、色とりどりの幟が風にはためき、大勢の見学者を乗せた連絡船が移動している。

セーヌ川の右岸の丘にはイスラム風の二本の尖塔がそびえるトロカデロ宮が眺められ、南のセーヌ川の左岸にはエッフェル塔が屹立し、その奥には二十八ヘクタールの広大なシャンドマルスの展示場が広がっている。その右手には巨大な地球儀が見え、観覧車も小さく遠望できる。

「なんと壮麗な万博やろか！」

宗兵衛は感激して身体が震えるほどであった。

四月十四日にパリ万博が開催されると、宗兵衛たちは万博会場を精力的にまわることにした。竹内棲鳳の強い希望もあり、最初にシャンゼリゼに新しく建設されたグラン・パレに行くことにした。

鉄骨と総ガラス張りの屋根が美しいグラン・パレでは、「フランス美術一〇〇年展」と「フランス美術の十年展」が開催されていた。マネなどの印象派をふくめて四千五百点の絵画と五百点の彫刻が展示されており、すべてを見ようとすると数日かかるのであった。

巨大な迷宮のような展示室を巡って、ようやく日本の絵画の展示室にたどりついた。

「なんや、気恥ずかしい感じやなあ」竹内棲鳳が、困惑したように言った。

日本の絵画が軸装でなく額装で展示されていて、どうもチグハグしている。それだけでなく、西洋画を見てきた目には、銀牌を受賞した黒田清輝の三人の裸婦を描いた「智・感・情」をのぞくと、どうしようもない違和感があった。

「日本の絵は、隈をとるだけにとどまっているさかい、光線の道理をもっと研究せんとあかんなあ」竹内棲鳳がうなっている。

翌日、宗兵衛は竹内棲鳳と別れて、中沢岩太博士と陶磁器部門を見学に行った。パリ万博では、陶磁器部門には約千件の出展があったが、美術館に展示されることはなく、漆器、七宝などとともに工芸館に展示されていたのである。

「これがアール・ヌーヴォーか！」

宗兵衛は、衝撃のあまり化石のように身動きできなかった。

欧米各国の陶磁器展示場には、フランスのセーヴル窯やドイツのローゼンタール窯、デンマークのロイヤル・コペンハーゲン窯などの結晶釉や釉下彩などの最新の窯変釉技法による優美な装飾と美しい色合いをもったアール・ヌーヴォー様式の陶磁器であふれていた。

「これほど、アール・ヌーヴォーが流行しているとは思わへんかった」

宗兵衛が顔をひきつらせている。

「アール・ヌーヴォーは、釉薬《ゆうやく》の技法と意匠が一体となっているので、ただ単に意匠を変えればいいというわけでないので、釉薬技法の開発が難しいですなあ」

中沢岩太博士も驚きを隠せないでいる。彼は東京帝国大学でゴッドフリード・ワグネルの下で助教授を勤め、ドイツにも留学した経験があり、明治三十年の京都帝国大学の開設にともない京都に移り、京都陶磁器試験場の顧問も務めていた。

その後、宗兵衛たちは重い足取りで日本の陶磁器の展示場にむかった。日本の陶磁器では、宮川香山が大賞、宗兵衛、香蘭社、深川忠次などが金牌を受賞していたが、アール・ヌーヴォー様式の新しい陶磁器のあふれたパリ万博会場では、どうしても旧態依然としたものに感じられるのであった。帝室技芸員であった清風与平も三点を出品し銀牌を受賞していた。

「清風与平さんも頑張っておられるけれども、アール・ヌーヴォーの前では少し影が薄いですなあ」中沢岩太博士が言った。

「これで粟田焼をはじめ日本の陶磁器はとどめを刺されましたわ」

宗兵衛は暗澹《あんたん》たる気分であった。というのも、京都陶磁器試験場は四年ほど前に設立されたが、京都の製陶家は「藤江永孝とかいう、あの書生っぽい学者先生の話を聞いても採算があわんことばっかりいうて、なんの役にもたたへん」と言って寄り着こうせず、閑古鳥が鳴く有様であった。

「陶磁器試験場は宗兵衛さんと松風嘉定さんのためにあるのと違うやろか。それなのになんでわしらが組合費を払わなあかんのや」と宗兵衛に対する非難は日増しに高まり、製陶家だけでなく、京都府庁や議会、商業会議所からも宗兵衛に対して金の無駄使いだと批判が噴出していたのである。

それでも、藤江永孝が農商務省から実地調査の嘱託を受けて、清国窯業の調査に出かけ、景徳鎮におもむいた結果、唐呉須《からごす》の研究が進み、陶磁器試験場でこれを製造することができるようになり、製陶家たちも寄りつくようになっていた。試験場設立以来三年近く経って、ようやく試験場に対する不満も薄れていったが、今度はアール・ヌーヴォーのような窯変技法を開発できなければ、試験場への信頼が失墜するだけでなく、日本の窯業は世界から取り残されていくことになりかねなかった。

宗兵衛は、ふと今頃どうしているだろうかと藤江永孝の姿を思い浮かべた。藤江永孝は農商務省の海外実業練習生として昨年の九月二十八日にブレーメンに上陸して以来、ドイツに滞在し、ドイツ語を学びながら窯業の研究を続けていたのである。

「日本の陶磁器の改革が急務ですなあ」中沢岩太博士がつぶやくように言った。

「なんとか、結晶釉や釉下彩などの窯変技法を開発せんとあきまへんなあ」

宗兵衛が思いつめたように言った。彼は不安と焦燥感におそわれていた。果たして欧米の技術に追いつき、追い越すことができるのだろうか。それほど、アール・ヌーヴォーの衝撃は大きかった。

宗兵衛は、三週間ほどパリに滞在したあと、一行と別れて、かねてから手紙で連絡してあった藤江永孝に電報を打ち、ドイツのベルリンにむかった。

四月二十二日の午後に、宗兵衛がベルリンのポーツタム駅に着くと、藤江永孝と平野耕輔が出迎えにきていた。平野耕輔は、東京工業学校で藤江永孝の後任としてワグネルの助手及び農商務省技手を勤め、文部省留学生として、藤江永孝とともにドイツに来て、行動をともにしていたのである。

「今日は、お疲れでしょうから、これから宿にいって食事をし、明日、ベルリン王立磁器製陶所を見学することにしましょう」

藤江永孝が宗兵衛の手をがっちりと握って、ホテルに案内した。

その晩、カフェバウエルというレストランで、ベルリンの夜景を見ながら食事をとった。藤江永孝がビールの泡を口ヒゲにつけながら尋ねた。

「ところで、パリ万博での日本の陶磁器の評判はどうでしたか」

「それが大変な不評で、見ていて思わず冷や汗が出るほどでした。日本の陶磁器は、アール・ヌーヴォー全盛のなかで、技術的にも意匠的にもまったく新味がなく、見向きもされない状況でした。このままでは日本は海外に大きく遅れをとるかもしれません」

「そんなにかんばしくなかったのですか。容易ならざる事態ですなあ。なんとしても、われわれが、ヨーロッパの最新の窯業技術を学んで帰らないといけませんなあ……」

藤江永孝が顔をくもらせた。

「ところで、研究のほうはだいぶ進んでいるのですか」

宗兵衛が期待をこめた眼差しをむけた。

「いくつかの製陶所を見学に行ったのですが、ことごとく門前払いされてしまって思うように進んでいないのです。欧米の陶磁器は、釉薬自体が文様と一体になっているので、実際に工場に入って、実地に研究しないとわからないのです。そこで、どうしたら工場へ入れるか、いろいろ考えて、オーストリアの元日本領事をしていたハーラハリー伯爵の夫人が日本人でしたので、その夫人に頼んでみようかと考えているのです」

藤江永孝が苦し気な顔をして言った。重苦しい空気が流れた。

「わしはいろいろ考えて、思い切ってドレスデンへ移ろうと思うのです。マイセンも近いですし、またボヘミアのプラハに行くにも便利な立地です」

藤江永孝が重い口をひらいた。

「ドレスデンは、ドイツの窯業の中心地やさかい、突破口が開かれるかもしれまへんなあ」

「とりあえず、明日、ベルリン王立磁器製陶所を見学したあと、わしらは先にドレスデンに行って下宿を探したり、いろいろ準備をしていますから、そのあとに宗兵衛さんもドレスデンに来てください。そしたら三人でマイセンに行きましょう」

今後のことを相談しているうちに、気がつくと夜更けになっていた。

翌日、宗兵衛たちは、ベルリン王立磁器製陶所に行き、ハイネッケ所長と面談し、工場、窯業試験室、ガス窯などを見学した。展示場には、金彩とエナメル装飾がほどこされた食器や装飾品が並べられており、まばゆい光を放つ絢爛豪華な製品に圧倒される思いであった。

「輝くように白い磁器やなあ」

宗兵衛が感に堪えぬように言った。欧州の磁器の白さに対して、京都の磁器は素地にまざりものがあって、かすかに色がついていたのである。

「日本のものは水簸《すいひ》が十分でないのかもしれませんなあ。今後、高級品だけでなく、日用品も作っていくとなると、大いに改良の余地がありますなあ」藤江永孝が嘆息した。

その数日後、藤江永孝と平野耕輔がドレスデンに移り、そのあとを追って、宗兵衛がドレスデンに移ったのは、五月二十三日のことであった。

宗兵衛がドレスデンに着いた翌日の晩、日本公使館で在留邦人の日本人会の宴が催され、宗兵衛ら三人も出席することにした。十数人の日本人が歓談しているなかで、大きな花飾りのついた帽子をかぶり、腰をきつく締めたシルクのロングドレスを身につけた貴婦人が宗兵衛の目を惹いた。

「あのご婦人は、どなたですか？」

「あの方がハーラハリー伯爵夫人のお玉さんです。お玉さんは陶磁器が趣味で、ヨーロッパの陶磁器関係の人脈があるという噂があるので、ボヘミアのプラハのラドリッツ磁器工場を紹介してもらえないかお頼みしたいのです」

藤江永孝が緊張した面持ちで言った。

「ラドリッツ磁器工場に入ることができたら、藤江さんの研究も大いに進むことになりますなあ。なんとしても、紹介してもらわんとあきまへんなあ」

宗兵衛と藤江永孝が近づいていくと、ハーラハリー伯爵夫人がゆっくりと顔をむけた。ハーラハリー伯爵夫人は三十代後半のようであったが、脂の乗ったきめ細かい肌をしている。いくぶん胸をそらし、見下げるような態度はいかにもプライドが高そうである。

宗兵衛が挨拶をすると、ハーラハリー伯爵夫人はしばらく宗兵衛と藤江永孝を交互に見つめていたが冷たく言い放った。

「わたくし、この方とだけお話ししたいので、藤江さんは遠慮していただけるかしら」

「えッ、わしはあかんのですか……」

藤江永孝は憮然とした表情をした。

「わたくし、あまり暑苦しい殿方は苦手ですの。こちらの方はお若そうだし、清潔感があって好ましく御見受けいたしますわ」

藤江永孝が立ち去ると、宗兵衛は苦笑いして、ラドリッツ磁器工場の紹介状を書いていただけないか、と丁重《ていちょう》に頼みこんだ。ハーラハリー伯爵夫人は、いたずらっぽい顔をして言った。

「ご紹介するのはかまいませんけど、条件がございますの。主人がオーストリアに出張でおりませんから、今晩、わたくし、お酒をたしなんで、大人の世界に浸ってみたい気分ですのよ。よろしかったら、ご一緒していただけるかしら」

「そら、かまいまへんけど……」

「どこのホテルにお泊りなのかしら」

「セントラルホテルですが……」

「最高級のホテルにお泊りですのね。あそこのホテルのカクテルは、わたくしの好みでございますの。ちょっと、外で待っていてくださいますか。すぐにまいりますから」

ハーラハリー伯爵夫人はそう言って立ち去っていった。

宗兵衛がちょっと用ができたから先に失礼するというと、藤江永孝が冗談っぽく言った。

「ああ、おそろしや。宗兵衛さん、女難の相がでていますよ」

「なにをおっしゃるんですか。あの貴婦人にお酒をご馳走して、ラドリッツ磁器工場の件をお願いするだけのことです」

「どこか男のにおいがプンプンする貴婦人ですなあ」

めずらしく平野耕輔が口をはさんだ。

「まったく、わしらは、一年近くご無沙汰しているというのに……。まあ、しっかりお願いしてください。ご成功を祈っています」と藤江永孝が皮肉っぽく言った。

しばらく外で待っていると、ハーラハリー伯爵夫人が出てきて、彼女の馬車でセントラルホテルに向かった。馬車のなかで伯爵夫人がうっとりしたように言った。

「わたくし、ヨーロッパの陶磁器はみな好きなのですけど、ハンガリーのジョルナイの装飾陶器がとても素晴らしいと思います。ジョルナイには、エオシン釉の陶器があって、独特の妖しいきらめきを放つのです」

「そのジョルナイというのは、どの辺にあるのですか」

「ジョルナイはブタベストからだいぶ離れた南部のペーチというところにございます」

「だいぶ遠いところですなあ。それでも一度、そのエオシン釉というもんを拝見したいものですなあ」

宗兵衛は強い好奇心にかられて言った。

ホテルに着くと、ハーラハリー伯爵夫人は、背筋を伸ばし、優雅な足取りでホールを歩きながら、恥ずかしそうに言った。

「レディとして、お酒を飲んでいるところを人様には見られるのは、とてもはしたないことですわ。お部屋でいただいてよろしいかしら」

宗兵衛の部屋には二つの寝室のほかに、応接セットが置かれた広い部屋があり、そこにカクテルとウィスキーの水割りを運んでもらうことにした。

宗兵衛が伯爵夫人にカクテルをすすめながら言った。

「明日、マイセンにいくので、とても楽しみです」

「マイセンといえば、マイセン磁器製作所は、ザクセン選定侯アウグスト強王が、錬金術師ベトガーを十三年間幽閉して、はじめて磁器製造に成功したというお話をご存じでしょうか」

「ええ、存じております」

「本当に、殿方の権力と美にたいする果てしない欲というものは、女のわたくしには想像できないところがございますわ」

伯爵夫人はそういって艶然とほほ笑んだ。

ヨーロッパの陶磁器談義に花が咲き、楽しいひとときがすぎた。

「わたくし、すこし酔ってしまったみたい。休ませていただいていいかしら」と伯爵夫人は顔をすこし上気させて言った。

宗兵衛が伯爵夫人を抱きかかえるようにして、寝室のベッドに横たわらせると、

「すこしゆるめてくださらない……」と、伯爵夫人は美しい眉をひそめて、切なそうにつぶやい

た。宗兵衛がドレスの紐をゆるめると、

「ちかいうちに、主人に頼んで紹介状を書いてもらいますわ。そのかわりといってはなんですけど、わたくしを一晩、ここに幽閉してくださらない」と耳元でささやいた……。

その翌日、宗兵衛たち三人はマイセンに向かった。マイセンはドイツ南東部ザクセン州の州都ドレスデンからエルベ川に沿って約二十キロ離れた所にある焼物の町であり、新緑の草原と丘に囲まれて高台にアルブレヒト城がそびえる美しい町であった。

宗兵衛たちは、小雨の降りしきるなかを黙々と官立製造所、磁器工場、化学製造所、カオリンの採掘場を見てまわり、結局、マイセンに三日間ほど滞在してから、ドレスデンにもどった。

それから数日後、藤江永孝が憤慨したような面持ちでセントラルホテルにやって来た。部屋のなかに入ってくると、いきなり、宗兵衛の前に手紙をさし出して言った。

「じつは、わしはドイツのシュレージン州の窯業視察に行きたいと思って、パリにおられる中沢博士に手紙を書き、滞在費の増額をお願いしたところ、今朝、中沢博士から手紙がきて、身分を顧みざる不埒《ふらち》な考えと、大いなる叱責をうけたのです。面目ない次第ですが、わしが私利私欲で滞在費の増額を要求したと思われるのは、はなはだ心外であります」

藤江永孝は、もう、バカバカしくて、やってられません！　と叫ぶと、部屋の中央に大の字になってしまった。

宗兵衛が呆気にとられていると、藤江永孝は拳で床をたたき、悲憤慷慨《ひふんこうがい》している。

「わしはまだ釉薬の技法や窯業の機械設備、煉瓦の製造法も、なに一つ身につけていないのです。まったく、なんのために、ここまでやってきたのか、わからんのです！」

宗兵衛はしばらく考えていたが、「そうですか、それなら、わしが視察の費用をすべて持ちますから、是非、一緒に行きましょう」と言った。

「えッ！」

藤江永孝は身をおこして、ポカーンと口を開けている。

「藤江さんには、なにがなんでも、工場を実見して最新の窯業技術を身につけてもらわんとあかんのです。わしに用立てさせてください」

「いや、そういうわけにはいきません」

「わしはドイツ語に不慣れなうえに、どこに工場があるのかもわからないのです。通弁を雇っても一人で視察するのは無理なのです。是非、一緒に行きましょう」

「そういっていただけると助かります。面目ない次第ですが、お言葉に甘えさせていただきます」藤江永孝は大きな身体を小さくして、しきりに頭を下げている。

六月に入ると、陽気もだいぶ暖かくなり、三人は夏服に着替えて、一カ月ほどかけてシュレージン州の窯業視察に出かけて行った。いくつかの工場では門前払いを受けたが、磁器工場、窯業機械製造工場、煉瓦製造工場、琺瑯《ほうろう》工場などを見学でき、大いに有意義な旅となったのである。

その後、宗兵衛たちは、ハーラハリー伯爵夫人の紹介でプラハのラドリッツ磁器工場を見学できることになり、再び視察旅行に出かけた。どこまでも続くボヘミアの緑の原野を黒煙を吐く蒸気機関車で走り抜け、プラハに着き、ラドリッツ磁器工場を見学して、その後、オーストリアのウィーン、ハンガリーのブタペスト、さらに南端の町ペーチのジョルナイ工場を見学した。エオシン釉の陶器は、ハーラハリー伯爵夫人のように、どこか熟れた貴婦人のような妖しいきらめきを放っていた。

その後も、宗兵衛たちはミュンヘン、ニュールンベルクをまわり、九月初旬にボヘミアのカルロヴィヴァリに至り、ワハトマイシュテル・ホテルに泊ったが、夜通し南京虫攻めにあって一睡もできなかった。やっとの思いで、ドレスデンにもどってきた時には、九月も半ばをすぎて寒くなっていた。オーバーを持って来ていなかった藤江永孝は、寒い、寒いとぼやいていた。

九月二十八日、宗兵衛と藤江永孝は、早朝の汽車でドレスデンを発ち、万国博覧会が開催されているパリにむかった。途中、ライプチッヒ、シュトラスブルグを経てパリに着いたのは、秋風が吹きはじめた十月一日のことであった。

パリに着いてしばらくしたある日、宗兵衛は竹内棲鳳、中沢岩太博士とともに、マラコフ通り五十八番地にある、東京美術学校（のちの東京芸術大学）教授で高名な洋画家である浅井忠のアパートを訪れた。壁のペンキがところどころはがれた古い建物の狭いらせん階段を四階まで上がっていくと、大きな扉があった。宗兵衛がノックすると、部屋の奥のほうから、「どなた？」という声がした。しばらく待っていると、浅黒い顔をして背の高い浅井忠が出て来て、首をすこし前方にかがめて「こちらへ、どうぞ」と扉を開いて招き入れた。

なかに入ると、細長い部屋が三つあり、浅井忠は西向きの八畳の部屋に案内した。窓からは、右手に凱旋門が眺められ、左手にエッフェル塔がすぐ頭上にそびえて見えた。

部屋のなかには先客がひとりいた。

「宮永剛太郎君です。彼はパリ万国博覧会事務局に勤務していて、芸術に大変理解のある男です。すっかり意気投合して親しくさせてもらっています」と浅井忠が紹介した。

宮永剛太郎は、歌舞伎役者のような端整な顔に笑みをうかべて、

「わたしは、東京仏語学校でフランス語を学び、卒業後は岡倉天心先生の助手として欧米美術の調査にあたっていたのですが、その後、農商務省に奉職し、昨年、万国博覧会事務局員としてパリにきて、日本美術の展示を担当していました」と自己紹介をした。

「いま、二人で茶漬けでも食おうかと思っていたのですが、それなら近くに出かけましょう」と浅井忠が言った。

「ご自分で料理なされるのですか」と宗兵衛が尋ねると、

「いや、料理というほどのもんではありません。大根を買ってきて、皮をむき、三寸くらいに切り、塩でもんで固くしぼって漬物にするのですが、これが結構うまいのです。これは明日の朝、茶漬けにして食べることにしましょう」

浅井忠は着替えはじめた。地味な柄のズボンにモーニングコートを着て、編み上げ靴をはき、シルクハットをかぶり、最後に握りの曲がったステッキを手にした。

一行は秋の陽光を浴びながらビクトル・ユーゴー広場まで歩いて行った。通りには、大勢の人々が行きかっていたが、浅井忠は長身で足も長く、外国人のなかにあっても、堂々としていて見劣りすることはなかった。

ビクトル・ユーゴー広場のカフェで、浅井忠がカフェオレを飲みながら言った。

「わたしはパリ万博会場にかよい、つぶさに東西の絵画を鑑賞したのですが、諸外国にくらべて、日本の絵画は日本画、油絵ともじつに顔色なしといわざるをえません。思わず冷や汗が流れるほどでした」

浅井忠は文部省から二年間のフランス留学を命じられ、さらに臨時博覧会事務局からパリ万博の鑑査官に任命され、パリに滞在していたのである。

浅井忠が熱っぽく言葉を継いだ。

「これは、絵画の基礎たるドローイング（下図）をないがしろにしてきた弊が如実に現れたのです。今後の日本美術界の急務は、大いにドローイングを奨励し、これを勉強するにあらざれば、美術家たる資格なしと知らしめる必要があるのです」

「まったく、同感ですな。じつは、今度、新設される京都高等工芸学校では、最優先に、美術・工芸の基礎を強固にしていくことを考えているのです。ところが、肝心の美術の教授がおらず、現在、探しているところなのです。勝手なお願いで恐縮ですが、浅井画伯が帰朝のあかつきには、本校の美術の教授になっていただけたら、ありがたいのですが」

中沢岩太博士が身を乗り出して言った。

「わしのほうからも、お願いいたします。西洋では写実主義を根本とし、物の真を写す技術がすぐれています。その描法を十分研究して、京都画壇を振興してもらえたら助かります」竹内棲鳳も頭を下げた。

浅井忠は腕組みして考えこんでいたが、

「じつは、パリ万博で、美術家が鋭い感覚で工芸にかかわりあっているのを見て感心していたところなのです。アール・ヌーヴォーはその最たるもので、そのデザインがあらゆる美術・工芸分野に新しい息吹を吹きこんでいます。図案の重要性を再認識した思いです」

「京都の陶芸界も、いま意匠改革、技術革新をすすめようとしている最中です。浅井画伯が、京都の陶芸界の意匠改革の先頭にたち、新風を吹きこんでくれたらありがたいことです」宗兵衛もたたみかけた。

「もし浅井画伯が京都に移ることになれば、東京美術学校の教授をお辞めになることになりますが、大変な騒動にならないか心配です」

中沢岩太博士が言った。

「それは、わずらわしい、面倒なことになるかもしれません……。でも、わしは、いわば人身御供で教授になったようなものなので、それほど問題はないでしょう」

浅井忠が苦々しい表情を浮かべてつぶやいた。なぜ、そんなことを言うのか不思議であった。

「京都高等工芸学校は新設校ですから、妙なしがらみがありません。浅井画伯は洒脱で高潔なお方とお見受けしますので問題ないですが、わしは、どうも本邦の美術家という人々は、猜疑心、嫉妬心が強くて、仲が悪いので、その弊を一掃したいと思っているのです」

中沢岩太博士がそう言うと、

「妙にえらぶった画家も多いですからな……」と浅井忠が言った。

「ところで、京都高等工芸学校では、図案教育のために、参考となるような標本資料として、アール・ヌーヴォーの美術・工芸品を収集しなければならないのです。ぜひ、浅井画伯にお力を貸していただきたいのです」

「わかりました。お手伝いいたしましょう」

「それであれば、林忠正氏から紹介してもらった美術商を知っていますので、ご案内いたしましょう」とそれまで黙って聞いていた宮永剛太郎が身を乗り出した。

林忠正というのは、日本美術の紹介に尽力し、日仏の文化人、美術家と幅広く交際している美術商で、民間人としてははじめてパリ万国博覧会事務局の事務官長に就任していた。

翌日、宮永剛太郎の案内で、有名な美術商のS・ビングの店、ギャラリー・ド・アール・ヌーヴォーを訪れた。その店は、ショーシャ通りとプロヴァンス通りの角にあり、屋上の円塔が目を引く瀟洒《しょうしゃ》な建物のなかにあった。中央入口の両側には、青銅の植物模様の飾りが取りつけられ、階段には紅い絨毯《じゅうたん》が敷かれていた。ギャラリー・ド・アール・ヌーヴォーのなかに入っていくと、頭の禿《は》げあがった、背が低く、貧相な初老の男が出てきた。

「ムシュー・ビング、今日はお客さんを連れてきました」宮永剛太郎が声をかけた。

「メルシ」

S・ビングは、古いユダヤ教の預言者のように鋭い目をしてニコリともしない。宮永剛太郎によると、彼は浮世絵の輸出に辣腕《らつわん》を振るい、「芸術の日本」を発行し、ジャポニスムを推進しただけでなく、いまやアール・ヌーヴォーの店を作り、ヨーロッパにアール・ヌーヴォーが広がる端緒を切り拓いた人物であった。

S・ビングは丁寧な物腰で案内して行った。店のなかには、多くの図案家と職人がいて、細工場があり、陶磁器、金属彫刻、ガラスなどを製造しており、店の真ん中が陳列所になっていた。

「アール・ヌーヴォーの曲線は、線をぐりぐり巻いたようで、われわれ日本人には、あまりしっくりとこないのですが、これだけ世間から歓迎されているのですから、研究しないわけにはいきませんなあ」浅井忠が感心したように言った。

「まあ、少しいやみですが、日本の流水模様と考えれば、それなりに納得いきますなあ」

中沢岩太博士は真剣な眼差しで展示品を一つひとつ見てまわっている。一方、宗兵衛は、宮永剛太郎と陶磁器を中心に見てまわった。彼はフランスのセーヴル窯を中心としてヨーロッパの窯業事情を熟知していて、宗兵衛にとって大いに参考になるのであった。

一通り見てまわってから宮永剛太郎が残念そうに言った。

「アール・ヌーヴォーは、日本のすぐれた浮世絵や古美術などを研究して、それがヨーロッパで開花したものです。日本人はむやみに欧米の美術・工芸を崇拝していますが、日本の美術・工芸品にもっと目をむけるべきなのです。まったく、歯がゆい思いです」

「宮永さんは、お役所勤めの割には、ずいぶん芸術心がありますなあ」と宗兵衛が言った。

「じつは、東京仏語学校に入る前に、横浜のドイツ商館ウィンクレル商会に勤めていて、美術・工芸品貿易に従事していたことがあるのです。また、卒業後は、岡倉天心先生から日本の伝統的な美術・工芸品の美を教えていただいたのです。ただ、岡倉先生は、洋風美術の排斥を主張し、その結果、西洋画が公募展に出品できなくなり、浅井画伯には大変、ご迷惑をおかけしたのです」

「そら、知りませんでした」

「じつは、わたしは日本の美術・工芸の真価を世界に知らせるべく、いずれ美術・工芸の世界に身を投じる決意をしているのです」

「わしは、これからの日本の陶磁器の意匠を欧米人の嗜好にあわせるだけやなく、大胆に改革していこうと考えているのです。ぜひ、わしのところで陶磁器の意匠改革のお手伝いしていただけないでしょうか」

「お誘いいただき有難うございます。浅井画伯とも相談してみます」宮永剛太郎が言った。

それからしばらくして、栗野公使の送別会を兼ねた日本人会がホテルで開かれ、宗兵衛たちも参加した。会場には数百名の日本人が集まり、盛会をきわめていた。そのなかには、林忠正らパリ万博事務局関係者や「白馬会」系の洋画家、黒田清輝、和田英作や、それと対立する「明治美術会」系の洋画家小山正太郎などもいた。

宗兵衛がワイングラスを片手に浅井画伯と談笑していると、向こうから洋画家の黒田清輝が小太りの身体をゆすりながら近づいてきた。

浅井忠は、黒田清輝と顔を会わせると、「ヤァー」といっただけで、そそくさと立ち去ってし

まった。同じ東京美術学校の教授であるのにと、宗兵衛が訝《いぶか》しく思っていると、

「京都では大変お世話になりました。お蔭さまで、うまい酒が飲めました」と黒田清輝が上機嫌で言った。パリ万博の出品作品の「智・感・情」が銀牌を受賞したせいか、顔の色つやもすこぶるいい。

「いや、こちらこそ、ご足労をおかけしました」

一年ほど前に、黒田清輝は京都を訪れ、宗兵衛の工場陳列室や京都陶磁器試験場を見学し、その晩、一力で飲んだのであった。

そこへ中沢岩太博士がやってきて、黒田清輝と談笑しはじめた。

宗兵衛が軽く会釈して、その場を離れると、うしろから声をかけられた。振り返ると、洋画家の小山正太郎が笑顔で立っていた。

「お呼び立てしてすいません。ちょっと、お耳にいれておきたいことがありまして……」

「どないなことでしょうか」

「浅井のことで、すこしお話ししておいたほうがいいと思いまして」

「…………」

「じつは、浅井から相談がありまして、わたしのほうから、京都高等工芸学校へ転任することを強く勧めておきましたので、いずれ返事があると思います。そのことを中沢博士にお伝え願いた

いのです」

小山正太郎の話によると、浅井忠は「わしが、東京美術学校の教授となったのは、西洋画の画壇のなかで、新派といわれる白馬会から教授として黒田清輝を出したので、旧派といわれる明治美術会からも教授を出さざるをえなくなり、わしがやむをえずなっただけだ」と、語っていたそうだ。

浅井忠にとって、東京美術学校は、西洋画を排斥した岡倉天心が事実上の初代校長になった学校であり、また、フランス留学を終え帰国した黒田清輝が、浅井忠が中心となって創設した「明治美術会」と袂を分かち、「白馬会」を創設した経緯があり、屈折した感情を抱いているとのことであった。

「よくわかりました。中沢博士に伝えておきます」と宗兵衛が言った。

「よろしくお願いします」

小山正太郎が頭を下げた。彼はパリ万博の出品監査委員として渡欧してきており、浅井とともに工部美術学校（東京美術学校の前身）でイタリア人画家フォンタネージに学んだ旧知の仲であり、浅井忠のことはよく知っていた。

それから数日して、宗兵衛たち一行はパリを出発し、ベルギー、オランダを見物し、ロンドンへ向かい、ふたたびパリにもどって来たのは十一月もだいぶ経った頃であった。

十一月十二日、宗兵衛たちは、この年はじめて積った霜を踏みしめて浅井忠のアパートを訪ねた。しかし、浅井は不在で、かわりに小山正太郎が出てきた。

「浅井画伯によろしくお伝えください」中沢岩太博士が言うと、

「浅井は、皆さんが旅行中に夏目金之助（漱石）君がロンドン留学途上にパリ万博を見学にきて、皆さんとお会いできなかったのは残念ですと言っていました。また、彼は皆さんに再びお会いできるのを楽しみにしていますとの伝言がありました」と小山正太郎が言った。

寒い日が続き、パリを去る前日、午後から雪が舞いはじめた。宗兵衛は夕食後、荷造りを終えると、ホテルの窓からぼんやり外を眺めていた。夕闇の底に、雪で真っ白になったパリの街並みが見え、街の灯が窓ガラスについた雪でぼんやりとにじんでいる。

「千恵はどうしているやろか……」

宗兵衛は吐息とともにつぶやいた。もう、日本を離れて、かれこれ十カ月になるのであった。その晩、宗兵衛は旅愁が胸にせまり、なかなか寝つけなかった。

十二月の中旬、宗兵衛たち一行は、パリを発ち、ドイツ、オーストリア、ハンガリー、イタリアの各地で、美術学校や美術館を見学しながら、ふたたびロンドンにもどり、翌年一月五日、日本郵船丹波丸に乗ってロンドンを出帆し、二月二十五日正午、ほぼ一年ぶりに神戸港に着いたのであった。

第三章　宗兵衛、粟田のアール・ヌーヴォーへ

六

ヨーロッパから帰国した宗兵衛は、帰朝報告書の作成などに忙殺されていたが、ようやくそれも一段落して三条小橋の近くにある千恵の家を訪れた。家は二階建てで八畳と四畳半の部屋があり、庭に面した八畳の部屋では二歳になったばかりの貞之助が、見慣れない父親である宗兵衛を見て、いつまでも泣き止まなかった。

千恵がなんとか貞之助を寝かせつけると、待ちかねていたように尋ねた。

「長い間、どうもお疲れ様どした。パリ万博はどないでしたか」

「パリではアール・ヌーヴォーという新しい様式が流行っていて、日本の陶磁器は完全に立ち遅れていて、惨憺《さんたん》たるありさまだったのや」

「そないにひどい状況だったんどすか」

「そうや、このままやと日本の窯業の息の根は完全に止められてしまう」

宗兵衛が苦渋に顔をゆがめて、大きく嘆息しながら言った。パリ万博で流行していたアール・ヌーヴォーの衝撃がいまだ冷めやらぬのであった。

「そうどすか……」

重苦しい空気が部屋に漂い、千恵が浮かぬ顔して目を伏せた。

宗兵衛とてただ手をこまねいていたわけではなかった。京都陶磁器試験場にも再三再四新しい釉薬技法の開発を依頼したが、思わしい結果はすぐには出そうもなかった。新しい釉薬技法の開発ができなければ、この苦境から脱することが難しいのは火を見るよりも明らかであった。

「藤江永孝さんは、どないしてはるのどすか」

「まだドイツにいるのや」

そう言って宗兵衛は藤江永孝のいかつい顔を思い浮かべた。宗兵衛が帰国したあとも、彼はプラハのラドリッツ磁器工場で窯業技術や機械設備を学んでいるのであった。

「それやったら、諏訪蘇山さんに相談しはったらどうどすか」

千恵が何かを思い出したように言った。

「なに、諏訪蘇山さんに」宗兵衛は思いを巡らすように黙り込んだ。

諏訪蘇山というのは、加賀藩士の家に生れ、幼くして父を亡くし、母に忍耐力の鍛錬のために雪のなかに敷いたムシロの上に端座させられ、剣道、馬術、水練の免許を得て、十三歳のときに家督を相続、長じて彩雲楼旭山に陶画を学び、陶彫《とうちょう》に非凡な才を発揮し、また南宋の青磁の美しさに打たれて青磁の研究をずっと続けてきた人物であった。宗兵衛はその声望を聞いて、パリ万博視察に出かける一年半前に金沢に出向き、錦光山商店の改良方顧問に招いていたのである。

「わしがいない間に、諏訪蘇山さんに何かあったのか？」と宗兵衛が尋ねた。

「番頭さんの話では、あなたがパリ万博に行っている最中に、諏訪蘇山さんは化け物やという騒動があったそうなのです」

千恵がその騒動を語りはじめた。

宗兵衛がパリ万博視察に出発してしばらくした頃、錦光山商店の職工たちが、今度来たよそ者の諏訪蘇山が花瓶を作る技が並外れて早く、かつ精巧なので猜疑心《さいぎしん》を抱き、その出バナを挫こうと、一定期間の間にどちらが多く浮牡丹《ぼたん》模様の花瓶を作れるか勝負しようと諏訪蘇山に持ちかけたのだという。それで一定期間後に比べて見ると、諏訪蘇山は精巧に仕上げられた浮牡丹模様の花瓶を八個作っていたのに対して、職工は数人がかりで作ったにもかかわらず、二個しか出来ず、諏訪蘇山の圧倒的勝利に終わったというのだ。

そこで職工たちは「このクソジジ、わしらをだますとは、どういうこっちゃ！　いくらなんでも一人で八個も作れるはずはないのや、ズルしやがって、どづいたるでッ！」と叫んで、数人がかりで諏訪蘇山に襲いかかったそうだ。諏訪蘇山はとっさに身をかわすと、先頭の職工の手首をつかんで土間へ投げ飛ばし、もう一人の職工の腹に肘《ひじ》でドスンと当て身を喰らわし、さらにもう一人の職工の股間をしたたかに蹴り上げたという。

「ウッ！」職工たちがうずくまり顔をしかめて呻いている。他の職工たちは怖気づいたのか、もう襲いかかろうとせずに、キツネにつままれたように呆然と立ち尽くしていたという。「さすが諏訪蘇山さんは、武芸の免許皆伝のお方や。わしらがいくらかかっていってもかなうわけがないのや」と職工の一人が叫んだ。すると、「諏訪蘇山というお人は化け物や！　尻尾がついとるとちがうか！」と職工が口々に叫んだという。

諏訪蘇山は何事もなかったように、服のほこりを手で払いながら「わしは石膏型《せっこうがた》を用いたまでです」と言ったという。石膏型というのは、石膏を使って成形する技法で、ロクロによる成形に比べて、精緻に、しかも早く出来る技法であった。諏訪蘇山は若い頃から石膏型成形に習熟していて、ロクロで成形する職人では勝負にならなかったのである。そう語る諏訪蘇山は、髪には白いものが混じっていたが、背筋を伸ばし、無駄なものをすべて削ぎ落したように古武士然とした風格があったという。

「そうか、そんなことがあったのか。諏訪蘇山さんは天才肌の人やからなあ。わしは諏訪蘇山さんの陶彫を見て腰を抜かしたことがあるのや」

「あなたが腰を抜かした？」

千恵がキョトンとした顔をして尋ねた。

「わしが金沢の諏訪蘇山さんのお宅にうかがったときに、工房の棚に老婆の陶彫が置かれていたのや。その陶彫は細かいシワや静脈が浮き上がっていて、本物そっくりなので、どうやって作ったのか聞いてみたのや。そうしたら、たまたま道で出会った老婆を拝み倒して家に連れて帰り、顔を石膏の型にとって作ったというのや。わしがびっくりしていると、今度は長さ二尺ばかりのヘチマの花瓶を取り出してきたのや。ヘチマの皮が破れていて、よく見ると、内部の網の目のように錯綜している繊維が、一糸乱れず、癒着《ゆちゃく》せずに焼き上がっているのや。わしは腰を抜かして、じつに真に迫っていますなあ。しかしこれはいくらなんでも、石膏で鋳型はとれませんなあ、というと、蘇山さんは、いや、じっとヘチマを観察してから、石膏で一気に作り上げたのです、というのや。わしは言葉もなくその場にへたり込んでしまったのや」

「フッフッフ、そうどすか。そやけど、もう一人いる同じ名前の若い柳田素山さんの力もお借りしたらどうどすか」と千恵がおかしそうに笑いながら言った。

「どういうことや」

「あなたがパリ万博に行っている間に、柳田素山さんが時々、ご飯を食べに来ていたんどす。あの子は変わった子やけど、あなたの役にたつのと違いますか」

「ウーン、柳田素山か」と宗兵衛が腕組みして考え込んでいる。

柳田素山というのは、錦光山商店随一の絵師といわれていた柳田蝉石の息子で、今年十九歳になる若手の絵師であった。父の蝉石が早逝してしまい、母親の手で育てられていたが、母親も亡くなり、千恵が時々食事の面倒を見ていたのである。

彼は京都府画学校で四条派の絵を学び、早くからその才能を高く評価されていたが、風変わりな若者で、周りの絵師とまったく話をせず、ふらりとどこかに行ってしまうのであった。もどって来たときには、木々の葉っぱや野草などを胸にいっぱい抱えていて、それをいつまでも眺めているのであった。

「そうか、素山のことはいずれよく考えておこう。いずれにせよ、わし一人の力では何もできへんのや。人様の協力があってはじめて物事は成し遂げられるのや。いずれ浅井忠画伯も京都高等工芸学校の美術担当の先生として京都に来るさかい、わしは浅井先生と一緒に意匠改革を進めていけたらええと考えているのや」

宗兵衛が真剣な眼差しで言った。

「そうどすか、おきばりやしておくれやす」

千恵はそう言って、しばらく考え込んでいたが、ふと思い出したように言った。

「ところで、お民さんが結婚しやはったのはご存じですか」

「ほう、それは知らなんだ。相手は誰なんや」

「それが……」千恵はしばらくためらっていたが、重い口を開いた。

それによると、お民は、千恵が宗兵衛に身請けされて二年程すると、頭の禿げた貧相な小野という男と結婚したという。小野は六十歳過ぎの室町の薬問屋のやもめ暮らしの旦那で、家督を長男夫婦にゆずり、隠居の身であったが、道楽者と評判で、いつも下卑た目で舞妓を眺めるので、

「気色わるうおすなあ」と舞妓たちに毛嫌いされていた。

周りの者は、「よりによって、なぜそんな男と結婚するのやろか」と、お民の気持をはかりかねていたが、お民はまるで他人事のように、「うち、おめかけさんは嫌いやね。正妻やないといややねん。正妻やったら、誰でもええねん」と言っていたという。

お民の結婚式の当日は、底冷えのする日であったそうだ。彼女は、置屋の女将お時がしつらえてくれた、心づくしの花嫁衣裳を着て、養い親である坊主頭のびんずる婆さんのお源につきそわれて、玄関先に出て来たという。びんずる婆さんのお源は、これで安心してうまいものや酒を飲ましてもらえると満面の笑みを浮かべていたが、お民は綿帽子をつけ、美しく化粧しているものの、能面のように無表情のままだったという。

「まだ若いのに、なんでまた、好いてもへん、やもめ暮らしの男はんのところに嫁にいくのやろか。なんぼ本妻やゆうたかて後ぞいやないの。まるで誰ぞにあてこすってはるみたいや」。「びんずる婆さんのお源さんも、これからちょくちょく小野さんとこに無心にいきよるやろな。思えば、お民さんも気の毒なおひとどすなあ」と、手伝いにきていた女たちは、眉をひそめてささやきあったという。

だが、半年もすると、小野はお民のように目元がぱっちりとして才気活発な芸妓を嫁にできたことで有頂天になり、張り切りすぎて脳溢血であっけなく亡くなってしまったという。お民は、小野の長男夫婦からわずかの手切れ金を渡されただけだったという。びんずる婆さんのお源はひどく落胆したが、お民は顔色ひとつ変えなかったという。

「そうか、それでお民はいま何しとるのや」。「祇園にもどって芸妓をしてはります」。「そうか、もどったのか。お民も不運な女やなあ」

宗兵衛はそう言って嘆息した。

「………」

千恵の胸に複雑な思いが駆け巡っていた。

自分は舞の道を捨てて、宗兵衛に身請けされて、お民の心を踏みにじり、宗兵衛を奪った形となってしまった。そしていま貞之助という子を授かり、それなりに平穏無事な暮しをしている。それに対してお民はどういうわけか道楽者の男と結婚し、夫に先立たれて芸妓暮しをしている。お民にはお民の事情があったにせよ、そんな境遇にお民を追いやった責任の一端は自分にあるような気がしてならなかった。

千恵はしばらく迷っていたが、それを振り払うように言った。

「お民さんをお座敷に呼んでやっておくれやす」。「なんで、そんなことというのや」と宗兵衛が驚いたように言った。

「いろいろなことがありましたけど、お民さんはいま芸妓として苦労してはるさかい、助けてやってほしいのです。それがいま、うちがお民さんにしてやれる唯一のことなのです」

千恵が胸に何かを秘めたような顔をして言った。

「ウーン、千恵はそんなことを考えていたのか」

宗兵衛は真意をはかりかねたように千恵をまじまじと見つめた。

数日後の午後、宗兵衛は、絵師の柳田素山の工房を訪ねて行った。錦光山商店には十数の絵場があり、それぞれの絵場で十数名の画工が絵付けをしていたが、数週間、数カ月かけて最高級品を絵付けする絵師たちは、画工とは別に静かな場所に別棟を設けて、そこで絵付けをしていたのである。

宗兵衛が庭のほうから柳田素山の工房に入っていくと、素山が憂鬱そうな顔をして縁側に腰かけていた。そばには描きかけの涅槃図《ねはんず》の花瓶が置かれていた。横たわる釈迦の周りには、菩薩や弟子などに交じって象や馬、牛、犬、猫、ネズミ、はては鶏や水鳥など多くの生き物が嘆き悲しむ様子が、淡い色調で静謐《せいひつ》に描かれていた。

「素山、何しているのや」宗兵衛が声をかけると、素山が唐突に「店主さん、やっぱり人間は救われません。末法の世は必ず来ます」と言った。

「どないして、そんな悲観的なことをいうのや」

「オレは日本の山水ほど美しいものはないと思ってきました。でも人間は森を切り開き、里山を切り崩し、野原を荒廃させて、虫や魚や小動物の住まいを奪ってきました。野獣は追い詰められ、川も空も海も汚れ、多彩な生き物の命は奪われています。それを人間は文明といっていますが、それは人間の傲慢でしかないと思います。そんな傲慢な人間はいずれ自然から報復を受けて、灼熱の地獄となったこの世で苦しみ悶えながら滅びていくでしょう。オレはそんな末法の世が来ることが怖いのです。なんとしても森の怒りを鎮めなければならないのです」

素山は呪詛《じゅそ》を唱える祈禱師《きとうし》のように、暗い目をして言った。

「ウーン、おまえは繊細で神経が過敏やさかい、いろいろ心配しすぎてしまうのや。そやけど、森もいつも漆黒の夜だけではないのや。夜が明けて朝日が差し込んでくれば、鳥たちがさえずり始め、動物たちも動きまわるやろ。そんな悲観的になってばかりいんと、もっと身体を動かしたらどや」

「いや、人間は自然を破壊し、いずれ消滅していくのです…………」

素山はまだ浮かぬ顔をしている。

「素山、おまえに一つ頼みがあるのや」

「どんな頼みですか」

「再来年に大阪で第五回内国勧業博覧会が開かれるのや。わしは、そこで新しい意匠の作品を出品したいと考えているのや。そやから、おまえに存分に腕を振ってほしいのや」

「オレはそんなことする資格はないです」

何を思ったのか、素山はそう言って縁側から下駄をはき、庭の片隅に歩いて行き、秋草の横に植えられた南天の枝を見つめている。宗兵衛が「何を見ているのや」と声をかけると、「蜘蛛の巣です」と素山が言った。

宗兵衛が近づいていくと、大きな蜘蛛の巣が南天の枝と秋草の間に張られていて、秋の陽ざしを浴びてキラキラときらめいている。

「オレはこんな小さな蜘蛛が、身体の何十倍もある大きな巣を、絹を織るように繊細に作り上げていることに目を見張りました」

「そうか」

宗兵衛が目を近づけて見ると、その蜘蛛の巣の横糸の間隔が驚くほど狭く、繊細に織られた絹織物ようになっていて、かすかに揺れている。巣の真ん中には黄と黒のまだら模様の女郎蜘蛛がじっととして動かない。

「数日前に雨が降って、気になって見にきたら、雨のしずくが蜘蛛の巣にかかり、朝露のように点々としていて、その清々しさに心動かされたのです。それで、オレは自然が織りなすものにつくづく敵《かな》わないと思ったのです。オレは蜘蛛にも劣る絵師なのです」

「素山、おまえは蜘蛛にも劣るのか」

「はい、蜘蛛にも劣る絵師です」

「素山、おまえも今年二十歳になるのやないか。蜘蛛に劣る絵師でもええから、わしはおまえに絵付けをしてほしいのや。おまえは一体どんなものを描きたいのや」と尋ねた。

　素山はしばらく考えていたが、

「いや何もありません」とぶっきらぼうに答えた。

「そういうが、おまえも絵師の端くれやないか、何かあるやろ」

「何もないのです。花鳥風月といっても、それはみんな既にあるものです。そんな既成のものを真似して描きたくはないのです。人はいつの間にか、他人から刷り込まれたものを自分だけの独創的なものと勘違いしていますが、そんなものはみな偽物なのです。オレが本当に描きたいものではないのです」

「そうか……」

「店主さん、こんなオレを役立たずと思うなら、いつでも首にしてかまいまへん」

　素山はハリネズミのように、身を固くして言った。

　宗兵衛はウーンと唸り声をもらした。この若者は、あらゆる既成のものに対して懐疑の嵐の真っただ中にいて、苦悩しているのだろうか。それは若者の特権ではなかろうか。いつだって、新しいものは既成のものを破壊することから生まれて来るのだ。その道がいかに孤独で、修羅の道であっても、その道を突き抜けていかなければ、ぽっかりと青い空が垣間見えることはないのではあるまいか。

「なあ、素山、おまえはアール・ヌーヴォーを知っとるか」。「いえ、知りません。何ですか、それ」。「新しい芸術という意味や」。「新しい芸術？」素山の顔にわずかに赤味がさした。

「おまえは日本の花鳥風月はすべて既成のものだというが、わしは今回、ヨーロッパに行って、最新の絵画や工芸をつぶさに見て来たのや。そこでわかったことは、日本の浮世絵や琳派などがヨーロッパに衝撃を与えて、それがいまアール・ヌーヴォーや印象派という形で、新しい芸術が起こっているのや」

「印象派？」

「印象派というのは自分の心のなかにある印象で絵画を描く流派や。なぜ印象派の画家が浮世絵に衝撃を受けたかというと、わしは彼らが日本の浮世絵のなかに写意があることを発見したからではないかと思っているのや」

「写意ですか」

「そうや、写意というのは物を描くときに、写実的に写すだけでなく、自分の心に写った印象を描くことや。おそらく印象派の画家たちは浮世絵を見て、どうして人物や風景がこんなに生き生きとしているのかと驚いたにちがいないのや。日本でも円山応挙は写意が大切やというておるけど、もともと中国の花鳥画には写意の伝統があって、応挙も伊藤若冲もこうした中国の伝統を学んで独自の画風を確立していったのや」

「そうどすか」

「おまえも知っているように、京焼は、円山・四条派などの絵を陶磁器の意匠に応用できないかとずっと研究して来たのや。わしは、おまえに既存の殻を破るような、まったく新しい芸術に挑戦してほしいのや」

「まったく新しい芸術に挑戦するのですか」

素山の顔が次第に紅潮しはじめた。

「そうや、わしは再来年の大阪の内国勧業博覧会に日本で最初のアール・ヌーヴォーの作品を出品しようと考えているのや。そこで、おまえに、まったく新しい感覚でアール・ヌーヴォー様式の絵付けをしてほしいのや」

「えッ、このオレにですかッ」

「そうや、素山、おまえならできるはずや」

「いつも勝手な振る舞いばかりしていて、こんな情けない、蜘蛛にも劣るオレで本当にいいのですか」

素山の声が涙声になった。

「そうや、蜘蛛に劣るおまえでええのや。おまえは本物の絵付けとは何かじっと探して苦しんできたのや。それでなくても、おまえが末法の世が来て、自然が破壊されてしまうというなら、日本の山水や動物や鳥を描いて永遠に残したらどや。それが日本の美とは何か、世界に問うことになるやろ。ええか、いままでにない斬新な絵付けをしてくれるな」

「こんなオレでよければ……」

素山が鼻水をスーッと垂らしながら言った。

「改めて聞くが、おまえなら何を描く」

「オ、オレなら、棕櫚《しゅろ》か八手の絵を描きます」

素山は涙ながらに答えた。

「ウーン、棕櫚か八手か。たしかに斬新というか、珍しい画題やなあ」と宗兵衛は考えを巡らすように黙り込んだ。

その数日後、宗兵衛は諏訪蘇山の工房を訪ねて行った。工房に入ると、諏訪蘇山は背筋を伸ばして端座していた。宗兵衛が何気なくあたりを見渡すと、部屋のなかには余計な物は何一つ置かれておらず、いくつか青磁の壺が棚に置かれているだけであった。

しばらく見ているると、諏訪蘇山は、いきなり鉄槌を手にすると、青磁の陶片を粉々にたたき割った。宗兵衛が思わず「何をされているのですか」と声をあげると、諏訪蘇山は砕け散った破片の粉を指で触ったり、舌でなめながら、「宗兵衛さん、来ていらっしゃったのですか。わしは、いつか、『雨過天晴雲破処《うかてんせいくもやぶれるところ》』の青磁を作りたいと考えているのです」と言った。

「ほう、そうですか。ところで『雨過天晴雲破処』の青磁とはどのような青磁なのですか」と宗兵衛が尋ねると、諏訪蘇山は「それは、雨上がりの雲の切れ間から見える、抜けるような空の青さを表すような青磁なのです。昔、中国の皇帝が、戦争に明け暮れていた頃、こころのやすらぎを求めて、そのような透明感のある青磁を求めたのです。いま、わしはそのような青磁を作るために、釉薬をかけた青磁ではなく、土そのものから青磁を作ろうと考えているのです。そのために、これまで青磁の陶片をいくつも砕いて、素地にどのくらいの割合で鉄分が入っているのか、舌でなめて調べているのです。ところで、宗兵衛さん、何か御用ですかな」と言った。

「ええ、ちょっとご相談がありまして」宗兵衛はそう言って、ヨーロッパから標本として持ち帰ってきた花瓶を見せた。「これをご覧になってください。これは窯変技法を使ったアール・ヌーヴォー様式の花瓶です。わしは、まず京焼の改革の手はじめとして再来年に大阪で開催される第五回内国勧業博覧会に窯変技法を使ったアール・ヌーヴォー様式の花瓶を出品したいと考えているのです。そこで諏訪蘇山さんにお力をお借りしたいのです」

「ウーン」諏訪蘇山はその花瓶を手にして唸っていたが、言葉を継いだ。

「わしも一年半程前に宗兵衛さんに頼まれて以来、京都陶磁器試験場に釉薬の試験を依頼するだけでなく、自分でも窯変釉の開発に取り組んでいるのです。その手はじめとして、高火度焼成にも耐え得る、釉下彩用の絵具の調合試験を繰り返してきたのです。最近ではフェロガソナイトという鉱物を混ぜて調合試験をしているのです」

「そうですか、高火度焼成に耐え得る釉下彩の絵具ができるようになればありがたいことです」

宗兵衛はわが意を得たりという顔をした。釉下彩というのは、素地に絵付けした上から透明釉を掛けて焼成するもので、透明釉の下で発色するため、柔らかな色調になる技法であり、アール・ヌーヴォー様式に適していたのである。諏訪蘇山は、若い頃に京都の窯業界に貢献し、後に低火度焼成の釉下彩である「旭焼」を開発したゴッドフリート・ワグネルから化学を学び、絵具の調合などにも精通しており、宗兵衛は蘇山のそうした経歴を見込んで錦光山商店の改良方顧問に招聘《しょうへい》していたのである。

「蘇山さん、何卒よろしくお願いします。わしは釉下彩だけでなく、あらゆる窯変を作り出して、京焼を立て直し再び世界で勝負していきたいのです」

「壮大な意図ですな」

「そうしないと、日本の窯業はいまの苦境から二度と立ち上がることはできないのです。われわれは心機一転して、この危機を乗り越えていくしかないのです。そこで、わしは今度の大阪で開催される内国勧業博覧会に出品する作品は透かし彫りの作品にしようと考えているのです。同じ図案でもまったく新しい感覚になるのではないかと思うのです。そこで、蘇山さんに透かし彫りをお願いしたいのです。老婆やヘチマの陶彫であれだけ匠の技をお持ちの蘇山さんならば、斬新な透かし彫りの作品を作ることは容易にできると確信しているのです」

「望むところです」

諏訪蘇山が古武士のような顔に穏やかな笑みを浮かべた。宗兵衛は闇夜のなかにやっと一筋の光明を見つけたような気分であった。

そんな夏のある日、藤江永孝が焼けつくような炎天下の中、汗を拭き拭き、宗兵衛を訪ねてきた。彼は宗兵衛の帰国後、オーストリアの元日本領事をしていたハーラハリー伯爵夫人の紹介で、プラハのラドリッツの磁器工場に入ることができ、最新の窯業技術や機械設備を学んだだけでなく、オーストリアのヒュッテ工場へ入り、メンドハイム輪窯や倒焰式丸窯の設計図を写すなど実績を積んで、二年間のドイツ留学を終えて帰国したばかりであった。

「宗兵衛さんには大変お世話になりました。おかげさまでプラハのラドリッツの磁器工場に入ることができ、最新の窯業技術を学ぶことができました。ハーラハリー伯爵夫人もよろしくお伝えくださいと言っていました」

藤江永孝はそう言って、宗兵衛の手を固く握りしめた。

「そうですか。それは良かったですなあ」と宗兵衛は甘酸っぱい思いを噛みしめながら言った。

「宗兵衛さん、早速ですが、わしは今回の留学で得た新しい技法をすべて日本全国に広めていく所存です。論文だけでなく、明日から陶磁器試験場であらゆる窯変技法を開発するために何百回、何千回と試験をやっていきます。われわれには一刻の猶予もないのです」

「課題は山積みですが、糸口がつかめれば京焼に革命を起こすことができるかもしれませんなあ」

そう言った宗兵衛の目が心なしか潤んでいる。もし藤江永孝が最新の窯変技法を身につけて帰国できなければ、日本の窯業の再建は難しいかもしれないと考えていたのだ。だが、藤江永孝が窯変技法を身につけてきたならば、苦境に喘いできた京焼も復活できるかもしれない。そう思うと胸のたかぶりを抑えることができなかったのである。

翌年の春、宗兵衛は事務所で諏訪蘇山、宮永剛太郎を前にして頭をひねっていた。宮永剛太郎は半年前に農商務省を退き、錦光山商店の顧問として粟田の神宮道に面した洋風の本館の隣にある家に引っ越して来ていた。

宗兵衛が口火を切った。

「わしは、来年、大阪の内国勧業博覧会に、ぜひとも窯変技法を使ったアール・ヌーヴォー様式の作品を出品したいと考えているのです。わしもいろいろ考えているのですが、どんな意匠がいいのかお二方のお知恵をお借りしたいのです」

「昨年の第一回窯業品共進会に出された釉下彩の透かし彫りの白菊が好評でしたので、葡萄や梅の透かし彫りもいいのではないかと思います。今回、アール・ヌーヴォー調にするというのであれば、まず器形は曲線を強調したようなものにして、そこに透かし彫りで葉の大きな植物を描いたらどうでしょうか」と諏訪蘇山が言った。

「ウーン、大きな葉の植物ですか」

宗兵衛は唸り声を上げた。一瞬、柳田素山の顔が浮かんだ。

「それであれば棕櫚はどうでしょうか。棕櫚は日本では珍しい植物ですからアール・ヌーヴォー調になるのと違いますか」と宗兵衛が言った。

「そうですね。棕櫚の葉を二枚か三枚、扇状にひろげて器面いっぱいに巻きつければ十分面白いものになると思います」と諏訪蘇山がうなずいた。

「棕櫚の葉も面白いと思いますが、葉のついた大きなカブはどうでしょうか」と宮永剛太郎が言った。

「葉のついたカブですか」。「そうです。緑色の葉の部分と白いカブとを長い茎で結べばアール・ヌーヴォー調になり、日本の伝統的な花鳥図から抜け出た斬新な意匠になると思うのです」。

「ウーン、なかなか面白い意見ですな。ただ今回はアール・ヌーヴォー調の作品をはじめて出すので棕櫚にしてみましょう。さっそく絵師の素山に下絵を描かせてみます」

宗兵衛が考えを巡らす眼差しをして言った。

そのあと、諏訪蘇山が成形を担当し、器面を覆うように巻きついている棕櫚の葉の間を籠目のように透かし彫りにした花瓶を作り上げた。そして、素山が数週間かけて丁寧に絵付けをしていった。

絵付けが終わって焼き上げると、棕櫚の葉の中央を濃い緑にして周辺に向かうにしたがって薄くなっていくグラデーションの手法が使われていて、不思議な広がりを感じさせる花瓶となっていた。

「おおー、棕櫚の質感がよく出ていますなあ。これで日本で最初のアール・ヌーヴォー様式の作品が出来上がりましたなあ」と宗兵衛が感慨深げにつぶやいた。

七

明治三十六年二月二日、京都祇園の中村楼では、中沢岩太博士と浅井忠が発起人になって洋画家の懇親会が開かれていた。

浅井忠はパリ万博のあと、フォンテンブロー郊外のグレー村に数カ月滞在して、明治三十五年八月に帰国、翌年の九月初旬に一家をあげて京都へ移住し、新設された京都高等工芸学校の教授に就任していた。これを機に京都の洋画家たちは、京都洋画壇の振興をはかろうと、浅井忠を囲む「二十日会」を旗揚げしていたのである。

宗兵衛が懇親会に出席してみると、浅井忠をはじめ京都の洋画家たちが盛んに議論していた。ふと見ると芸妓のなかに朝子もいて目で会釈しているのが見えた。

田村宗立が意気込んで言った。

「せっかく、浅井画伯が京都にこられたのやさかい、洋画研究所を設立したいもんやなあ」

「それやったら、聖護院洋画研究所にしたらどうやろか」と牧野克次が言った。

「京都は日本画の盛んな土地柄やさかい、日本画家との連携も欠かせんなあ」。「そんなことより、若い画学生を集めることが先決や」皆、意気盛んに意見を出しあっていた。

議論が一通りすむと、それを待っていたように朝子が前に進み出て、「浅井先生、鬼の絵を描いておくれやす」と言って、扇子を差し出して染筆をせがんだ。

「よしよし描いてやる。鬼は滑稽趣味のあるやつで、すこぶる気にいっている。手足の指は四本くらいがよかろう」と浅井忠はいやな顔ひとつせずに筆をとり、洒脱な鬼の絵を描いた。

その様子を眺めながら、宗兵衛が宮永剛太郎に声をかけた。

「浅井先生が、あないに愉しそうに、たわむれてはるのはええなあ。パリ時代と大違いや。そやけど、先生がたわむれとはいえ、芸妓、舞妓だけに絵を描いているのは、もったいないことですなあ。わしらにも陶磁器用の図案を描いてもらえないもんやろか」

「そうですなあ。いっそ、陶芸家に集まってもらって、先生を囲む会を作ったらどうでしょうか」宮永剛太郎が言った。

「宮永さん、そらええ考えですわ。わしのほうから、京都陶磁器商工組合を通して伊東陶山さん、清水栗太郎さんに声をかけてみますわ。それに藤江永孝さんが図案家と製陶家の意匠研究のための奨励会を組織しているので、彼に参加してもろたら、鬼に金棒とちがいますやろか」宗兵衛が声を弾ませた。

「中沢博士にも声をかけてみます。ところで、浅井先生を囲む会の名前をなにか考えないといけませんなあ」

「そうどすなあ。浅井先生に愉しくやってもらうという趣旨で、遊陶園《ゆうとうえん》というのは、どうやろか」

「遊陶園ですか。いい名前だと思います。浅井先生と中沢博士に相談してみます」宮永剛太郎が目を輝かせた。

　こうして四月初旬、遊陶園の第一回会合が、京都陶磁器試験場の会議室で開かれることになった。

冒頭、園長に就任した中沢岩太博士がおもむろに挨拶をした。

「今回、創立されました遊陶園は、製陶家と図案家による新しい意匠研究団体であります。図案家が新作の図案を案出し、それにのっとって製陶家が陶磁器を製作し、園友の多数が最良と認めた製品については、遊陶園の記名園印を押して佳品なることを証明し、売価の一定割合を製陶家、図案者に配分し、当会にも納めてもらうことにしたいと思います」

次いで浅井忠が挨拶に立った。

「今、ヨーロッパにおいて、アール・ヌーヴォー様式という斬新な図案が大いに耳目を集めておりますが、これは、西洋人が日本の美術・工芸を長年研究した成果であります。残念ながらパリ万博におけるわが国の陶磁器の意匠は、旧態依然たるものが多く、このままでは欧米との競争に勝つことはおぼつかないといえましょう。わしも微力とはいえ、意匠改革の先頭に立ち、日本の陶磁器に新風をまきおこしていく所存であります」

参会者一同が盛大に拍手をした。

会の進行に伴い、図案家から図案が提出された。一同が注視するなか、浅井忠は初回から意欲的に「こんなもんでどうでしょうか」と梅の図案を提出した。それは伝統的な梅の図でありながら、幹が大きく波打つようにS字型の流線型に描かれており、アール・ヌーヴォー風にアレンジされたものであった。

「そら、おもしろい意匠ですなあ」宗兵衛が言った。

それから図案家が次々と図案を提出していった。中沢岩太博士が神坂雪佳に声をかけた。

「神坂さんはお出しにならないのですか」

「今回は見送らせておくれやす」

神坂雪佳が気乗りしないように言った。彼は京都市美術工芸学校図案調整所技師をしていた。

「それでは、今回の図案はすべて出そろいましたので、製陶家の方たちよろしくお願いします」

中沢岩太博士がそう言うと、「そやけど、そないに奇抜な図案ばっかりで、大丈夫やろか」と伊東陶山が心配げに言った。

「なに、商売用は商売用で考えればええのとちがいますか。遊陶園は研究の場やさかい、一般の嗜好を超越した最先端の図案のほうがええのや」と若い清水栗太郎が言った。

遊陶園は初会から大いに盛り上がり、夕刻にはじまった会が終わったのは十二時近くになっていた。宗兵衛も遊陶園で意匠改革を進めることができるのか不安を抱いていたが、薄暗い海中に差し込んでくる光のようにわずかな希望を感じたのであった。

その年の秋、三回目の遊陶園が開かれたが、会の始めに中沢岩太博士が笑顔で言った。

「大阪で開かれている第五回内国勧業博覧会で、宗兵衛さんが出品されたアール・ヌーヴォー風の作品が名誉賞牌を受賞したそうです。これで、われわれの意匠改革も一段と力がはいりますなあ」

受賞したのは、棕櫚の葉を器面に巻きつけた透かし彫り型の「釉下彩棕櫚図花瓶」であった。器体と意匠が一体となり、釉下彩のグラデーションが美しい、本邦初のアール・ヌーヴォー風の作品と呼べるものであった。

「そうか、そりゃよかったなあ」

「おめでとうさんです。これで、日本でもアール・ヌーヴォーという新しい図案が、すこしは受け入れられていくかもしれへんなあ」参加者が口ぐちに祝いの言葉を述べた。

「おおきに。正直、ホッとしています。そやけど、本格的な窯変技法の開発はまだまだこれからです」宗兵衛が厳しい表情を崩さずに言った。

中沢岩太博士が「それでは製陶家の方は作品をお出しください」と促した。

宗兵衛たち製陶家が、以前に浅井忠が提示したアール・ヌーヴォー風の梅の図案を絵付けした花瓶を取り出した。

「わしは清水栗太郎さんのもんが、染付の色に艶があってええと思う」

「そやけど、枝のとこをもっと工夫せんと、いままでとちっとも変らへんやないか」

「今回の宗兵衛さんの花瓶は発色がどうもなあ」

議論が出つくすと、最後に投票となった。みんなが息を詰めているなかで開票結果が発表された。

「伊東陶山さんが最高得票や、次点が宗兵衛さん、栗太郎さんが三番目や」

「悔しいなあ。そやけど、次回は、わしが最高点をとったるで」

若い清水栗太郎が意欲的に言うと、みんなが、その意気や、おきばりやっしゃ！　と笑いさざめいた。

次いで図案家から図案が出された。今度は一転して、浅井忠の図案は大津絵風の軽妙な流水紋にウサギの図柄であった。前回、図案を出さなかった神坂雪佳は、猟師を琳派風に描いた図案を出した。

「この猟師の図案は、釉下彩でもいいやろけど、マット釉で作ってみたいもんやなあ」

宗兵衛が真剣な目をして図案を見つめている。マット釉というのは、艶消し釉ともいわれ、釉薬中に浮遊する結晶粒が微細で、霧がかかったように見える結晶釉の一種であった。

「宗兵衛さんに、釉下彩だけやなくて、もっといろんな技法の開発を早くやれと急かされているようですな」藤江永孝が苦笑している。

宗兵衛は意匠改革だけでなく窯変技法の開発にも没頭していたが、京都陶磁器試験場でも結晶釉、マット釉、金属的な輝きのあるラスター釉、さらには硬質陶器などの試験を盛んに行っていたのである。

それから数年後の春の花冷えのする日、浅井忠が宗兵衛を訪ねて来た。彼は若手の漆芸家の杉林古香が製作した手箱にはめこむミミズクの陶彫《とうちょう》を作りにきたのであった。

「浅井先生が遊陶園で毎回新しい図案を出してくれるので、わしら大助かりです」

宗兵衛が声をかけると、浅井忠が言葉すくなに言った。

「たいしたことはやっていないので、気恥ずかしいかぎりです」

「いや、浅井先生のおかげで意匠改革が軌道に乗ってきたのです。このままいけば欧米に追いつき、追いこすことができるかもしれません」と宗兵衛が弾んだ声で言った。

それは嘘ではなかった。宗兵衛は、明治三十七年に開催され、彼も視察に訪れたセントルイス万博で「菊花窯変花瓶」や透かし彫りの「梅切透花瓶」、八手を器面に巻き付けた「金剛拳」などを出品し大賞を受賞しただけでなく、五百ドルもの売上を上げていたのである。この頃、彼は釉下彩技法を使った、透かし彫りや浮き彫りのアール・ヌーヴォー調の花瓶を精力的に製作していたのである。

浅井忠は半日ほどかけてミミズクの陶彫を作り上げると、宗兵衛に声をかけた。

「宗兵衛さん、あとはよろしく頼みます」

「このミミズク、じつに見事にできていますなあ」

「釉薬をかけて焼いてください」

「細心の注意で焼きますよって、おまかせください。ところで関西美術院のほうはどうですか」

宗兵衛がふと思い出したように言った。

前年に浅井忠は住友家当主の住友春翠をはじめとした多くの篤志家から寄付を仰いで、岡崎に新しく関西美術院を開設していたのである。

「だいぶ広くなったので助かります。これまでの聖護院洋画研究所はせまいうえ冬でもストーブがなくモデルが寒いといって、服をぬがずに火鉢にあたってばかりで、裸体のデッサンも十分にできなかったのです。今度は暖房設備もあります」

浅井忠が顔をほころばせた。

宗兵衛も一度、聖護院洋画研究所をのぞきにいったことがあった。洋画研究所といっても、浅井忠宅の門つづきにある長屋に急造の板を敷いただけの粗末な建物であった。中にはいると、色が浅黒く、骨格たくましい四十過ぎの女が、ふてくされたように裸で椅子にすわっていた。宗兵衛を見ると、女はプイと立ち上がり、奥に隠れてしまった。

「広くなってよかったですなあ」

「お蔭さまで。院生も目下五十名ばかりいて、梅原龍三郎君や安井曽太郎君など有望な若手も育ってきています」

浅井忠の短く刈り込んだ頭髪に白いものが目立つ。保守的な日本画の牙城の京都で、浅井忠は洋画の振興のために、かなり苦労しているようだ。

二人が座敷でしばらく談笑していると、錦光山商店の顧問になっていた宮永剛太郎がやってきた。

「先生、遅れて申しわけありません。じつは三越呉服店会長の日比翁助氏と面談していたのです」

「それは懐かしいですなあ。日比さんはパリで精力的に百貨店の視察をされていましたからなあ」

「わたしがパリの百貨店を案内したので、それ以来親しくさせていただいています。日比氏は三越呉服店で美術・工芸品を陳列したいが、どうだろうかと相談にこられたのです」。「三越呉服店が、美術・工芸品を陳列することになれば本邦初ですなあ。ぜひ、実行に移してほしいものです」浅井忠が言った。

「そうですなあ。遊陶園の図案は大変評判がいいのにもかかわらず、展示できる場所が京都に限られているのが残念です」宗兵衛が口をはさんだ。

そのころ美術工芸品を陳列できる公設の場は、京都美術協会が年一回開く「新古美術展」と大日本窯業協会が数年ごとに開催する「全国窯業品共進会」などに限られていた。この年に「第一回文部省美術展覧会（文展）」が開催されたが、工芸は絵画、彫刻よりも一段低いものとして排除されており、官展の門戸は工芸家には閉ざされていたのである。

焼物は芸術であると信じてやまない宗兵衛にとっては許しがたいことであった。

「このままでは遊陶園の優れた意匠は、京都では高く評価されても、広く世間に認知されないまま埋もれてしまう恐れがあります。わたしは農商務省に勤めていましたので、遊陶園と京漆園合同の展覧会を、東京の農商務省商品陳列館で開催できないか、頼んでみようと考えているのです」宮永剛太郎が強い口調で言った。

「京漆園と合同ですか。それは楽しみですな」

浅井忠が口ヒゲに手をやりながら言った。彼は遊陶園に加えて、彼を慕っている若手漆芸家との意匠研究団体である京漆園《けいしつえん》を立ち上げ、意欲的に革新的な図案を案出していたのである。

遊陶園と京漆園の展覧会の話でひとしきり盛り上がったあとで、浅井忠が突如、工場を見てまわりたいと言い出した。宗兵衛は不審に思いながらも案内することにした。外は花冷えで肌寒かった。浅井忠が肩をすぼめてつぶやいた。

「この寒さで丸山公園のしだれ桜も開花が遅くなるかもしれませんなあ」

「浅井先生もすっかり京都の人にならはりましたなあ」

「京都は、東京ほど気取屋、いやみのある人が少ないので助かります。ところで宗兵衛さん、わしは今度、京都の一陶工になったつもりで本格的に作陶をはじめようかと考えているのです」

「そらまた、どういう風の吹きまわしですか」

　それまでも浅井忠はときどき工場にやってきては、湯飲みや茶碗を手びねりで作って絵付けしたり、絵師に図案の指導をしたりしていたが、いつもと様子が違う。

「じつは、今度、お多佳さんと一緒に九雲堂という小さな陶磁器店を開こうかと思っているのです」

　多佳というのは、中沢岩太博士や谷崎潤一郎、高浜虚子らがひいきにしていた祇園の芸妓であったが、いまは大友というお茶屋の女将であった。多佳は一中節、河東節なども巧みで、また俳句もひねり、俳句好きの浅井忠と気が合い親しくしていたのである。大友は、祇園白川の巽橋のたもとにあり、朝子の朝乃家とも近かったので、宗兵衛も多佳のことはよく知っていた。

「先生、焼物稼業というのは、手間ひまかけた割には、そんなにもうからない因果な商売です。焼き損じも多いし、釉薬の研究もしなければなりませんし、片手間でできることではありません」宗兵衛が心配そうに言った。

「わしはフランス留学中に、ビングのアール・ヌーヴォーの店を見て、いつか自分もやってみたいと思っていたのです。遊陶園では意匠改革が進んでいるといっても、京焼全体として見れば、依然として型にはまった意匠が大半です。九雲堂を開いて、そんな現状に少しでも風穴を開けられたらいいと思っているのです」

「そうですか。うちの窯で焼きますさかい、なんぼでも作っておくれやす」

宗兵衛が観念したように言った。

その年の九月、九雲堂が四条通の祇園石段下の近くに開店した。間口二間ほどの小さな店であったが、畳敷きの店の間には、浅井忠がしばしば宗兵衛の工場を訪れて焼き上げた壺や皿が並べられていた。

その日、宗兵衛が顔を出すと、画家、文人、俳人などでにぎわっていた。多佳が丸マゲ姿で前垂れをかけ、かいがいしく客の応対をしていた。

「浅井先生の斬新な意匠が好評で、大盛況ですなあ」宗兵衛が浅井忠に声をかけると、

「わしの夢のひとつが叶いました」浅井忠が少年のように顔を輝かせた。

三カ月ほどした十二月初旬の夕刻、宮永剛太郎が真っ青な顔をして駆けこんで来た。

「宗兵衛さん、大変です。浅井先生が倒れられたのです。いま京都大学病院に運びこまれたそうです」

「そら一大事や！」

二人は大学病院に急いで駆けつけた。病院には中沢岩太博士や京都高等工芸学校関係者、関西美術院の門人たちが心配そうな顔をして集まっていた。

「面会謝絶だそうです」

「そんなに悪いですか」

「痔疾に急性関節炎を併発して、右肩関節が膨張して激しく痛むらしいのです」

「武士の山狩の製作で無理をして、疲れが出たのかもしれんなあ」

中沢岩太博士が暗い目をしてつぶやいた。ここ数年、浅井忠は新築されることになった東宮御所の壁面を飾る綴織《つづれおり》の下絵制作に大変苦労していたというのである。

十二月中旬、浅井忠は容態が一時回復し、宗兵衛は門人たちと一緒に病室に招き入れられた。青黒い顔をしてやせ衰えた浅井忠がベッドに横たわっていた。

浅井忠は、激痛にもかかわらず、「生徒たちはちゃんと勉強しているか」と心配し、「どうか美術院も学校もよろしく頼む」と、かぼそい声で言って頭を下げた。

夕方、容態が急変し、十二月十六日三時二十分、浅井忠は逝去した。京都滞在、わずか五年三カ月、意匠改革途上の早すぎる五十二歳の死であった。

浅井忠の葬儀は、小雨の降り続く中、南禅寺金地院で執り行われ、京都高等工芸学校生徒、関西美術院の門人など数百名が参列するなか、宗兵衛が遊陶園総代として弔辞を読み上げた。

一カ月ほどした頃、宗兵衛は三条小橋の近くにある千恵の家にいた。

宗兵衛が放心したような虚ろな顔をして座っていると、八歳になる長男の貞之助が、時々しか来ない父親を知らない他人を見るような眼つきで見ている。五歳になる次男の雄二は、一番腕白で家のなかを走りまわっている。まだ幼い三男の俊三がヨチヨチ歩きをしている。

　宗兵衛は近くを流れる高瀬川の水の音を聞きながらつぶやいた。

「それにしても、これから意匠改革を進めようというときに、浅井先生が亡くなられたのは断腸の思いや」

「あんなに高潔なお方やったさかい、多くの人に慕われて、ほんまに惜しいお方を亡くさはりましたなあ」千恵がしんみりした口調で言った。

「浅井先生は武士のようないさぎよい魂をもったお方やった。天はなんであんな偉大な先生を奪ったりするのやろか。心のなかに大きな穴があいてしまったようや」

　宗兵衛が無念そうに言った。

「浅井先生がお亡くなりになったことはつらいことですが、浅井先生のご遺志を継いで、意匠改革を最期までやり遂げていくことが、あなたの務めとちがいますか。うちはそう信じています」

「ウーン」

　宗兵衛は深く溜息をついた。

「あなたも一つのことに没頭すると、ほかのことが見えなくなってしまうところがあるさかい、お身体に気をつけておくれやす」千恵がそう言うと、「いや、それより、近頃、千恵の顔色がすぐれないのが気になっているのや。何かあったのか」と宗兵衛が尋ねた。

「…………」

千恵は黙っていたが、気がかりなことが一つあった。それは一カ月ほど前の出来事であった。その日、街路の方から子供たちの騒いでいる声が聞こえてきた。どうやら近所の顔見知りの悪童たちが、「男とおなごと遊ばんもん、キンカン頭に傷がつく」と、節をつけてはやし立てているようだった。千恵が戸口まで出て行って、「おやめんか、しつこいえ」と悪童たちを叱りつけた。悪童たちは逃げ腰になりながら「おめかけさん、おめかけさん」と叫んで、一斉に逃げ出して行った。やがて悪童たちは、向こうの街角に移ったらしく、「日本勝った、日本勝った、ロシア負けた」と歌う声が聞こえてきた。日本はかろうじて日露戦争に勝利していたのである。

千恵が部屋にもどって長火鉢の前に座り、「しょうがない子らや」と独り言をつぶやいていると、次男の雄二が居間に降りて来て、「おかあ、何でうちには、男の子、遊びにきよらへんのやろか」と、千恵の袖口にしがみついてきた。彼は二階の虫籠《むしこ》造りのすき間からそっと街路を見おろしていたらしい。「近所の親が、いらんこと聞かしよるさかいやろな」と、千恵が眉毛をピクと動かしてきつい表情で言った。「なんで、おかあは、子供たちにいじめられるのやろか」雄二が今にも泣きそうな顔をして言った。「それはな……」千恵は言おうとしたが、それ以上言葉にならなかった。雄二は不安そうな目で千恵をじっと見上げている。千恵の澄んだような肌があまりに白く見えるのが気がかりのようだった。また着物の着こなしも、どこか周りの家の女たちと違って見えるのも気になるようだった。

なぜか千恵に対する悪童たちのいやがらせは、たびたびあった。いくどか重なると、千恵は主だった悪童の子の家へも出かけて行った。近くの小学校の前にある雑貨屋の主人は千恵に何度も頭を下げて謝っていた。帰り道で千恵は、「お父さんのおうちからごひいきになっているくせに、何でも子供にまでしゃべりよるさかいやね」と口惜しそうに言った。だが幼い雄二には千恵の言っていることがよくわからなかったようだった。

千恵はそんなことを思い出しながら、「おめかけさん」と罵られても自分は耐えられるが、幼い雄二が不憫だった。自分が囲い者などにならなければ、雄二にこんな惨めな思いをさせることもなかったであろう。それにしても、なんで出生の違いで人は差別されなあかんのやろか、腹立たしさがこみ上げてくる。だが、こんな話を宗兵衛に話せば、それでなくとも浅井忠を失い落胆しているのに、さらに気落ちさせることになるだろう。それに、宗兵衛を競い合ったお民のことを考えると、愚痴めいたことは死んでも言えないことだった。そんな思いが胸のなかを駆け巡っていた。

結局、千恵はあの日の出来事を宗兵衛に話さずに、胸のなかに納めることにした。そして、自分に言いきかせるように言った。

「何でもあらへん。このところ、急に冷えこんできたさかい風邪でも引いたんとちがいますか。

心配せんかて大丈夫どす」

「そうか、それならええが……」と宗兵衛が言った瞬間、「ウッ！」と千恵が突然口に手を当てて、苦しそうに咳きこんだ。

「大丈夫か！」

宗兵衛が見守るなかで、千恵の口を覆っている手の間から鮮血がほとばしり出てくる。千恵の顔が見る見る蒼白になっていく。宗兵衛は目を見開いたまま、一瞬、腰が抜けたように動けなかった。千恵は血を吐き続け、畳に血の海が広がっていった。

「あなた、洗面器を！」

千恵が喘ぎながらそうつぶやくと、宗兵衛は慌てて風呂場に洗面器を取りに行き、千恵の前に置いた。千恵は大量の血を吐いた。洗面器は血で一杯になっていった。

「千恵、ひょっとして……」

宗兵衛は息を飲んだ。あまりの衝撃で魂が抜けたように顔面が蒼白だった。

血の海のなかに青白く漂っているクラゲのように頼りなげに、千恵は真っ赤な血を呆然と見つめている。その真っ赤な血を見つめていると、遠い地の底から響いてくるように、お民の声が聞こえてきた。

「せいぜい肺でも患わんように気をつけやっしゃ」

そうや、これは運命だったのかもしれへん、うちが血を吐いて死ぬことが……。

彼女は目尻にうっすらと涙を浮かべてつぶやいた。

千恵が喀血したのは、宗兵衛が欧米に立ち遅れていた京焼をなんとか挽回させようと奮闘している最中の思いがけない出来事であった。

第四章　別離　千恵と雄二

八

翌年の初冬のある日、三条小橋に近い千恵の家では、お蓮が三男の俊三を抱きかかえながら貞之助をなだめていた。

「あんたは長男なのや。あんたがしっかりせいへんと、お母ちゃんが困るのや。お母ちゃんは病気で入院せんとあかんのや。そやから、あんたはお父さんのお友達の植松さんとこでお世話にならなあかんのや。しばらくの辛抱や。すぐお母ちゃんが迎えにいくさかいなあ」

貞之助は目を真っ赤にして泣いている。いつもと違う空気を感じるのか、幼い俊三もお蓮の腕のなかで手足をバタつかせている。

お蓮は自分も泣き出したい気分だった。何の因果で千恵がこんな病に罹らなあかんのや、神も仏もあったもんやない。こんな役立たずの神や仏なら、犬にでも喰われてしまえばええのや。お蓮はやり場のない憤懣《ふんまん》を何かに八つ当たりしたい気分だった。ふと、お蓮は辺りを見回した。次男の雄二の姿が見当たらないのである。もう外に出て待っているのやろか。雄二にもよく諭《さと》しておかねばならない。そやけど、雄二はまだ小さいさかい、いくら言っても、聞きわけがなく、泣きわめきでもしたら、かえって厄介かもしれへんなあ。それやったら、貞之助だけでもええか、と思い直した。

隣の部屋では千恵が放心したように座っている。可愛い盛りの子供たちと別れなければならないと、やり切れない思いがこみ上げてくる。だが、子供たちに感染させたら大変なことになる。涙が溢れてきそうになるが、千恵は歯をかみしめてこらえた。ここで涙を見せれば、子供たちが動揺して、一層別れるのが辛くなる。千恵は深い溜息をついた。ああ、こんな不治の病になりさえしなければ、子供三人と仲良く暮らせていけたのに、そう思うと、天を恨み、神を呪いたくなるのだった。

その時、家の外では、次男の雄二が外出着を着て紅殻塗《べんがらぬり》の千本格子にもたれて母の千恵と祖母のお蓮、兄の貞之助が出てくるのを待っていた。冬の空は鈍くかげり、肌寒かった。掘割によどむ水がぷんと匂ってくる。

雄二がどうして早く出てこないのだろうかと訝《いぶか》りながら待っていると、二台の人力車が高瀬川の小橋を渡って近づいてくるのが見えた。その一台は奥村という顔見知りの車夫だった。

「待ってやしたんどすか、坊《ぼ》ん」

「あて、はよう乗って行きたいね」

「何でですのんか」

「何でって、おもろいがな」

「おもろいて、あんたはん……」

「あて、前に、母ちゃんと兄ちゃんと新京極へ遊びに行った時、迷子になってしもたんや。人力車なら迷子にならんと遊べるやんけ」

「遊びにいかはるのどすか……」

「そやがな」と彼が言うと、「ふうッ……」と奥村が急に鼻白む風だった。

二台の人力車は玄関の戸口にぴったりと寄りそって並んでいる。雄二は人力車に近づいて、ピカピカに光る黒い車体を揺すってみたり、なでてみたりした。やがて出てくるはずの母の千恵や兄の貞之助を待ちわびながら時々戸口へ視線を投げかけた。戸口の奥は暗く、物の影も見えない。ただ時々、お蓮の声が細々と聞こえてくるだけだった。

雄二は一刻も早く人力車に乗って出かけたかった。やがて家のなかで下駄の足音が聞こえた。赤く腫れた泣き顔のまま貞之助が、小さな日溜りを下駄先で乱しながら人力車に近づいてきた。そのあとを追うように、青白い顔をした千恵とともにお蓮が俊三の手を引いて出てきた。

車夫たちは、雄二と貞之助を車に乗せ、膝掛けをすっぽりとかぶせると、「ハイッ、ヨウッ！」と掛け声をかけ、かじ棒を上げた。

雄二が先頭に、貞之助の人力車が続こうとした。その時、彼は一瞬、何か不吉なものを感じた。すぐに千恵の方へ振り返ったが、千恵は呆然《ぼうぜん》として立ちつくしているだけだった。蒼白い顔には、みじんも微笑らしいものはなかった。雄二がもう一度振り返った時、慌てて口元をやわらげようとしたが、硬いこわばりだけで微笑にならなかった。

人力車が去って行こうとする瞬間、千恵は夢から覚めたように、

「雄二ッ！　気をつけておいきや、母さんはなアー」と声を上げたが、人力車の車輪の音にかき消されてしまった。人力車はやがて速度を加え、高瀬川の小橋を渡って右に折れ、見えなくなった。

とり残された千恵は、その場にしゃがみこみ、肩を震わせて泣き崩れた。

「貞之助も雄二も不憫《ふびん》やなあ……。そやけど、仕方おへんことや……。病気が良くなれば、また呼びもどせばええのや。身体に毒やさかい、早う家のなかにおはいり」

お蓮が力なくつぶやき、千恵の肩に手をまわした。飛ぶ鳥を落とす勢いであった旦那の天満屋も、数年前に脳溢血で亡くなり、お蓮はお茶屋の朝乃家を朝子に任せて、祇園に家を借りて、幼い俊三の面倒をみることにしたのである。

雄二たちを乗せた人力車は、三条通を一路東に向かって進んでいた。白川橋を渡ってしばらく行くと、急に背後についてきた人力車の音がやんだ。ハッとして振り返ると、貞之助の人力車が左の方へそれようとして停まっている。

「貞ちゃんの人力車が……」と驚いて言うと、奥村が「あの人力車は岡崎を通って鹿ケ谷の方へ行きますねん」と言った。

「あてはどこへ行くの……」

「坊んは、山科でんね……、ええとこでっせ」

車夫の奥村は、今までにもよく千恵やお蓮の送り迎えに来たこともあり、そんな奥村がええとこでっせ、と言うなら、ほんまやろ、とうなずくと、貞之助を乗せた人力車は左の方へさっと駆け去って行った。

「山科へお母ちゃんも後で来てくれるのやろなあ」

「へえ、多分そうやろ思います。行先は山科の毘沙門《びしゃもん》さんの近くの中島はんちゅうおうちへ行きまんね。大きなお寺で、景色のええとこどす。また後であたいが迎えに行ったげますがな」

奥村がそう言いながら息を切らせて急な坂道を上り切ると、人力車のかじ棒を急に腰に支えて立ちどまった。

「あの山の下あたりでっせ」と軽く片手をあげて指さした。前方に黒々と山林がそびえて見える。人力車は再びでこぼこ道をガラガラと音を立てて走り始めた。しばらくすると、急に鉄輪の響きがやわらぎ、ほどなく雄二を乗せた人力車はガタンとかじ棒を下ろした。ハッとして見ると、前方に高い石段があった。

雄二は奥村の後ろから石段を登った。正面に大きな玄関があり、その黄ばんだ大きなガラス戸がガラガラと大きな音をたてて開いた。すると、髪の毛を引っつめた老女が、タスキを掛けたまま顔を出した。奥村が抱えていた大きな風呂敷包を黙ってさし出した。

「ああ、お待ちしてました。さあ、お入りなさい」と老女が言った。老女は雄二を導きながら玄関から次の間へ通り、広い廊下を渡り奥座敷に入って行った。

「まあ、ここへお座り、疲れたでしょう」

老女の引っつめた髪の額は広く、蒼く剃ったらしい眉のあとが、かすかに翳《かげ》って見えた。

雄二はすることもなく瀬戸の大火鉢を抱えるようにして、高台から暗くなっていく田舎道に眼を凝らしていた。田舎道の方に一つの灯色が見えた。自転車の灯りだった。それを一心に見つめていた。しばらくすると、初めて見る一人の男がずかずかと座敷に入ってきた。男のメガネがキラリと光り、小さく薄いヒゲを生やしていた。男は黒いラシャの詰襟服をきちんと着て、だぶだぶとしたズボンの裾の上に靴下をすっぽりかぶせ、さらにその上に靴下留めの金具が銀色に輝いていた。

男はどっかとあぐらをかくと、「よいしょ、重いな」と雄二を膝の上に抱き寄せた。その男が自分は中島康男と言う名前で、老女は母の頼子であること、また雄二の父には、色々世話になったことなどを話し出した。

「さあ、遅くなりましたけど、ご飯にしましょうか」頼子の声に雄二は中島に手を取られて廊下を渡り、玄関の隣の部屋にしつらえられた大きな座卓についた。「卵焼やら竹輪がお好きなんやてね」頼子が歓待のために作ってくれた熱い卵焼やら竹輪の甘煮に味噌汁、タクワンが食卓に並んでいた。中島は手酌《てじゃく》で徳利を傾けてゆっくりと酒を飲み始めた。

食事の後、少量の酒で赤くなった中島は様々な話をしてくれた。

「僕は慶應義塾を卒業して新聞記者にでもなろうかとも思ったのだが、紡績会社の社員になってしまったんや。これでも、時々外国へ、と言ってもインドだがね、出張したりするんさ」雄二が黙って聞いていると、中島は壁に掛かっている肖像画を指さして、「この額縁の人は、僕の父でね」と言って言葉を続けた。

「今、君に話してもわからないだろうけど、僕の父は長州藩の武士で、明治維新後には男爵を授けられた人なんだ。僕の父はね、華族一代論を唱えていた人で、国から受けた栄誉は、子孫に引き継ぐべきものではない、自分一代限りで結構という考えを持っていた人なんだよ。それで父が亡くなると、僕の母の頼子も父の説を実行したんだよ。母は維新の志士だった夫に従って、苦労をさんざんしてきた女だ。武士の妻だし、厳格な人だ。けれども情というものは人一倍知っている人だ。君にその良さも段々わかってもらえると思う。僕の父の墓は黒谷にあるが、墓には筆が一本だけ入っているはずだ。君と一緒に一度は墓参りしたいもんだね」

中島はそう言って、盃を飲み干し、さらに言葉を続けた。

「僕の父は、維新の志士として働いていたんだよ。それで、君のお祖父さんに当たる六代錦光山宗兵衛というお方に大変、お世話になったんだよ。錦光山家というは、三条粟田で代々、将軍家がご使用になる御茶碗などを作っていた粟田焼の窯元でね。先代の宗兵衛さんというお方は、維新の志士たちとは深い交友関係があって、僕の父は錦光山家の工房で陶土《つち》をこねたり、陶器に絵付けをしたりして陶工の一人になりすましていたという訳だ。しかし、ある時、父が密偵に尾行されて知恩院の黒門から青蓮院の坂を下り、もう錦光山家が目と鼻の先になったところで、夜陰に乗じて密偵を切ったこともあった。鳥羽伏見の戦いでは、僕の父の忠告で、錦光山家の人々は遥かに立ち上がる火焔《ほのお》を望みながら、進軍する殺気だった官軍の兵をくぐり抜けながら、大きなお櫃《ひつ》を抱えて山科のこのお寺まで逃げてきなすったのだ。今は誰も住んでいない空寺になっている。それを僕らが借りている訳だ。おまけに今度は思いがけず君をこの寺で預かることになったのも面白い縁だね。明治になって君のお祖父さまは惜しくも亡くなられてしまったが、今、僕の代になって父の恩返しが果せるということかな」

雄二には話の中身はよくわからなかったが、「そのお家《うち》は今でもあるの」と聞いてみた。「あるともさ、君のお父さんは今も三条通の粟田のその家におられる」中島は目を輝かせて、「とにかく、あの辺りは京都で焼物が興った古いところでね。粟田からは名のある陶工も沢山出たところだよ。もちろん錦光山家もそのひとつだよ。いずれ、君にも話す機会もあるだろうが、君も大きくなったらわかってくるよ」と言った。

雄二は、それなら父はなぜ母と一緒に暮らさないのだろうと思ったが、さすがに極度の緊張と疲れで眠くなってきた。彼は大きなあくびをして見せ、「あて、寝る」と言って立ち上がった。

彼は寝床に入って、少し開いている襖《ふすま》のすき間からの光で辺りを見まわしてみた。天井が高く、部屋も驚くほど広かった。無性に怖くて、すっぽりと布団をかぶった。どのくらい眠ったのであろうか、気がついてみると、次の間の灯も消えていた。まったくの闇だった。木々が軋みあう音、落葉が風に鳴る音が聞こえてきた。雄二は布団をかぶったまま、なかなか寝つかれなかった。すると、三条小橋の母の家でのある日の情景が浮かんできた。

あの日、二階の物干し場で幼なじみの桔梗屋《ききょうや》の桃子と遊んでいた。夏の強い陽ざしが照りつけていた。雄二は水遊びをしようとして、桃子の着物を広げ、すべすべしたお腹へ茶碗に入れた水をたらたらと垂らした。水が肌に滴り、そのたびに桃子は赤い歯茎を見せて、キャッキャッと小さな叫び声をたてた。彼はそばにあった板を屋根に敷き、水をじゃぶじゃぶと流した。しまいには水が足りなくなった。雄二が板の上に小便を垂れ流すと、桃子もお尻を出して彼の真似をした。二人の小便は庭先に流れ落ちていった。

「これッ」という声が聞こえた。

庭から千恵が見上げて眉を寄せていた。ふたりは慌てて物干し場に散らかっていた物を片付けると、鴨川の河原へ向かって駆け出して行った。河原は裸足《はだし》には熱すぎた。ふうふう言いながら歩いていた。桃子はバケツを下げ、彼はジョウロを抱えていた。その時、木屋町の家並の方から女の声が聞こえてきた。川沿いの家から張り出た涼み台の床《ゆか》がずっと二条の大橋まで建ち並んでいた。その中程の一軒から呼ぶ声が聞こえてきたのだ。

「雄ちゃんと違うか、雄二はんと……」

小部屋の手すりに両手をついて、千恵と同じ歳くらいの女がひらひらと手を振っている。女は小部屋から床の先まで歩いて来た。

「あてのことか」と雄二は言って、自分の鼻先を押えてみせた。

「あんたや、あんたやがな」と女は言った。彼は床の上にいる女に近寄って行った。

「どこへ行かはりますの」女の顔は笑っていた。

雄二が知らん顔をしていると、「ちょっとお待ちや」と女は引っ込んで行ったが、間もなく元いた小部屋の手すりのところへ姿を現した。

「おいなはい、ここへ」と手で招いた。

雄二は桃子を河原に残して床下の浅い流れをざぶざぶと渡った。そして小部屋の下に立つと、鼻の先辺りの高さに小部屋の内側が見えた。

「これお食べ」女は菓子を包んでくれた。「桃子にもやって」と彼が言うと、「なんや、女の子にもか」と、女はおかしそうに笑いながら小部屋のなかの方へ振り返った。

「なあ、あんた、ここにおいやす方、どなたか知っとるか」と、自分の背後の方を指さしてみせた。彼は爪先を立て、伸び上がって小部屋のなかをじっと覗いて見た。うす暗い部屋のなかに男がひとり座っているのが見えたが、夏の陽にさらされた眼には誰なのか、はっきりとは見えなかった。

「あて知らん」と頭を振ってみせた。

「知らんことおすかいな」と、女は大きな笑い声を立てた。

「あんたのお父さんどすがな、よう覚えておかなあかしまへんがな、宗兵衛さんというお方どすえ」

雄二はびくっとした。なぜ、父がこんなところにいるのだろうか。眼を凝らして見ると、時々、母の家へやってくる父なる人であった。ピンとはね上がったヒゲの下で口元をすぼめるようにして笑っている。雄二はその父なる人を不思議なものでも見るようにしばらくの間じっと見つめていた。父はなんで時々、母の家に来るのだろうか、彼にはよくわからなかった。その女は自分の名前はお民というのだと言い残して小部屋のなかにもどって行った。雄二はこの女のひとは誰なのだろうか、母の知合いの人なのだろうかといぶかりながらその姿を見送った。

翌朝、目が覚めると、青い光が雨戸から射し込んでいるのが見えた。昨夜、いろいろ追憶にひたりながらいつの間にか寝込んでしまったようだ。

雄二はゆっくりと起き上がり、そっと台所の方を覗いてみた。頼子婆さんがかがみこんで着物を腰までたくし上げ、白い腰巻一枚になって洗濯をしていた。

「おじさんは」と声をかけると、「はあ、もうさっき紡績会社へ行きました。今朝はよく寝られましたか」と言った。

「ゆんべは、よう寝られなんだ。あて、いつうちへ帰るのん」と聞いてみた。

頼子婆さんは、急に洗濯をやめて振り返り、「それはね、お母さんの病気がようならはってからやね。春には京都市内へ宿替えして、来年にはあんたも小学校へ入らないかんのよ。それまでこの家でしんぼうや」と言った。

九

三月初旬、中島家は山科の古寺からかねて目星をつけていた岡崎の借家に移転することになった。新しい借家は、岡崎の動物園の近くにあり、山茶花《さざんか》の垣根に囲われ、正面には簡素な冠木門《かぶきもん》があった。すでに家財の大半は手伝いにきた若い二人の男たちの手で運び込まれていた。頼子婆さんは家に着くなりタスキがけになり、握って置いたにぎりめしを山盛りにして男たちに勧めた。手伝いの若い男たちが、雄二が見ているのも知らずに、中島に、「なんどすか、このお子さんが、あれどすのんか」と言って親指を立ててみせた。雄二がじろりと見ると、若い男たちは首をすくめて、「よう似てはりまんな」と言って頭をかいた。宗兵衛の家から派遣されてきた手代の男のようだった。

岡崎に移転して間もなく、お夕という小学校五年生の女の子が中島家の一員となった。お夕は頼子の遠縁に当たっていた。彼女は学校へ行く前と帰宅後、頼子婆さんの手伝いに働かせられていた。

お夕は夜になると、すっかり疲れ切っていた。夜は八時になると、彼女は布団の上にぺったりと座り、着ていた着物を脱いで、短く赤い腰巻一枚になってから、すばやく寝巻を着るのだった。雄二は股引やシャツを脱ぐと素っ裸だった。ぶるぶる震えながら寝巻を着込むと、布団にもぐり込み、海老のように身体を曲げてじっと息を詰めていた。この部屋には火鉢一つなく、言いようのない寒さだった。冷え切った足はいつまで経っても冷たく、寝つかれなかった。

「足が冷たいよう」と雄二がグズると、お夕はふうと眠たげに息を吐いて、それでも手を伸ばしてきて触った。冷やっとして眠気を覚ましたのか、「ひやあ、冷たい足や、まるで氷や」と言い、しばらくして「こっちへ入ってもええわ、あんた」と自分の布団の端を持ち上げるのだった。お夕の布団のなかは生温かかった。雄二は彼女の枕に自分の頭も乗せて、お夕の顔を近くで見た。彼女は眠そうな眼を小さく開けて、まるで母親のような仕草で、「足をおいれえな」と雄二を抱きかかえるようにした。お夕は余りの冷たさに顔をしかめながら雄二の足を温かい内股の間に挟んだ。そんなことがあってからは、二人分の布団を重ねて、抱き合って眠ることも多くなった。お夕は姉のように振るまい、雄二は甘えて母のようにお夕に抱かれて眠った。

ある日曜の朝、寒がりの雄二は中の間の長火鉢の番人のように火鉢から離れなかった。

「まるで老人《としより》ね、表へ出て遊んでおいで。子供は風の子といって、みんな走り回っているじゃないの」と頼子婆さんが言った。

雄二は武徳殿に行ってみた。黒光りする板敷の道場では、黒袴に白い半袖の稽古着を身につけた若い女が、薙刀《なぎなた》をひとりで振っていた。時々、鋭く透き通った気合を発していた。厳寒でも女の袴の下は素肌らしく袴の脇から白い肌が見える。道場の周囲の扉はすべて開け放たれ、冷たい風が吹き抜けてくる。

雄二は思わず身震いした。岡崎辺りは平坦で京都をとり囲む山々から吹き下ろしてくる風に直接にさらされて寒気は凜冽《りんれつ》をきわめた。頼子婆さんの主義で雄二は洋服を着たことがなかった。冬でもいつも和服で、下着はネルのシャツと股引《ももひき》一枚に、綿入の紺絣《こんがすり》と羽織だけだった。股引と足袋とのわずかに露出したすき間から盆地の寒気が氷の刃のように食い込んできた。

しばらくしてから帰ろうとして平安神宮の大極殿の前を通りかかると、大きな溝のなかに青々と生えているものを見つけた。綺麗な水のなかにセリが生えていた。頼子婆ちゃんはセリが好きだったと思い、雄二はタビを脱いで冷たい水のなかに入り、セリを両手に持てるだけ採った。それを見ていた老人が「それ、セリやな、坊ん、香りがあってうまいで、しかし感心やな、冷たいのにセリ採って親孝行やなあ」と言った。溝から上がると裸足は真っ赤になっていた。「ほれ、足ふきいな」と、老人はてぬぐいを貸してくれた。タビをはくと、いつも冷たい足がホカホカと温かくなっていた。

セリを持って家に帰ると、玄関に女下駄が脱いであるのを見つけた。その時、奥の座敷から女の笑い声が筒抜けに聞こえてきた。

「ただいま、婆ちゃん、セリたんと採ってきたえ」雄二は玄関に入るなり弾む声で言って襖《ふすま》を開けた。

「ああ、お帰りやす、丈夫そうにおなりやな。あれ、着物の裾、ひどう濡れてますがな」と、頼子と向かいあって座っていた女が声をかけてきた。

雄二はその女に構わずに、「ほれ、婆ちゃん、これ好きやろ」両手に青々したセリを持って見せた。

「まあ、感心なことどすな」女がしっとりとした眼で雄二を見上げた。

彼は突っ立ったまま女を見つめていたが、ふと夏の日に桔梗屋の桃子と一緒に鴨川の床で見た光景を思い出して、「ああ、あんた、お父さんと一緒にいたおばさんやろ」と叫んだ。

「へえー、柳屋のお民でございますわ、若旦那はん……」と女は笑いながら言った。彼は女客の剽軽《ひょうきん》な軽口に照れて眼をクルっと回した。来客もほとんどないこの家に、顔見知りの客が来たことで有頂天になっていた。彼は人なつこくお民の傍らに座った。

「山科では、何して遊んでいたんや」

お民も愉しげに何かと話しかけてきた。雄二が梁《やな》を仕掛けた時に白犬が滑り落ちてきた話をすると、お民は声を立てて笑った。

だいぶ時間が経って、お民はやっと腰を上げかけて、「ほんならあたしこれで帰りますわ、な、あんた、また来ますえ、今度はええお土産持ってきてあげるさかいにな」と、彼に触れるほど顔を寄せて微笑みかけた。お民は立ち上がると、「雄ちゃん、頼子お婆ちゃんにあんまりお世話おかけなさんなや」と言った。

玄関までついていった雄二はお民の袖をつかんで表通りまで歩いた。お民は、彼と別れようと二、三歩行きかけて、「あんた、なんぞ欲しいもんあらしまへんか。なんでも欲しいもんあったらお言いやすや、お父さんに言うてあげますさかいにな」と言った。

雄二は黙ってお民を見上げた。彼はしばらく黙って考えていたが、

「あんたな……、お母《かあ》からなんや言いつかって来たんか」と言った。

お民はふうーッと鼻白んだように眉をひそめた。

彼女は、なんであたしが恋敵《こいがたき》のお千恵はんから言いつかってこないかんのやろか、と腹のなかで思った。千恵が身請けされると知った時に、自分は死のうとしたほど苦しんだのだ。まだその時の痛みが疼《うず》くのであった。自分の心を踏みにじって宗兵衛に身請けされた女が肺の病に倒れたのもそれ相応の罰を受けたのだ。ましてお千恵は宗兵衛との間に三人の子供までもうけて女としての幸せを十分享受しているではないか。それにひきかえ自分は好きでもない男と結婚し、お子も授からずに、挙句の果てに芸妓として祇園に舞いもどって来たのだ。そう思うと、お民は、千恵が憎らしい、という思いをどうしても抑えることができなかった。

「あんた……、お母のことて、あのお千恵はんのことかいな、あたし……」

お民はしばらく雄二を見つめていた。すると、目の前にいる雄二は母親が重い病気になっていることも知らず、他人の家に預けられて、無邪気に振舞っている。憐れといえば憐れだ。

彼女はしばらく迷っていたが、「あのひとからとは違うのねや……、お父さんからやね」と言いにくそうに言った。雄二が「お母は……」とまたしても言いかけたが、お民がやさしく手で制した。「お千恵はんはな……」実は、重い病気やったと言いかけたが、お民はどうしても言えなかった。それで「ああ、今度くる時に、よう聞いてきてあげるさかい、それよりなあ、なんぞお土産でも欲しうないのどすか」と言ってみた。

雄二はやっと思い直したのか、しばらくしてから口をきいた。「そやな、どんなもんでもええのか、どんな大きいもんでも……」

お民はホッと救われる思いだった。

「はあ、はあとも、そやけど家みたいに大きいもんはあかへん、持てるぐらいのもんやないとなあ」

「そやな、そしたら一つあるね、三つ車があるもんや」

「車が三つ、ややこしいことオ」

「ほれ、自転車で」

「ああ、三輪車かいな、どこで見てきやはったん」

「河原町のな、学校の前に藤屋《とうや》はんがあるね、あそこの天井にぎょうさんぶら下がってるえ」

「ちゃんと欲しいもんは見てはるのやな。一遍、旦那はんと相談しときまっさ。それにな、あんた、ここのうちに何も遠慮することあらへんね。ここのうちにはな、ちゃんとお父さんからお金が出してあるね。今日もその用で来たんや、そやけど、それ聞いたこと誰にも言うたらあかんえ」お民はそう言って何度も振り返りながら人力車に乗り込んだ。

お民はホッとした思いで人力車に揺られていると、ふと宗兵衛と再会した日のことを思い出した。

それは、梅雨空の雲間から日が射す蒸し暑い日であった。お民が青地に流水紋の入った涼しげな着物をまとって登美代の座敷に行くと、宗兵衛が茅の輪に七色の紐《ひも》が飾られた床の間を背にして、穏やかな顔をして待っていた。

「呼んでおくれやして、おおきに」お民が畳に手をそろえて挨拶した。

「久しぶりやな、元気にしとるか」

「おかげさまで、なんとかやっとります。それにしても宗さんと、こうしてお会いするのは何年ぶりやろか」

お民はそう言って、宗兵衛が盃を手にすると、すこし横座りになって酌をした。

「五、六年ぶりかもしれんな。お民が芸妓にもどったさかい、時々、座敷に呼んでやろうかと思っているのや」

「そら、おおきに。そやけど、いったいどんな風の吹きまわしで、そんな気持にならはったんどすか。うちが道楽もんの爺さんに死なれて、祇園にもどってきた憐れな芸妓やいうてうちに同情してはるのと違いますか。それやったら呼んでくれはらなくても結構どっせ。そないに、うちを安う見んといておくれやす。それに、宗さんは千恵さんを身請けしたお方や。そんなお方がうちとよりをもどそうとするのは、すこし虫がよすぎるのと違いますか」

お民が美しい眉を逆立てた。

「そら、わしが迂闊《うかつ》やった。それやったら、この話なかったことにしてもらおうやないか」宗兵衛は酒を一気にあおると、腰を浮かしかけた。

「そないに怒らんかて、ええやないの。そやけど、千恵さんは、うちが敵《かたき》とまでいうたお方どす。そのお方の旦那はんがお座敷に呼んでくれるというたかて、そないにホイ、ホイいきますかいな」

「…………」

宗兵衛が苦虫を噛みつぶしたような顔をしている。

「あては小野さんという道楽者と結婚して、もう結婚はこりごりやと思うてますのや。あては、おとこはんに頼らずに、自分で稼いで生きて行きたいと考えているのどす。それは千恵さんかて、できへんことやさかいなあ。そやから、小野さんからもろうたお金も少しはあるさかい、柳屋という席貸のお店をやっていくつもりどす」

「そうか、わかった」

宗兵衛は、何を思ったのか一言そういうと、資金の一部を出すと言い出したのである。「そうですか、そら、ありがたいこってす」お民はキツネにつままれたような顔をして丁寧に頭を下げたのであった。

あの時、お民はどうして宗兵衛が援助してくれるつもりになったのかと尋ねようと思ったが、なぜか怖くてできなかったのである。

そんなことがあって、再び会ったときに、宗兵衛は、千恵が入院したこと、お蓮が三男の俊三を引き取って面倒を見ていること、貞之助は鹿ケ谷の植松家に預け、雄二は中島家に預けたことを話し、ついては毎月、養育費を届けに行ってほしいと頼んだのである。

「そら、おやすいご用どす。うちにまかせておくれやす」

お民がかるく胸をたたく真似をした。

「そうか、それではよろしく頼む」と宗兵衛が頭を下げた。

お民は、そんなことを思い出しながら、千恵やお蓮、朝子は許すことはできなくても、幼い雄二だけは許してやろうと思った。雄二を見ていると、どこか自分の幼い頃の境遇と似ているような気がしたのである。雄二は父親がいるといっても、母親が病気になって、他人の家に預けられて暮している。自分も幼くして母親に死なれて、置屋に預けられて散々寂しい思いをして来た。そんな雄二に手を差し伸べなければ、おんながすたるではないか！　そう考えると、いままで鬱《うっ》積《せき》していたものが霧散していくようなカラッとした気分になった。

それから数日後、中島家に一台の三輪車が届いた。赤く塗られた車輪、緑色の車体から新鮮な塗料が匂った。それに乗って雄二は人力車の後を追いかけたり、桜の馬場の草原のなかを走り回ったのである。

翌年の春、雄二は小学校に入学した。学校では学業には身が入らず、毎日のように取っ組み合いをして、着ているものはいつも泥んこで、汚れ放題の着物を着ていた。彼は学校の帰り道に、よく桜の馬場に寄って寝転んでは、ぼんやり空を眺めていた。

そんなある朝、雄二は学校鞄を肩に掛け、出かけようとして玄関を出てから急に忘れ物に気づいた。「画用紙代、婆ちゃん、お金」。「はーい」と奥座敷から返事があって、頼子が手にくるくると巻いた画用紙を持って出てきた。雄二はそれを見ると舌打ちした。「そんなんいやや、皆と同じに買うね」。「ずいぶん、分らずやさんね、あんた、よく見てごらんなさい、こんな厚い画用紙なのよ」。「いらんちゅうたら、そんなもん。あんたうちからお金もろてるくせにしぶちんやな」と雄二が言った。

頼子は思わず膝をついた。襖が開いて中島が顔を出した。「困ったことになったな。お金は確かに預っているけれど、商売でやっているのと違うのやからね。お婆さんも紙や鉛筆をまとめて買うておけば少しでも安く買える。それだけお父さんのお金も少なくてすむ、そのためなんだよ」と言った。

雄二はポッと頬を染めた。「わて、皆と一緒に並んで売店で買いたかったんや」。「いいとも、さあ銭をもらって早くお行き」渡された小銭を握って、急に、わーいと叫んで表へ飛び出して行った。

彼は小銭を握って走っていた。教会堂の前まで来て角を曲がろうとした時、手前の横丁から出て来た少年とばったり顔を合わせた。見ると、兄の貞之助ではないか。人力車の上で別れて以来の再会だった。学帽をきちんとかぶり、学生服に半ズボン、黒の深靴をはいていた。同じ小学校に通っていたのを知らなかった。

「あてや、雄二や……」と言って兄に近づこうとした。貞之助は彼の汚れ放題の貧相な服装をじろりと見ると、とり澄した顔でさっさと行ってしまった。雄二の着ているものは、つんつるてんの着物、袖は鼻水でピカピカだった。彼はあのきちんとした服を着ている兄の家はどんな家なのだろうかと考えながら、貞之助の後をのろのろとついていった。貞之助は一度も振り返ろうとしなかった。

その日、学校が引けていつものように桜の馬場の堤に立っていた。近くの疎水はいつ見ても暗《あん》鬱《うつ》な水をたたえてゆるやかに流れていく。その流れてゆくさまを見つめていると、ハッと閃くものがあった。疎水というものは三条大橋の下を今日もやっぱり流れているのや、ということをまったく忘れていた。本当に迂闊《うかつ》だったと腹立たしい思いだった。

雄二は思いつめたように桜の馬場を駆けおり、疎水に沿って歩き始めた。どこまでも続いていく疎水の道筋を追っているうちに、段々小走りになっていった。疎水がほとんど直角に曲がるところへ出た。正面に鴨川の河原が見え始め、見覚えのある家並が現われてきた。いつか見たお民の家の裏窓辺りだった。

やがて三条大橋に差しかかると、その真下を疎水が流れていた。そしてサラサラと流れている鴨川もやはりいつも通りそこにあった。雄二が幼い頃から母と共に見知っている風景だった。やがて高瀬川に架る小橋を渡った。少し行くと幼なじみの桃子の家もそこにあるはずだ。もうすぐ、そこに母の家もあると思うと、激しく胸が高鳴り始めた。母と会えたら、母の胸元に顔を埋めたい。そして母に言おう、何してたんやお母ちゃん！　長い間、あてを放ったらかしといて、あほッ！

玄関の戸をガチャンと開けようと思った。しかし戸は閉まったままだった。家の中をうかがってみた。ひっそりとして何の物音もしなかった。「お母……」と声に出して戸をカタカタと叩いてみた。少したって戸をもう一度激しく叩いてみた。かすかに下駄の音らしいものが聞こえて来た。

急にカラカラと戸が開いた。「誰どすやね」年老いた男がいぶかしげに顔を出した。「あてや、雄二や」。「雄二？　雄二って誰やろ」彼は老人の顔を必死の面持ちでみつめた。「井上雄二や」。「ああ、前にいやはった人の子どすか。あの人はもういやはらへん。なんでもな、祇園町の方へ宿替えしやはったということでっせ、あんた一緒に行ったたんと違うのか」。「桔梗家の桃子は……」。「桔梗家はんも先頃、代が替って、もういやはらへん、母親はどこやらの仲居はんしてはるという噂やけんど」

雄二は思わずじりじりと後もどりした。物も言わず夢中で駆け出した。涙が溢《あふ》れてきた。歯を喰いしばり、老人のように声を嗄《か》らして「あほッ！　あほッ！」と叫んだ。彼は夢遊病者のようにあてどもなく彷徨《さまよ》った。

十

翌年のある朝、雄二が学校に出かける用意をしていると、頼子が前に座り、「今日はね、学校はお休みしてよいのよ。おじさんとね、おそろいで出かけなさいね」と言って、彼の顔を仰ぐようにじっと見た。彼は一瞬どうしてかしらと怪訝《けげん》な顔をしたが、「うん、わかった」と答えると、頼子は「さあ、行っていらっしゃい」と何気ないふうを装って二人を送り出した。

彼は中島と二人で動物園前の停留場から市電に乗った。動物園の桜並木も満開で白い花びらがひらひらと舞っていた。ガラガラに空いた市電はひどく揺れながら早朝の街を疾走して行く。祇園石段下で乗り換えて、四条縄手で下車し、縄手通に入った。そこから白川の橋を渡って右に折れた。朝乃家と書かれた暖簾《のれん》の掛かった大叔母の朝子の家に着いた。前に一、二回来たことのある小綺麗な家であった。

玄関の戸に手をかけて開いた。家の内はまだうす暗く、表の間には小女《おちょぼ》が三人いぎたなく布団を並べて眠っていた。「雄二ヤッ」と、大きな声で言うと、小女の一人が眼を覚ましてガバッと跳ね起きた。その小女は寝巻のまま奥に慌てて知らせに行った。雄二は少し顔をしかめた。小女たちのいる部屋まで酒臭いよどみが満ちているように感じられた。

朝子が表の間まで出てきた。まだ化粧中だったらしく、丸めたガーゼを手に持ったままだった。「まあ、雄ちゃんも早いこと来やはったんやな」と言いながら、小女たちに「あんたらまだ早いさかい、寝ててもよろしいよ」と指図した。雄二がふと振り返って見ると、今まで玄関にいたはずの中島の姿はどこにも見当たらなかった。どうしたのかしらと戸惑っているうちに、朝子の部屋へ通された。朝子は鏡台の前にもどり、「ちょっと待っててや、朝方まで寝てなかったので、お化粧が遅くなってしもてな」と粉白粉《こなおしろい》のたんぽんでポンポンと顔をたたいた。化粧が終って、着替えにかかり、終ると中腰になって、もう一度髪に片手をかけ、鏡台をのぞき、さっと鏡台のおおいを下ろした。「さあ、出かけまひょか」朝子と連れ立って外へ出た。

都をどりの最中なのであろう、家並にぼんぼりや紅提灯《ちょうちん》や花飾りが揺れていた。しばらく黙って歩いていた朝子が突然言った。「なあ……」雄二が朝子を見上げた。「あんたは男やろ、どんなことがあっても泣いたりせえへんやろな……」そう言って立ち止った。雄二は不吉な予感に身を固くして息を飲んだ。

朝子がいつもの陽気な様子はみじんもなく、幾度か逡巡しながら、「実はな……、お母ちゃんがな、昨日おそく、死んでしまわはったんや」と、言葉を絞り出すように言った。

雄二は一瞬眼の前が真っ白になった。「お母が、死んでしまわはった……」と胸のなかでつぶやいたが、その言葉はどこまでも空転して収まることはなかった。二年間、一度も会いに来ずに、一言の言葉をかけることなく、お母が死んでしまう、そんなはずはないではないか。お母は、そんな血も涙もない女《ひと》やない！　そう大声で叫びたかった。

ひょっとして、自分は何も知らされずに、ずっと騙《だま》されて来たのだろうか。裏切られたような気持だった。そう思うと、今まで経験したことのない衝撃が全身を貫き、こめかみがぴくぴくと小刻みに震えた。

「しやけどな、まあ楽な死に際やったえ……」朝子がぽつんと言った。そう言われても、雄二には遠くの別の世界の出来事のように聞こえて涙は出なかった。ただ彼は虚ろな蒼く透き通ったような目をして朝子を見上げているだけだった。

それから雄二は、呆けたようにとぼとぼ歩き、家を出てから白川の大和橋をいつ渡ったのかわからなかった。縄手通りを抜け一力から花見小路へ出た。小さな路地に入り何軒か先に二階建ての小さな家が並んでいた。そのなかの一軒の家からホウキで掃《は》く音が聞こえてきた。線香の香りが籠っているように思えた。それは祖母のお蓮の家だった。

朝子に手を取られて家に上がり、部屋に入った。次の間に白布を顔にのせて布団に寝かされた女《ひと》がいた。朝子が枕元に導き、白布をとってみせた。白粉を塗り、口唇と頬に紅《べに》をさして、母は美しい化粧姿のまま静かに眠っているように思えた。「ああ、手を合わせて、拝んでおあげや……」朝子が眼をしばたたかせて、ぽろぽろと涙を落とした。雄二は小さな手を合わせた。拝み終わると、朝子が「口元を濡らしておあげや……」と言った。彼は母の口元を濡らしてあげると、指先でそっと母の白い頬に触れてみた。目を覚まして笑ってくれるかもしれない。冷たかった。驚いて慌てて指先を元にもどした。

「さあ、お父さんもおばあも、みんな二階にいやはる」朝子と二階へ上がった。階段を上がり終わって、小さな廊下の奥を開くと、宗兵衛が部屋の奥にいた。箱膳を前にお酒を注いでもらっていた。雄二を見ると、宗兵衛は軽くうなずいて見せた。「かしこうおしたえ、泣きもせんとな」朝子はそう言うと、お銚子をとって手なれたふうにお酌《しゃく》をした。宗兵衛の傍らにお蓮が、その横に貞之助がいた。「おいなはい」とお蓮が言った。雄二が近寄っていくと、「お母は死んでしもたんやなア」と言いながら、お蓮は雄二の肩に両手をかけて、彼の頬に自分の頬をよせて嗚咽《おえつ》した。

盃を持ったまま宗兵衛が、「まあ、おばあ、できるだけのことはしたんやないか」と言った。そして何かを思い出すような目をして「それに、はっきり言うておくけど、おばあのことは、初めからの約束もあることやし、わしが面倒をみる。安心してくれ」と言葉を継いだ。「へえへえとも、旦那はんには、ほんまに手厚いご心配をおかけしましたのになア」と、お蓮は涙声で言った。「まあ一杯やり、おばあ」宗兵衛はぐいと飲みほした盃をお蓮に差し出した。お蓮は軽く人差指と中指のあたりで盃を受けた。

どこからか太鼓の音が鳴り響いてきた。「ああ、お稽古《けいこ》が始まるなア」朝子が言った。「お千恵は芸の虫みたいな娘《こ》やったはかいな。毎日太鼓の音やら三味線の音を聞いて、好きな道やったし、楽しみにしていましたのに。あの娘も昔は演《で》たこともある都をどりの最中に死ぬとは、祇園町の女らしい巡り合わせどす」お蓮は遠くを見つめるように言った。

「最期のときも、危篤やと聞きつけて、都をどりの花簪《はなかんざし》をさしたままの朋輩衆や妹芸妓や舞妓らがあわただしく駆けつけてきて、手をとられて死にました。お千恵が危篤になりました時、消え入りそうな声で『ああ……、またみんな、一緒になれたのやなア……』と言い出しましてな、そして眼尻にうっすらと涙を流しておりました。それを見ていた朋輩衆が、『ああ、もう、夢うつつのなかでお子たちに会うてはりますねんやろ』と言わはりますの。千恵は子供たちと一日会いたかったのやと思います」朝子が堪え切れずにすすり泣きした。

「朝子が水を少し含ませてやりましたら、少し微笑んだような口元になりました。あの娘は女らしう最期の笑顔を旦那はんにはなむけにしたかったのやろと朋輩衆も言わはりますし、みんなでおいおいと泣きましたんえ」お蓮はそれからしばらく嗚咽を続けた。

宗兵衛はつと立ち上がると、黙って顔を後ろに向けた。指先で頬の辺りをぬぐうと、「まあ、おばあ、あんまりくよくよせんで、わしの眼の黒いうちは何でもしてやるつもりや、長生きせなあかん」と言った。「お蓮さん、人力車が参りましたえ」と階下で手伝いの女の声がした。「明日の密葬には、わしは出られんが、よろしうたのむ」と宗兵衛は言うと、人力車に乗って立ち去っていった。

宗兵衛は人力車のなかで何かに耐えるように目を閉じた。すると、在りし日の千恵の姿が浮かんでくる。知り合った最初の頃、まんじりともせず千恵のことを想った夜のことが痛いように蘇ってくる。しばらく思いを巡らしていると、ふと、久しぶりに病院を訪れた日のことが思い出された。

それは初冬の寒い日のことだった。千恵が入院してすでに一年近く経っていた。宗兵衛が病室に入って行くと、千恵がもの思いに耽っていた。

「何を考えとったのや」そう言って、宗兵衛が千恵を見つめた。

千恵が少しはにかんだように「あなたと最初にお会いした頃のことです」と言った。

「最初に会った頃のこと？　いったい、どないなことを考えていたのや」

「それは……」と言いかけて千恵は、ベッドから西日を浴びて輝く東山をしばらく眺めていたが、何を思ったのか、看病に来ていたお蓮に声をかけた。

「宗さんと二人きりで話したいことがあるさかい、おかあさん、ちょっと席をはずしておくれやす」

「それなら、ちょっと家へもどって、俊三の様子を見てくるさかいなあ」

お蓮はお手伝いの婆さんを雇って俊三の世話をしてもらっていたが、風呂敷に手荷物をまとめて病室を出て行った。千恵が宗兵衛と二人きりになったのは久しぶりであった。

「なんや、なんでも遠慮なくいうたらええのや」

「うちを抱いておくれやす……」千恵が消え入りそうな声でささやいた。

宗兵衛は黙ったまま、そっと千恵の肩を抱き寄せた。肩の肉がすっかり落ち、寝巻の浴衣越しに胸の感触が伝わってくる。ふと身請けした最初の夜のことがよみがえって来た。

その晩、宗兵衛が二階の座敷の襖をあけて、部屋のなかに入ると、布団が敷かれていた。枕元には行燈《あんどん》が灯され、千恵が床のなかで不安そうに身をかたくしている。宗兵衛がそっと長襦袢《ながじゅばん》を取ると、千恵の丸みを帯びた裸身が白くぽっと浮かび上がった。細い首から肩にかけて、やわらかい線が走り、胸は両腕でおおいかくされている。千恵が恥ずかしそうに胸をかくしていた腕を解いた。ふたつのふくらみは、神々しいほどの稜線で乳首をささえている。胸に手をふれると、手のなかにすっぽりと納まった。宗兵衛がとまどいを覚えるほど瑞々しく、若さで弾けそうな張りがあった。彼はその先端を口にふくんだ。千恵がホッと小さく息を吐いた。やがて宗兵衛は荒々しく神の領域に踏みこんでいった。千恵の呼吸が次第に荒くなり、白い裸身を蚕《かいこ》のようにくねらして身もだえし、百舌《もず》のように鋭い声を発してピクリと身体を動かした。

だが、いま浴衣越しに感じる千恵の乳房は、弾けるような張りはなく、絹糸を吐き終えて息をひそめている繭《まゆ》のようにひっそりとして、ただ柔らかいだけであった。あまりの変わりように、宗兵衛は胸が締めつけられるようであった。

「おおきに、もう離してくれてかましまへん……。もう、うち、宗さんに抱かれることはできへんのやなあ……」千恵が切なそうにつぶやいた。

「そないに気弱なことは言わん方がええ……」

「もう、気休めを言わんでも、うちかてわかっています」

それから千恵はしばらく考え込んでいたが、祈るようなまなざしをして言った。

「あなたにお願いがあります……。どうか、お子たちのことよろしくお願いします。錦光山家の代々のお仕事をいささかでも継がせていただければ……」

「ようわかっとる。心配せんでもだいじょうぶや。わしかて考えがあるのや」

「それだけが気がかりで……。これで、わたしも安心して逝くことができます。もうひとつお願いがあるのです…」

「なんや」

「うちとお民さんは小さい時から大の仲良しで一緒に芸に励んできました。それが、舞妓の店出し以来、すっかり仲違いしてしまいました。そやけど、うちはすべて水に流したいのどす……」

「どないしてそんなことを言うのや」

「お子のためどす」

「お子のため？　そら、どういうことや」宗兵衛が驚いたように言った。

「うちがこのまま死んだら、貞之助は事情を知ってるからええとしても、何も聞かされていない雄二はあたしを恨むでしょう。別れてから一度も会わずに、一言も優しい言葉をかけずに死ぬのやさかいなあ」

千恵の目に無念の涙が溢れた。

「感染させないためとはいえ、会えないことがこないにつらく惨《むご》いこととは思いませんでした。できることなら、もう一度会って抱きしめてやりたい。そやけど、それは無理な話です。そやから、あたしの代わりに、雄二の面倒をお民さんにみてほしいと考えているのです」

「ウーン、お民の話やと、雄二はお民になついているそうや。お民も雄二を憎からず思っているようや」宗兵衛がつぶやくように言った。

千恵はしばらく迷っていたが、「うちかて、女やさかい心のなかに夜叉《やしゃ》が棲《す》んどります。そやけど、お民さんの……」と涙をこらえながら言ったが、最後の言葉は聞き取れるか聞き取れないほどの微かな声だった。

宗兵衛は人力車のなかで千恵の寂しげな顔を思い浮かべながら、あれは夢のなかの出来事だったのだろうかと思った。


翌日の密葬には兄弟とも父からの心づくしの揃いの詰襟服と帽子、黒い深靴を身につけていた。葬式には新しい靴を畳の上で履《は》く習慣だというので、二人は畳の上で履いた。まだ暗い早朝だったが、棺は運び出され白木の輿《こし》に収まった。茶碗を割る音がした。隣近所の人々が軒下に集まっていた。輿はミシッと音を立てて進み出した。小人数の近親者と千恵の芸妓や舞妓時代の女たちや作造という男衆が輿に従っていた。輿はミシミシと泣くような音をたてていた。

火葬場では係員が一束のワラを差し出して兄弟に火をつけるようにと言った。女たちのすすり泣く声が聞こえた。火は窯に移され、やがて轟々《ごうごう》と燃えた。そのすさまじい火焔の音を二人の兄弟はしばらくじっと聴いていた。

「行こう、雄ちゃん」貞之助が雄二の手を握って窯から離れた。火葬場の周囲の森から朝の光がキラキラと舞い降りていた。雄二は強烈な衝撃に疲れて、眼がまぶしかった。あくびが何度も出た。そのたびに充血した眼に涙がたまった。しばらくして待合室でお蓮の肩にもたれかかって眼を閉じていた。疲れが一度に押し寄せてきて頭のなかも身体も空っぽになってしまったような気がした。

「雄二はん、眠たかったら、おっさんのとこへおいなはい。お蓮さんが重たい、重たい言うてはりまっせ」と男衆の作造が言った。雄二は両手を高く上げ、くねくねと背をのばし、もの憂く微笑を作り、いざりよるように作造の膝にどしんと顔を埋めた。「朝、早かったさかいな」そう言ってお蓮はキセルの灰をポンポンと灰吹きにたたき落した。男衆の膝の上に抱きつくようにして尻を動かしている妙な格好を皆が笑った。「そんな上等の洋服着たお兄さんが、そんなんではあきまへんな」作造が冷やかした。貞之助までが笑い出した。

だいぶ長い時間が経過した。「もうじきお骨あげでっせ」と言う声が聞こえた。一同は揃って焼場の方へ出かけた。やがてブリキの浅い箱を持って係員が現われた。ブリキの箱に、母の姿は白いかすれた貝殻に似た骨となって、ガサガサと鳴った。彼は白く顔色を変え、水気を失った瞳で、母の白骨と対面した。

「無残なことや……」と朝子が言って眼を閉じた。「もうこんな仏さんになってしまわはった……」と、お蓮が涙をぬぐって嗚咽した。

十一

五月のある夕方、一台の人力車が中島家の雄二を迎えに来た。人力車は、母の死で傷ついた心を抱えたままの雄二を乗せて小半時ほど走り、大きな構えの料亭に着いた。

大きな座敷には、宗兵衛もお蓮も兄の貞之助もそろっていた。見知らぬ男も二人いて、しきりに雄二を見つめている。間もなく食事が始まった。大人たちは酒を飲み始め、時々声高く笑った。そんな談笑の声を聞きながら、お蓮と孫たちの三人は別に料理の卓を囲んだ。雄二がいったい何の集まりだろうと不審に思いながら、大人たちの話を聞くとはなしに聞いていると、「錦光山竹三郎さん……、吉田重兵衛さん……」とかいう名前が断片的に聞こえて来た。

それでも久しぶりのご馳走に気をよくして雄二がむさぼるように食べていると、父の宗兵衛が心配そうに見ているのに気がついた。彼は食事が済むと、卓の上に五、六枚の紙と鉛筆が置いてあるのに気がついた。何気なく、その一枚に兵隊の絵を描いてみた。帽子の上に鳥毛が突っ立ち、助骨のような飾りヒモのついた軍服を着て、ズボンの横筋に太い線の入った軍人の絵であった。兄の貞之助は何も描いていなかった。

「兄ちゃんも、なんぞ描かへんの」と言うと、なぜか別卓の人々までが笑った。何がおかしいのかしらと不思議だった。お蓮が少し慌てた様子で貞之助と雄二にちょっと外に遊びに出ようと言った。座敷を出ると、貞之助が雄二の耳元で、「あほやな、おまえ」と言った。驚いて兄を見上げると、「あれな、もらい子しようと思うて、試しに絵を描かしよったんや。あては、おばあから聞いてたんや」と小さな声でささやいた。「もらい子？」兄の突然の言葉に、それが何のことなのかよく飲み込めなかった。心の底でもやもやとした不安を抱えながら、しばらく茶室辺りでお蓮らと遊んでいたが、やがて部屋へもどって行った。

部屋に入ると、酒に酔った赤ら顔をして、背の低いずんぐりとした小男が雄二を目指して近寄って来た。その男は雄二をじろりと見て、時々ヒクヒクと顎《あご》の辺りをしゃくり上げた。雄二は気味が悪くなり一歩後ずさりした。すると、その男はいきなり雄二の手首をつかみ、「さあ、一緒に帰ろう。今夜はおじさんとこで泊りいな」と言った。雄二は驚いて「あて、いやや、中島のおじさんとこへ、もう帰る！」と、手足をバタバタさせた。お蓮は、そんな雄二を手で制しようとしたり、ひっこめようとしたり、おろおろとしていた。貞之助も顔面を蒼白にして、じっと雄二を見つめていた。

ずんぐりとしたその小男は顔色ひとつ変えず、「さあ、行こか、はよ、行こか」と手首を握る手に力を入れて来た。雄二は、戸惑ったままお蓮を見上げ、兄をうかがい、さらにもう一度、その男を見つめた。だが、その小男には、今までに接したことのない異質なものを感じて、まったく親しみを感じなかった。救いを求めるように、座敷に座ったままの父の方へ目をやった。すると、宗兵衛は、黙ったまま一、二度うなずいて見せた。

それを見て、雄二はもう拒むことができないような気がして、観念したように小男とともにゆっくりと階段を降りて行った。

座敷では、ホッとしたようにざわめいて、皆、ぞろぞろと雄二の後に続いた。玄関口へ出ると、小男は待機していた人力車にさっと乗って彼を手招きした。雄二は一言も言わず、お蓮も父も見ずに男の膝に腰を埋めた。彼は恥辱の表情を浮かべ顔を赤らめていた。そして皆が一斉に見送るなかを人力車は出発して行った。

人力車が見えなくなってしまうと、「ウーン、竹三郎さん、うまくやってくれはると、ええのやが……」と宗兵衛が不安そうな面持ちでつぶやいた。

竹三郎というのは、錦光山商店の経理・総務担当の坂本栄太郎の弟であった。栄太郎は一人でも身内を増やすために、弟の竹三郎を大阪から呼び寄せて、先代の六代宗兵衛の四女である千賀の婿養子にさせていたのである。錦光山竹三郎と姉の千賀との間には子供がいなかった。そこで宗兵衛は貞之助と雄二を分家筆頭である錦光山竹三郎家と養子縁組させて、錦光山家を継がせようとしたのである。だが、坂本栄太郎が「一度に二人とも養子縁組することに私は反対です。絵でも描かせて、どちらか選んでみてはどうですか。ひとり認めるだけでも店主さんに感謝してもらわないとあきませんなあ」と言葉たくみに反対したのであった。それは同じ親族とはいえ、坂本家の血の入っていない者は一人として増やしたくないという、栄太郎らしいしたたかな計算を働かせたものらしかった。

翌朝、雄二は目が覚めてみると見慣れない部屋に一人で寝ていた。朝の光が前方の障子から射し込んでいた。障子は街道に面しているのであろう、朝から馬を追う声や荷車のガタゴトと通る音が絶えなかった。そこは、蹴上の仏光寺門前の西隣にある三条通に面した錦光山竹三郎の住む東錦光山家であった。

雄二が落ち着かない様子でぼんやりしていると、頭の方から襖がすーっと開いた。若い女が敷居のところへ手をついて言った。「私、文《ふみ》と言います。お風呂場でお顔洗うて下さい。ご飯もご用意してございます」。お文という手伝いの少女は乱れ箱にきちんと畳んだ雄二の洋服を持ってきた。お文に案内されて小座敷の縁側に出た。

庭には形のよい松、一面に真っ赤な花をつけたツツジなどが、白砂利の間に点々と植えられていた。庭の奥にまだ白壁も新しい土蔵ががっしりと建っていた。渡り廊下が庭を大きく分断して土蔵の方に伸び、その左側に小さな別棟があった。そこに浴室と便所があった。その浴室で雄二は顔を洗ってもどってくると、お文がお盆を持って待っていた。お文は、まだ十五歳位だろうか、目がぱっちりとしていた。お文は雄二がご飯を一杯食べ終わると、そっとお盆を差し出した。

間もなく五十がらみの女の人が入ってきて、ニッコリと笑った。「お疲れやったとみえて、夕べは眠そうやったことな。洋服を脱がすのに骨折れました。よう寝られましたか」雄二は大きな眼を見開いて、その女をじっと見た。「まあ、よう似てはることオ、宗兵衛さんの幼い時にそっくりやがな」と女は言った。「あたしは、あんたのお父さんの姉どすね、千賀と言いますねやけど」と言った。その女は先代の六代宗兵衛の四女で宗兵衛の姉の千賀であった。

ふと人の気配がして、昨夜の小男が入ってきた。昨夜と同じようにヒクヒクと首筋を震わせていた。千賀の婿養子である錦光山竹三郎である。彼は東錦光山の工場長を任されていた。竹三郎は、立ったまま雄二を黙って眺めていた。雄二がタクワンを食べようと前歯を出した拍子《ひょうし》に、「前歯まで宗さんにそっくりや」と、千賀は感じいったように言った。「食事が済んだら、座敷の方へおいで」と竹三郎は言うと立ち去って行った。

座敷に行くと、竹三郎と千賀は正座して待っていた。そばに煙草盆が置いてあり、そのそばに彼をすわらせた。千賀は軽くキセルを吸ってフウーと煙を吐き出し、満足そうに雄二を眺めた。しかし竹三郎は丁稚でも雇ったように、事務的に「工場《こうば》へ寄こしてくれ、粘土細工でもさせてみよう」とだけ言って、前垂れを掛けて部屋を出て行った。「あんたも竹三郎さんとこへ行っておいなはい」と千賀が言った。雄二は竹三郎のあとを追った。

彼は座敷から土間へ降りた。土間は石畳が綺麗に敷きつめられていた。そこから向うに幾棟かの建物が見えた。さらにその向うに太い煙突が二本並んでいた。一番近い棟は事務所らしく、そこから一人の男が出てきて、自分は番頭の伊藤定吉だと言った。伊藤の案内で一棟の作業場に入った。七、八人の職人が、木製の台に座って粘土をこね、細い棒で丸台のロクロを回転させ、手をそえるとすっと茶碗のかたちになっていった。次から次へと工場内を案内され、彫刻する場所や陶画をする場所等を見せてくれた。最後に大きな窯の前に出た。登り窯というものだった。真っ赤な焔が窯の小さな穴から吹き出していた。

しばらく佇んでいると、「旦那はんが、ちょっと呼んではります」と事務員らしい男が伝えに来た。事務所へ行くと、竹三郎が突然「どや、粘土細工はおもろかったか。おまえも将来は粘土と取り組むのやで、なあ、おまえはうちの子になるのや」と言った。雄二は余り急なことで、とっさにどう言ってよいのかわからなかった。雄二が思わず「兄ちゃんは」と尋ねると、「いや、兄の方は別や、一人だけや」と言った。

雄二の眼に涙が溢れてきた。「あて一人ではいやや」と叫ぶと、事務所から走り出して行った。母屋へもどって奥座敷の襖にもたれて泣いていると、襖に人の気配がした。千賀が立っていた。「どうしたんや」。「うちの子になるねやて」。「ああ、おじさんがいわはったんやろ。あんた、それで泣いたんか、あかんへんがな、そんなんでは……」

雄二の涙がぴくっと止まった。千賀がそんなこと冗談やがな、とでも言ってくれると思っていたが、意外な言葉であった。誰に訴えようもない苛立たしさが無性に癇《かん》にさわって、「あて、中島のうちへ帰るウ！」といつまでも泣きわめき続けた。千賀が困ったように立ち尽くしていた。

どう連絡がついたのか、間もなく黒塗りの人力車が迎えにきた。それに乗せられてやってきたのは、河原町の柳屋の玄関口だった。柳屋と染め抜いた紺暖簾《のれん》をくぐると、打ち水に濡れた上がり口に棕櫚《しゅろ》の鉢植が置かれていた。そこから見るとピカピカに磨かれた階段が見え、その奥の方にサラサラと鴨川の水の流れの音が聞こえてきた。艶めいた静けさが午前の家のなかを包んでいた。

「雄二やッ」と声を出すと、「へーえ」と若い女の声がして、トトトと廊下を踏んでくる足音が聞こえた。小女が顔を出し、「ああ、おいでやす」と笑顔で先に立って行った。ほの暗い廊下を伝わって行くと離れ小座敷だった。入ると、急に明るい鴨川の流れや河原が眼に入ってきた。そこにお民が座っていて、にっこりと笑いかけて言った。

「ああ、ようおいでやしたな」

雄二は部屋の中を通り、わざと黙ったままお民に背を向けて、手すりにもたれて鴨川を眺めていた。お民は彼をじっと見つめながら言った。

「竹三郎はんが養子の話を切り出しはったら、あんたがひどう泣きわめいたんで、竹三郎はんはびっくりして、電話をかけてきたんや。それで旦那はんと相談し、お迎えの人力車出したんや。竹三郎はんは、ちょっと子供を持てる人やないな。まるで猫の子か丁稚《でっち》もらうみたいに、子供をバカにしてはるね」

雄二はお民の言葉が聞えなかったように、「あの、だいぶ前に、ここの河原で桔梗家の桃子と遊んでいたときに、あてを呼んでたなあ。あて、あの時分は、お父さんというもんは、子供と同じ家に住むもんやないと思うてたんや。お父さんは、時々、きやはるもんやくらいに思うていたんや」と言った。「そやなあ、花街生れというもんは、そんなけったいなことにあうもんや。あたしかてそうや、父なる人も知らなければ、あたしを生んだ母も早う死んでしもうてよう知らへんのや」

雄二が黙って聞いていると、お民が話を続けた。

「その代わりに、育ての親、置屋の親、何人いやはるか知れへん。うちのびんずる婆さんかて、あたしの育ての親や、置屋に出しよったんもあいつや。しかしあんたは男に生れてよかったのえ。あたしら舞妓に出してもろたといえば聞えもええけど、実際は売られたも同然や。それに、あんたのお母さんとは舞妓のお披露目する日が同じ日やった。舞も同門やった。一本になったのも同じころや。そのうち千恵はんと旦那はんとができて、あたしはあの時負けたんや。千恵はんは、憎い敵《かたき》やったのや」

お民の眼が異様な光を帯びてきた。

「ほんまは、あんたかて敵の子やと憎たらしいと思うてたけど、いつぞや中島さんとこにお伺いした時に、小さいときから、他人さまの家で暮らして、親にも会えず、不憫《ふびん》なあんたの姿を見ているうちに、あんたはあたしの幼い頃とそっくりやと思うたのや。つらく寂しかった頃の痛みを思い出したのや。それで、あんたは、あたしに生れるはずの子が、まちごうて千恵はんのお腹にできたんやないかと思うようになってきたんや。そやけど、お蓮さん、朝子さんはそうはいかんね。あの人たちはあたしを白眼で見てはるような気がするね。あんたは敵の子や、敵の子やと思おうとしても段々と可愛くなってくるのや……」

雄二はじっと鴨川の河原を見つめながらぼんやりと考えていた。近頃のお民は、それも母が死んでからというものは、前よりも優しくなったような気がする。お民の顔が妙にサバサバとしているように見えるのも不思議だった。

急に玄関がざわついた。人力車のかじ棒が路地の石畳にきしむ音と下駄の音がして、それに混じって小女の声も聞こえて来た。

「来とるか」宗兵衛の声が遠くで聞えた。「お父さんが来やはりましたな」と言うお民の声に雄二は振り向いた。部屋へ通じる廊下を、小女が小走りに先導してくる足音のあとから宗兵衛らしい足音が近づいてきた。宗兵衛が入ってきて「まだ貞之助はこんのか」と尋ねた。つまみ物にお酒がすぐに運ばれてきた。その時、玄関に人力車が着いたらしく、間もなく小女に導かれて貞之助が部屋に入ってきた。兄弟が宗兵衛の左右に座った。「おお、これでそろうたな」と宗兵衛はうまそうに盃を飲み干した。

宗兵衛は、商売も順風満帆ですこぶる顔色も良かった。この年、日英博覧会がロンドンで開催されていて、「菊模様花瓶」が銀賞を受賞し、また宮川香山、香蘭合名会社、藪明山《やぶめいざん》など名だたる出品者のなかで、錦光山商店は三百二十八ポンドと最大の売上高を上げて意気盛んであった。

宗兵衛が満足そうにつぶやいた。

「それにしても、素山は天才的な絵師や。素山の絵付けは群を抜いていて、世界広しといえども、彼ほど精緻な絵付けができる絵師は誰もおらんやろ」

柳田素山の絵付けした「色絵金彩山水図蓋付箱」は、日英博覧会でもすこぶる好評であった。素山のその作品は、蓋《ふた》の表面に繊細な筆致で山水図が描かれ、箱の四面には草花とともに鹿や雉《きじ》、鶏や鶉《うずら》が緻密に描かれていた。それはまるで素山が、日本の山水と生き物たちを永遠に焼物に焼きつけようとした美しい宝石のような小箱であった。

一九〇〇年のパリ万博以来、窯変技法の開発と意匠改革に全力で取り組んできた結果、この頃、釉下彩、マット（艶消し）釉、ラスター釉などの窯変技法の開発がほぼ完成の域に達していたのである。錦光山商店は、まさに絶頂期を迎えようとしていたのである。

宗兵衛はピンとはねあがった口ヒゲの先をひねってから、「わしは姉の千賀に子供がいないさかい、ちょうどええと思って、雄二を竹三郎さんと養子縁組させて錦光山の名前を継がせようと思っとったが、うまいことといかへんかった。それで、二人とも、もう少し大きくなったら、そうすればええと考えなおしたのや」と言って、じろりと息子たちの顔を眺めた。

「それで実はな、東京にフランス人経営の暁星という小・中学校があって、そこにわしの友達の子が入ったそうなのや。小学校一年からフランス語も教えるというハイカラな学校や。旧教系の学校やから、厳格な教育とフランス風の自由な校風で有名なんや。君の息子も入学させたらどうやと熱心に勧めるのでな、どうしたものかと考えていたのや。今日の雄二のことで急に話を進めてみようという気になってな。いずれ竹三郎さんの世話になるとしても、自由で規律正しいフランス風を学んでくるのもええことやと思う。お蓮さんにも電話で話したら、それは結構なお考えやというてくれたのや。わしも東京なら時々行く用事もあるし、それに、お民も一緒に学校まで送ってくれるというし、悪いことは一つもないやないか。ひとつ雄二が来年三年生、貞之助が六年生になる春にその学校へ行くことにしたらどや。な、行くやろ」

宗兵衛の話を聞いて雄二と貞之助は眼を輝かせた。

「それというのも、雄ちゃんが竹三郎はんとこで、泣きわめいたことから、二人ともフランス風の寄宿舎へごやっかいになるのがええということになったんや。東京の暁星たらいうハイカラな学校へ行って誰に気兼ねものうてええとちがうか」とお民が少しはしゃいだ様子で言った。「さてと……、話は決まったこととしておこうか」宗兵衛は上機嫌だった。お民も何やらホッとしたようで宗兵衛に酌をしてもらい、ほんのりと顔を上気させていた。

それから数カ月が経ち、雄二たちは上京することになった。その日は、宗兵衛も東京に所用があり一緒に行くことになった。お民も同伴することになり、店の者たちに送られて駅に向かった。停まっていた列車に席をとり、膝掛を敷き、赤帽の運んできた荷物を番頭が網棚に整理しているうちに汽笛が鳴った。雄二と貞之助は黒ラシャにビロードの襟のついた揃いの詰襟服を着ていた。お民は自分の鞄から、いつ買っておいたのか、赤系統と青系統の鳥打帽子を二つ出すと、ひょいと二人の頭にのせた。列車はゆっくりと動きだした。窓外に大きな五重の塔が見えてきた。雑多に建ち並ぶ小さな家や路地、八百屋や風呂屋の煙突などが次から次へと現れては去って行った。

昼食は食堂車でとった。雄二や貞之助やお民はオムレツにパンと紅茶だった。宗兵衛はビーフステーキを頼み、日本酒をチビリチビリと飲んでいた。彼は明治三十三年にパリ万博に視察に行き、明治三十七年にはセントルイス博覧会に出張したことがあったので、洋食のフォークやナイフは両肘を両脇から離したりカチカチ音をさせて使ったりしてはいけない、パンは手で千切って食べてもよいとか、色々教えてくれるのであった。

夜になって列車が東京駅に着いた。その夜は、宗兵衛が定宿にしている築地の旅館に一泊することになった。あくる日の午後、雄二はお民と貞之助の三人で人力車に乗り、飯田橋からゆるやかな坂道を上がって行った。しばらくして暁星という名前の学校の門をくぐった。そこで入学の手続きをして、二人は暁星に入ることになったのである。

十二

それから四年後の大正三年六月、第三回遊陶園・京漆園の合同展覧会が東京の農商務省陳列館で開催されていた。この回から染織家たちの意匠研究団体の「道楽園」も参加し、来場者も大幅に増えていた。

「どないになっているのやろか」宮永剛太郎が呆然と立ち尽くしていた。

会場では神坂雪佳の琳派風の図案が大半を占め、浅井忠の図案は宗兵衛と宮永剛太郎の作品しかなく、ほとんど姿を消していた。

「これほど神坂雪佳さんの図案一色になるとは思いませんでした」宮永剛太郎が嘆息した。彼は数年前に錦光山商店の顧問を退き、深草開土の地に窯を築き独立し、宮永東山と号していた。

「この数年の変化は驚くほど早いですなあ。浅井先生の意匠はすっかり影をひそめてしまいましたな」

宗兵衛も困惑したように溜息をつき、二年前のことを思い出していた。

二年前の明治四十五年に第一回合同展覧会が開催された時には、浅井忠が亡くなってから五年近く経っていたが、陶磁器と漆器、蒔絵などの出品作の大半が浅井忠の図案で占められていた。宗兵衛も浅井忠が描いたグレーの風景の図案をもとにしたアール・ヌーヴォー調の杉木立を絵付けした釉下彩の作品などを出品していた。

宗兵衛が会場で来場者に挨拶をしながら佇んでいると、見学者の間から「この花瓶は京都の焼物だというのに、斬新奇抜な意匠ですな」。「新しい思潮がみなぎっていますなあ」。「さすが浅井画伯、筆致軽妙な図案ですな」などという賛辞の言葉が聞こえて来て、次々と売約済みの札がつけられていったのである。

宮永東山が近づいて来て、「パリで浅井先生にお会いしてからもう十二年たちますが、これで遊陶園の作品を広く世に問うことができました。浅井先生が生きておられたらどれほどお喜びになられたことか……」としんみりした口調で言った。

「これも宮永東山さんのお蔭です」宗兵衛が感慨深げに言った。というのも、遊陶園のなかで京都のみならず帝都東京でも意匠改革の成果を世に問うべきではないかという議論が巻き起こり、かつて農商務省に勤めていた宮永東山が、斡旋《あっせん》の労を取り、農商務省陳列館で第一回合同展が開催されることになったのである。

その時、会場の中央にいた中沢岩太博士が満足そうに言った。

「京都では、いかに斬新な図案であっても、なかなか受け入れてもらえない。しかし東京では新奇のものであっても、いいものであれば積極的にとりいれていく。さすがに帝都だけのことはある」

浅井忠が亡くなった後も、中沢岩太博士が主導して遊陶園が開かれ、意匠改革が続けられていたのである。

宗兵衛は二年前にそんなことがあったのを思い出しながら、あの時はあれほど浅井忠の意匠が溢れていたのに、今回、京都の工芸家が雪崩を打って神坂雪佳の図案に走り、浅井忠の図案がすっかり下火になってしまったことに改めて驚きを隠せなかった。

「この展覧会は、伝統的な意匠が多くなり、浅井先生が生きていらしたら苦笑されることでしょう。先生が企てられた最初の意匠改革の精神が消えてしまっているのですから。いまや、浅井先生の精神すら忘れさられようとしているのです」

宮永東山が悔しそうに言った。

「ウーン」宗兵衛も無念な思いは同じだった。なぜこうなってしまったのかと考えていると、ふと遊陶園での出来事が浮かんできた。

その日、図案家から次回の図案が製陶家に配布され、皆が帰り仕度をはじめようとすると、中沢岩太博士が神坂雪佳に声をかけた。

「神坂さん、最近、図案をお出しになりませんが、どうなさったのですか」。「いや、特段、理由はありませんが……」。「佳都美会《かつみかい》の方がお忙しいのではありませんか」

神坂雪佳は、当初、四条派の画家に学んだが、のちに図案家の岸光景に師事し、琳派を中心とした意匠図案を学んだ工芸図案家であった。彼はすでに明治四十年に青年工芸家の図案研究団体を結成し、それらを「佳都美会」に統合して若手の陶芸家の清水栗太郎や河村蜻山らが参加していたのである。

「遊陶園と佳都美会では美の理念がちょっと違うのです。遊陶園は、和製アール・ヌーヴォーを尊重していますが、佳都美会は琳派を継承して、そこから近代的な図案を創造していこうとしているのです。わしはアール・ヌーヴォーの曲線というのは、なんや伸びたウドンみたいで、真の美術とは思えんのです。わしは琳派の意匠を中心に図案を考えていきたいと思っていますので、これからもアール・ヌーヴォーを応用した図案を考案していくつもりはないのです」神坂雪佳が言った。

「琳派といっても、いたずらに復古調になるのでは、なんのために意匠改革を進めてきたのか、わからなくなるのではないですか」中沢岩太博士が少しムッとしたように言った。

「いや、復古調というのではなく、わしは琳派のなかに新しい図案の要素があると考えているのです。それに、浅井忠先生は立派な画家でしたが、画家が考える図案とわしらが考える図案とは少し違うのです」。「どう違うのですか」。「画家はどうしても、絵が主で、工芸品が従になってしまうのです。わしらが考える図案というものは、ただ絵を陶磁器や漆器に描くというのではなく、工芸品の用途をよく考えて、その機能を活かすような図案を考えているのです」

それまで黙って聞いていた漆芸家のひとりが意を決したように言った。

「わしら京都生れのもんには、正直、同じ琳派風いうても、浅井忠先生のはなんやらバタくさくてかなわんのです。その点、雪佳はんは生粋の京都人で、工芸品のことを隅から隅まで知ってはるさかい、はんなりしとってわしら京都人には肌に合いますのや。そやから、どうしても雪佳はんの図案が好まれてしまうのや」

気づまりな空気が流れて、中沢岩太博士は憮然とした表情で押し黙ってしまった。

そんなやりとりを聞いていて、宗兵衛は、神坂雪佳が琳派を見直して日本独自の近代的な意匠を作り出そうとしているのはよいとしても、アール・ヌーヴォー様式は日本の浮世絵や琳派から影響を受けた面があり、それをどう考えればいいのだろうかという思いは拭い切れなかった。

宗兵衛がそんなことを思い出していると、宮永東山が「このままやったら、一世を風靡したアール・ヌーヴォーの意匠も、浅井先生の死とともに消えて行くのかもしれません」と言った。

宗兵衛は複雑な思いであった。浅井先生が目指していた意匠改革とは一体何であったのか。考えてみると、浅井先生は沈滞していた京焼の意匠を斬新奇抜な図案で一新した〝窯業界の革新軍〟であったことは間違いない。その意味では、浅井先生が目指していた意匠改革とは、パリ万博で日本の陶磁器の意匠が時代遅れになったことが明確になったことで、もう一度、西洋の模倣でない日本独自の意匠を見出していこうという日本の工芸の復興運動だったのではないだろうか。

そうした浅井先生の遺志は今も脈々と流れている。宗兵衛は意匠改革をさらに進めていかねばならないと唇を噛みしめた。

第五章　祇園の女たち

十三

数年後のある日、東錦光山の竹三郎の二階の奥座敷では、五月だというのに陽気がとみに盛り、暑いほどの蒸しようだった。床の間の前に仲人の吉田重兵衛が、その隣には宗兵衛が座っていた。床の間の正面には竹三郎と千賀、雄二が座についていた。いずれも黒の紋付姿であった。

少女が蒔絵《まきえ》の酒器を眼の前にして座った。吉田重兵衛は三方から塗物の盃をとった。少女は酒器を傾け三回に分けて注いだ。宗兵衛、竹三郎、千賀と雄二と同じ仕草を繰り返した。窮屈な紋付袴姿で正座している雄二は、酒の匂いに白い頬を火照らしていた。

雄二は神妙な顔つきで座っていたものの、心の中では屈折した思いを抱いていた。三年近く暁星にいたのでフランス語の会話は片言でもしゃべれるようになっていた。背丈も伸びて身体つきもほっそりとして、小学校低学年頃の丸刈りで額に青い静脈を浮かせていた姿とは様変わりになっていた。彼は十五歳になろうとしていた。

思えば、三年前の十月のある肌寒い晩、父からの手紙が届いた。その手紙には「今度の戦争は、欧州に拡大しつつある。ドイツの潜水艦が出没することになれば、日本の貿易が途絶して大変なことになるかもしれん。アメリカ貿易についても再検討しないといかんかもしれない。雄二はいま六年生で自由で規律正しい生活態度が身についたやろう。竹三郎さんとしても、来年になれば中学生になるのだから、手許で勉強させたいという意向もあるようだ。貞之助も大阪で新しく設立される大阪貿易語学校へ転学させてもいい。退学して京都にもどってくるように」と書かれていた。

彼は手紙を読み終わると、しばらく口がきけなかった。せっかく父の配慮により自由で規律正しい日々を過していたのに、大正三年に勃発した第一次世界大戦の影響が早くもこんな形で及んでくるとは思ってもいなかった。

竹三郎と千賀夫婦と雄二の養子縁組も、父の宗兵衛が彼に錦光山の姓を名乗らせて、錦光山家の代々の仕事を継がせることができるようにと苦心の計画であったに違いなかった。だが、また騒ぐといけないと思ったのか、雄二は自分の養子縁組が行われる直前まで、竹三郎はもちろん、実父の宗兵衛でさえ、誰も知らせてくれず、こんなに早く式をやってしまうとは思いもかけなかったのである。

養子縁組の式が終って雄二はしばらく紋付袴姿のままなすこともなく表座敷に座っていた。千賀がやって来て「まずまず、式もめでとう済んだことやし、これであんたも錦光山雄二やなあ。今日からはうちの跡取りさんどすえ、しっかりやっておくれやすや……。今までみたいに伯父さん、伯母さんではいかんのえ。これからは、言いにくいやろけど、お父さん、お母さんと呼ぶようにおしやすや」と言った。

雄二はもうここまで追いつめられてしまったかと、なにか屈辱感でいたたまれぬ思いだった。東京の暁星での寄宿舎生活と竹三郎の所ではあまりにも違い過ぎるのだ。自分が幼い頃から陶器作りの修業をして、それが運命と受け入れたのであればともかく、家業とはいえすんなりと陶磁器製造の道に入っていくことはできない思いだった。いろいろなことを考えた末に、この道しかないというのであれば、雄二にも納得できたであろう。だが、竹三郎の所はそんな雰囲気は少しもなく、無理やり丁稚奉公させられた気分であった。

竹三郎の家は、南向きの綺麗な八畳や四畳半の部屋があり、正面からは山の麓の木々が眺められ、東側の窓からは東山のゆるやかな連峰を望むことができた。雄二の部屋は二階の表の間であった。その部屋は、北向きで表通りに面し、窓は虫籠《むしこ》造りで天井が低く急傾斜していて立つと頭がゴッンとぶつかりそうになった。部屋の両脇には、古びた箱が置かれ、壁際の棚には古道具類がぎっしりと並んでいた。畳も赤茶けてカビ臭く部屋の隅からごそごそと虫でもはい出してきそうな部屋だった。雄二はそんな部屋で勉強する気にもならず、机に両ひじをついたまま部屋にこもって考え込んでいた。なぜ、自分には自由がないのだろうか、自分の人生は誰か他人に盗まれてしまって、空っぽになってしまったのだ、そんな思いをぬぐい切れずに、ますます憂鬱《ゆううつ》な気分になるのだった。

「雄二！」養父の竹三郎の声が階下から伝わってきた。「ハイッ」と返事して、階段の踊り場に出た。「勉強は明るいうちにやって、早う寝たらええやないか。電気も、もったいないし」という声が聞こえた。彼は小さく溜息をつき電燈を消して、階下へ降りて行った。座敷に入って行くと、竹三郎は老眼鏡をかけ、ひくひくと首筋を痙攣させながら、小さなソロバンをはじいていた。その傍らに千賀がぺたりと座り込み、長いキセルでキザミを吸っていた。雄二が入ってきたのを見ると、「おまえな、返事はハイッというようなこと言うてるが、へーイと言いなさい。ハイなどという奴は袴をつけた人間がやるこっちゃ。商売人は前垂れ掛けて、ソロバンもって、銭のためにはいつくばってでも儲けが大切なんじゃ」と、老眼鏡から上目使いにじろっと眺めた。彼はぷいと立って便所へ行った。竹三郎はチッと軽く舌を鳴らしたようだった。

雄二は布団のなかに入ってもなかなか寝つけなかった。近頃は、第一次世界大戦の影響で船舶不足などからヨーロッパ市場が変調をきたし一時恐慌状態となっていたが、ドイツを中心としたヨーロッパのアメリカ向け輸出が頓挫《とんざ》して、わが国の輸出が急増して、米価が高騰するなど何かしら社会は急激な変動のなかにあるようだった。

そんなある日の午後、雄二は文房具を買いに行こうとぶらりと外に出た。白川橋辺りまで来て、ふと白川に沿って行くと案外、朝子の家が近いのではなかろうかと閃いた。しばらく行くと小さな巽橋のたもとに出た。そこから少し先に朝乃家と白抜きの紺暖簾が下った家があった。雄二が玄関に入って行くと、表の間に小女が三人、針仕事をしていた。一人の小女が慌てて立って奥に行った。雄二が奥座敷の方へ行きかけると、朝子が出てくるのが見えた。

「まあ珍しいこと、元気そうになったなあ、まあこっちへお入り」朝子の居間へ入った。真下に白川が流れている。この辺りは白川を隔てて両岸に茶楼が軒を連らねていた。どの家からも狭い川幅を挟んで、すだれが客席をおおい手すりの下へ垂れ下がっていた。手すりには役者の定紋染のてぬぐいや色物の腰巻や肌着の類がずらりと干されている。すだれを透して内部は暗く、鏡台らしいものや女の浴衣らしいものが下がっている。昼の茶楼は物憂く、女の午睡の時のようだった。

雄二は居間の手すりにもたれ、川底をのぞき込んだ。石ころの一つひとつが見え、青黒い藻がゆらりと揺れていた。時々、魚の青々とした背や銀色の腹が艶めいて水底にひるがえった。小女がスイカをお盆にのせて運んできた。「おばあとこの氷屋の店へも行っておあげたか」。「まだや、今日は文房具買いに出て、そのまま来たんや」。「今夜はうちでご馳走するさかい夕方過ぎ頃まで、おばあとこにいて、またあたしのとこへ帰っておいなはい。竹三郎はんには電話しといてあげるさかいにな」。「ほんなら、行ってこか」。「ほら、ええこっちゃ、おばあも会いたがっていやはった、喜ばはるやろえ」

朝子の家を出て大和橋を渡り四条通へ出た。正面に南座が見え、その入口辺りに大勢の人々が群がっていた。四条大橋を渡って行くと、急に川面から涼しい風が吹いてきた。料亭・八百政の大きな涼み台が川に張り出し、沢山の提灯が川風にゆらゆらと揺れていた。

八百政の向う側に、おれんという大きな提灯が店先に下がっていた。うす暗くなった横丁に入る角に店があった。ガラス玉の暖簾《のれん》がサラサラと鳴っていた。この付近は祇園町、宮川町、先斗町の花街を控え、商店も軒を連ねたにぎやかな場所のど真ん中とあって、お蓮の商売も新店ながら繁盛しているらしい。

雄二はガラス玉の暖簾をサラサラとかき分けて顔だけ突き出して覗いてみた。相当な人数の客でにぎわっていた。お蓮は、広いおでこ、ほっそりとした顎《あご》はそのままだが、眉を綺麗に剃って、そこだけが青々と眼にしみるようだった。紺絣をぴっちりと着こなして、赤前垂れ、赤いタスキ掛けの姿で、小女を二人使い、忙しそうに立ち働いていた。

しばらくお蓮の様子を眺めていた雄二は、急に「おばあ！」と大きな声で呼んでみた。すると、お蓮は大きく眼を見開いて、ほうと口元を丸めてみせた。雄二を店の奥にある小さな部屋へ伴って、「養子縁組したさかい、竹三郎はんにちょっと遠慮してたんや。十六日の大文字の晩あたりに呼んであげようと思ってたんや。今日はゆっくり出来るのんか」と尋ねた。

「ちょっと文房具買いに出てきたんや。朝子が電話で竹三郎さんへは、うまく伝えておくと言うことやった。ご馳走してくれる言うてた」

「この商売も始めて三カ月位やけど、お客さんも今のところよう来てくれはるので、結構、朝から夜十一時過ぎまで店開けてんね。ここらは芸妓やらがお客と夜遅く来るさかいにな」とお蓮は言った。

「さて、氷なに食べる」。「金時にしようか」。「うちの氷かきの男衆はんは、米さんと言うて、氷かきの名人やね。軽う氷かいて雪みたいにふうわり盛る腕が名人芸なんや。ほれちょっと見てみたら」

「金時だっか」男衆は、ガラスの鉢に、とろりと甘い小豆《あずき》を入れ、カスカスカスと軽やかに氷にカンナを滑らし、雪のように盛り上げていった。「はい、一丁上がりッ」鉢を手にしてサジを一さし二さしすると、雪のような氷がくずれ、甘味がとろりと溶けていった。先程、出前から帰ってきた小女が、またすぐ出前に飛び出していくほど忙しい。米さんも氷をかくのに忙しかった。さまざまな人々が涼を求めてこの店に集ってきた。お蓮も店先や出前やら帳付けもしなければならず、ゆっくりと雄二の相手になっている暇もないほどだった。

その時、苦味走った中年の男が、ぞろりとした風でガラス玉の暖簾を上げて入ってきた。「扇幸どす。女将さん、えろう、はやったりまんな」と、ちょっと腰をかがめてウインクした。雄二がじろりと見つめると、「お孫はんどすやろ、まるで天満屋はんにそっくりだすがな」とおどけた風に言った。お蓮がまんざらでもない顔をして言った。「まあ、扇幸はん、これから出演しやすのどすか」。「あたしの演《だ》し物は、夜からどすさかい、その前にちょっとご挨拶だけしとことと思いましてな」。「まあ小座敷の方へどうぞ」とお蓮が扇幸を招き入れた。

小座敷の前方には小さな庭園があり、その中央に小さい築山もあった。床几《しょうぎ》も配置されている。築山や小座敷にはぼんぼりが吊るされていた。風鈴が微風に鳴り、お歯黒トンボが築山を飛び交っている。「いやあ、やっぱり、お蓮はんらしいええ風景どすわ」と扇幸が感嘆の声をあげた。お蓮は米さんの作った氷金時を扇幸にサービスしながら、内弟子にでも言うようにあれこれと諭したりしていた。そして財布から大枚を取り出すと「少ないけど、これで、美味しいものでもお食べ」と言って手渡した。「毎度、すんまへん」扇幸が頭を下げた。

「おばあ、あて、もう帰る」と雄二が言うと、「そうか、ほんなら今夜は朝子とこに泊っておいき。店閉めたらあたしも、そっちへいくさかい。なんしこの商売は夜おそいのでな」と言って雄二に小遣《こづかい》を握らせた。

雄二が朝子の家にもどってくると、お化粧中だった朝子がさっそく言った。

「えろう帰りが早かったやないの」。「なんし、お客さんもぎょうさん来てたし、出前も忙しいのやな、それに役者も来てよった。あて、早う帰って来たんや」。「役者て、扇幸さんやろか。天満屋はんとは、内弟子同様親しかったさかいな。扇幸はんも大分白髪も生えたやろうな、なんぞ頼みに来てはったんやろけどな」。「おばあがお金を渡してはった」。「またかいな、おばあの悪い癖や。お金があると湯水のように使ってしまうのや。天満屋はんというお方は、なんし大阪の大興行師で、当時の役者で扇幸はんもそうやが、世話した役者もたんといやはった。天満屋はんがまだ生きてはるなら別として、今時昔通りに交際できるはずもないくせになあ。悪い癖はなかなか直らんもんや」

朝子がフーッと溜息をついて、話を続けた。

「おばあは、何でも新しいもんにすぐ飛びつくのも癖でな。あれは日清戦争のちょっと前頃やったな、あたしがまだ若い時のことやったたな、川上音二郎という自由党の壮士やった人が作らはったオッペケ節というのが流行してな。風変りな歌詞で最後にオッペケペッポーポーというんや。そんな色気のない唄やが、まあ書生はんやらに人気があって、相当客入りもあったんや。おばあは、オッペケペに飛びついて、座敷に呼んで一席やらしたり、自分も三味線で節付けしたりして大騒動やった。おばあは歌舞伎のことなら知りつくしてはるけど、まさかオッペケペに凝るとは思わなんだな。天満屋はんが、まだ生きてはったら、おばあはなんぞびっくりするような新しいことやらかさはったかも知れへん」

小女がサイダーを運んできた。それを機に朝子は手早く着替えてから、「そんなら、サイダー飲んでちょっと待っててんか、半時間ほど打ち合わせで留守にするけど」朝子は夕方七時までには帰ると言い残して出かけて行った。

朝子が留守になると、表の間では小女たちが集ってお喋りが始まっていた。雄二がちょっと手持ちぶさたで、ふと朝子の部屋にあった違い棚の上にあった一冊を引っ張り出してきて「これなんやろ」と小女たちに見せた。春画だった。小女たちは急にキャーと言って笑った。あまり笑い方がおもしろいので、雄二はふざけてその本を自分の前に当ててみせると、小女たちはキイーと言って笑いこけるのであった。「助平はんやわ、雄さんて」と言って、また笑った。本をぽんと小女たちの前へ投げ出すと、ワッと本を取り囲んだ。

あたりはもうすっかり夜だった。周辺の茶楼にも客が来たらしく、どの家の座敷にも明るく灯が点り、にぎやかな客の声や女たちの声が聞こえてきた。やがて朝子が帰宅した。「おそうなりました。お腹がすいたやろ、もうすぐご馳走が来るさかい」ふと朝子が黙り、「おばあも、いつまで続くことやろなあ」と気がかりそうに言った。

「それに近頃はうちもちょっと景気が悪うてな。あんまりええことないね。まあ、あてら姉妹は、一生祇園の中で暮らすにしても、あんたは男に生れたんや、祇園町を離れてしっかりやっとくれやすや。宗兵衛さんにもあんたの身柄はしっかり預けてあるね。悪いようにはしやはらへんやろ。竹三郎さんの家へ養子にいく話も、かわいそうやと思うけど、錦光山家筆頭の親戚になるねやしなあ。千賀さんにしても宗兵衛さんの実のお姉さんや、悪いようにはしやはらへんやろと思うてるね」日頃、陽気な朝子はしんみりとそう言って、暗い白川の流れを見つめた。

「あて、千賀さんはええけど、竹三郎さんという人嫌いやね。祇園町の方がええねん」と雄二が口を尖らした。

「千賀さんが、なんとかしてくれはりますわな、どんな人でも鬼やあらへん。ええか、あんたは錦光山家の人となって、お父さんを助けてあげなあかへん。お父さんも店主いうても、栄太郎さんや竹三郎さんがおって、それなりに大変なのや」

「お父さんが、なんで、そんな大変なのやろ」

「簡単には話はできへんけど、栄太郎はんや竹三郎はんは、宗兵衛さんを店主として祭り上げて、高給をもらって甘い汁を吸ってはるお人どすね。そやはかいに、なおさらお父さんを助けて、あんたもしっかりしてあげないかんのえ」

「えッ」雄二は驚きのあまり押し黙ってしまった。

彼は、栄太郎や竹三郎は店主である宗兵衛を盛り上げて、ひたすら良い製品を作るために努力していると漠然と考えていた。だが、そうではなく、父を店主として祭り上げて、甘い汁を吸って、私腹を肥やしているならば、許せない！　と怒りがこみ上げて来た。

「でも、なんでお父さんは文句を言わないのやろか」

「そら、栄太郎さんは、八重さんのお父さんやさかい、遠慮があるのやろ」

「ウーン」

雄二は、大人の世界というのは、そんなに欲にまみれた人に対しても、気兼ねして生きていかなければならないのだろうかと思った。だが、考えてみれば、自分もいくら若いとはいえ、竹三郎に対して言いたいことを言わずに、じっと耐えているのでないか。

雄二は、やりきれない思いに突き動かされて、糞、そんな錦光山なら、オレはいらん！　と叫びたい気分だったが、かろうじてその言葉を飲み込んだ。だが、栄太郎や竹三郎に抱いた不信感は、沼の底に沈んだ重い石のように、いつまでも雄二の心の底に残り続けるのだった。

間もなく仕出し屋から料理が運びこまれた。鮎の塩焼、ハモの酒むしに柚《ゆず》の香がぷんと匂った。鯛の刺身に、すましのおつゆもついていた。朝子がご飯をついでくれた。彼はたら腹食べた。「お腹一杯や」。「そらよかったなあ」朝子は手を鳴らして片付けさせ、白川から吹き抜けてくる涼風に髪のほつれをかき上げた。

玄関の方が急に騒がしくなり、「女将さん、おいでやしたえ」と小女の声が聞えた。朝子は立ち上がり、トントンと階段を踏んで二階へ上がって行った。小女たちは急に忙しくなって、二階へ物を運ぶ音、客達の階段をどやどやと上る足音、「今晩わア」と若い芸妓の張りのある声が聞え、二階から朝子のはしゃいだ声も筒抜けに聞えてきた。

雄二はひとり居間にいて、そんな女たちの声を聞くともなく聞きながら、父のことを考えていた。「お父さん、どないなっているのやろ」何か悲しい気分になっていた。彼は居間の欄干にぐったりともたれ、ぼんやりと白川の川面を見つめていたが、いつの間にか、畳の上でうたた寝をしていた。誰がかけてくれたのか、薄い掛け布団の下でぐっすりと寝こんでいた。

十四

微風が初夏の薫りを運んで来る頃、お蓮と朝子は柳屋の奥座敷で落ち合っていた。座敷には葵の定紋を打った長持が運びこまれていた。朝子はそのなかから木箱を順次取り出し品物を並べた。それらの品は見事なものばかりであった。鍋島焼の大皿、小皿、食器類などのほか、蒔絵の盃、その他由緒ありそうな抹茶器、茶釜、珊瑚《さんご》玉、べっ甲の櫛《くし》、外側の金に深い彫りのある女物時計、中世風の彫刻のある銀の置時計、宝石類もあった。そのほか、ペルシャ製の緑と赤の織模様の絨《じゅう》毯《たん》もあった。

お民は一つひとつ手に取って眺めていた。なかでもお民が気に入ったのは、手文庫にあった珊瑚の大きな赤玉の付いた簪《かんざし》で、手ではしを持つと赤玉の重みでピンと反りを見せてはね返った。また酒をあたためるチロリ（酒器）は五個あり、いずれも十八金の純金製で葵の紋章が浮彫になっていた。「まあ、ぜいたくなもんどすな」お民も溜息をもらすほどだった。

その傍らで朝子とお蓮も、いまさらのように見とれていた。そのほかに薩摩焼の大振りな徳利が十数本きちんと箱に入っていた。

「お蓮さんも朝子はんも、このお徳利、お座敷で使うておいやしたんどすか、これ一体何合入ると思いやすか、これをお商売用にお使いやしたんでは損するのきまってまっせ」

お民は徳利を眼の高さに持って、その容量をはかるようにして見せた。

「大体、一合徳利に七勺《しゃく》も入ったらええのどすえ、これ一合五勺ほども入りますやろな、お燗《かん》はさめるし、うちのは一合五勺入りますさかいお金が高うつきますねと、そんなこと一々お客さんに言われしまへん。あたしら、こんな商売に役に立たんもんを持っててもしょうがおへんさかい、全部で一万円はとても、とても、はらえしまへん」

お民がさも呆れたように言った。

「それでもあたし一万円やなければ売りとうおへん、みんな若い時代の思い出深い記念品どすもん。あんたはんが、お使いやさいでも、お顔も広いし、誰ぞにお世話しとくれやす、値も先々は出る品やと思います。なんし島原の城主やった大名、大平家の持ち物どしたはかいな」朝子がじっと気持を押さえるように言った。

「まあ一度、玄人はんに鑑定してもらいますわ。しやけど、なんというても、一時金は出せまへんえ、よろしおすか。ところで、今度は、どこへ宿替えおしやしたん、大和橋から」

お民が異様に眼を光らせながら言った。

「花見小路のお蓮のうちに転がり込むよりほかに手はありまへん」。「ほて、やっぱりもう一度芸妓でおでやすのどすか」。「へい、その節は、どうぞ、柳屋はんもごひいきに……」

朝子は心持ち震える声で言った。

「フフフッ、大年増の芸妓はんどすなあ」

お民はいかにもおかしそうに含み笑いをして言った。

「そんなら、なるべく早目によろしうお願いします」とお蓮が言って、二人は立ち上った。

お蓮と朝子はなにか煮え立つ思いを抱えながら階段を降りた。柳屋の玄関口を出て歩きながら、お蓮が口惜しそうに言った。

「お民さんとうちら、すっかり立場が入れ替わってしまったなあ」。「そやなあ、お民さんは口が達者で如才ないさかいなあ。それにひきかえ、あたしは確かに商売で損してたんやはかいな。大和橋の朝乃家の家は、そらあんたの名義のもんやったし、あたしは経営を任されていただけやさかい、今の時世や、廃業するといわはるのに異論はあらしまへん」

朝子の口調に、長年やってきた朝乃家を閉じた口惜しさがにじんでいる。

「しかし、あんたも新しい珍らし喰いの悪い癖もあるしな、その尻ぬぐいはもう勘弁しておくれやす。もう、昔とは違うのや。天満屋はんも死んでしまわはったんやから、役者びいきもほどほどにしとかな、なんぼお金あったかて足らしまへん。氷屋の店も四条大橋の八百政の前のあんなええ場所でやっていても、店閉めるちゅうのは儲けより道楽の方が多いさかいどすえ」

朝子は先刻、お民から経営が下手とやりこめられたのを腹に据えかねていたせいもあってか強い口調で言った。

「そら、あては天満屋との絡みもあって役者はんに入れ込んでいたのや。出雲の阿国以来、役者と芸妓の縁は深いさかいなあ。それに、お金は天下のまわりもんやさかい、道楽しても人様が喜ぶならそれでええのや。そやけど、あても今度こそ東京へ行って哥沢《うたざわ》の修行をし、もう一旗揚げんことにはな。下地があるねやから、まあ一年か二年、修行してきたら哥沢の師匠程度にはなれますやろかいな」お蓮が少し照れながらもサバサバした調子で言った。

「あんたの一旗揚げては、落城ばっかりや」

朝子がため息まじりにつぶやいた。

「あても今度こそほんま、背水の陣や。ここら辺りで宗兵衛さんから月々お手当をいただいていたのをご辞退させてもろうて、一、二年分ほどまとめて東京行きの費用を出していただけるよう、大体は目星もついてるね」。「外堀の背水の陣ではあかしまへん、もう内堀しかおまへんねやで」。

「フフフッ……。どれだけ落ちぶれたかて、一歩踏み出すことや。そしたら新しい世界があるやろ。まあ、あても今年、六十歳や。還暦から出直しということやな」とお蓮が含み笑いをもらして言った。

「ほんまにあんたはお姉さんやが、気が若いことなあ、五十二歳のあたしと同じ歳位にしか見えへんやないの」朝子は思わず苦笑いをした。お蓮は余りくよくよしないせいか、六十歳とは思えないほど色香があった。

「千恵も生きていたらいくつやろか」とお蓮がふとつぶやいた。

彼女は、千恵の墓の傍らにある小さなお地蔵さんのそばに木蓮の木を植えたことを思い出していた。千恵が亡くなった年の夏、末っ子の俊三が母を追うように亡くなったのである。わずか四歳の短すぎる命であった。

「死んだ年が三十二歳やったはかい、あれから七年位経ったから三十九歳かな、お互いになんでもやっとかな間にあわん歳やなあ。いそげ、いそげやなア……」朝子は指を折って数えながら言った。

二人は木屋町通から三条大橋を渡り、縄手通へ出た。大和橋までやってくると、お蓮も朝子も思い合わせたように、長い間住んでいた朝乃家の方角を感慨深く眺めた。

「巽橋抜けていこか」朝子が言った。二人は白川沿いを歩き、朝乃家のあった前まで来ると立ち止った。

「朝乃家はあてらの生きた証しやったのになあ」朝子が無念そうに言った。

「そうやな……」お蓮は肩を落としたまま何か言おうとしたが言葉にならなかった。

二人はいつの間にか花見小路まで来た。朝子は料亭伊豆の前でお蓮と別れて電話を借りに行った。お蓮は一足先に家に帰ってきて、今さらながら、むさくるしいわが家にふっと深い息を洩らした。隣家と小さい庭先で接しているせいか、何の物音も筒抜けだった。隣家の便所から締りのない音が聞こえてきたりすると、お蓮は、「まあ、いやらしいことオ」と独り笑いして、庭の突き当りにある崖上の空間にわずかに広がる空を見るともなく見上げた。

朝子は一足遅れて家へもどり、奥の部屋へ行ってぐったりと座った。左手側の壁に小さなタンスが一つ、右手側に大きな姿見が、大平の御前さんの形見に残してあるだけだった。寒々とした部屋をうち眺めているうちに、急に眼がぼうっと曇ってきた。あれだけの財産があれば、一生、なんとか暮せると思っていたのが、行く末は暗く、また左褄《ひだりづま》をとらねばならなくなった。華やかな過去に引きかえ、再び五十面下げて自前芸妓として出なければならないとは何という因果であろうか。つつましく節約に節約を重ねてきたつもりが、現在の始末である。なにくそッ、お民はんに負けてたまるかと張っていた気持も一度に崩れ落ちてしまうのであった。子も親もなく頼りに思う姉は変り種で、ただ祇園ものを抜けて町方の人となった貞之助や雄二がいることが、朝子の気持をいやしてくれていた。朝子は涙が溢れてくるのを止めることが出来なくて思い切り泣いた。

しばらく経ってからお蓮が哥沢の修行に上京した。朝子も財産整理が一応終り、今までの女将から自前芸妓ながら左褄をとる身となった。日頃は陽気で、ずばずばと物を言う性格と生粋の祇園育ちという経歴が相まって、歌舞伎役者や祇園を懐かしむ粋人たちに愛されて、大年増ながらめきめきと売り出したのである。

そんなある日の午後、朝子は風呂から帰ってきて、玄関先に面した小座敷の端に鏡台を持ち出し、せっせと顔の化粧にとりかかっていた。戸がカラカラと開けられて、「オレや」と、若い元気のよい声が飛び込んできた。「雄ちゃんか、まあ上っておいなはい」顔を正面の鏡に向け、化粧をやめようともせずに朝子は言った。

雄二は靴も脱がずに玄関の部屋に腹ばったまま朝子を見た。ふと振り向いた朝子の首筋から上の顔の大部分はまだ白粉が仕上っておらず、まるでお面をかぶったように見えた。

「まあ、お上がりいな、見とくなはい、この座敷、なんにもないようになってしもた。あたしが若い時、大平の御前さんから頂いたもんもみんな売り払ってしもたんや。品物が残ったのは、このタンスと、ここにある金縁の大きな鏡だけやね」奥の部屋の壁に、大切そうに立てかけてある畳一畳程もある姿見がピカピカに磨かれているのが見えた。

その時、戸が開いて若やいだ声で、「こんにちはア」と言いながら若い娘が入ってきた。雄二をみとめると、娘は眼を輝かして、「雄ちゃんどすやろ」と言った。眼を凝らして見ると、それは幼なじみの桔梗屋の桃子ではないか。涼しい目をした少女に成長していた。

桃子は玄関へ上って腹ばっている雄二の制帽をとると、自分で帽子をかぶり、くるりと目玉を動かせてみせた。「どう、雄ちゃん」と中学の制帽をかぶった桃子が、直立不動の姿勢をとってみせた。彼も玄関の部屋に上って、ゲートルや靴を脱ぎ、桃子を見上げた。「歌劇の女軍出征ということやな」と冷やかすと、桃子は「いやあー」と言って身をくねらせた。雄二は桃子に「いま、おまえさんは、何しに来てるね」と聞くと、朝子が代って「端歌を習いに来てはるねや」と言った。

桃子が「あて、いま、蚤《のみ》の茶臼《ちゃうす》を習うてます」と気取って答えた。朝子がホッホッと笑った。「唄うてみ」と雄二が言うと、「蚤の茶臼で……ポン……と跳び……と言うのどす」。「なんや、その茶臼ちゅうのは」。「知りまへん、あて」と言って桃子が目をくりくりとさせた。「桃子はまだ男と女のことは何も知らへんのや」朝子がヘラと笑った。「ふん、なかなか難しいもんやなア」と雄二は言いながら、ふと、「おばあは、いつ頃、東京から帰るのやろか」と聞いてみた。

「あの人は、まだ一年も経ってへんさかい、来年位先まで頑張って来やはるやろ」と言いながら、朝子は鏡面のおおい布をサッと下ろして立ち上がり、着物のくずれをしゃきっと直してから、「ちょっと雄ちゃん、勝手口でお茶でも飲んでいてや」と桃子を促して二階へ上って行った。

雄二がオカキをポリポリ食べていると、二階の稽古を終えた桃子が寄ってきて、「お茶《ぶぶ》おあがりやすか」と聞いた。「ねえさんも、おいれしまひょか」と一足遅れて降りてきた朝子にも聞いて、桃子は勝手知った風にまめまめしくお茶をいれている。

「へえ、お茶おあがりやす」と差し出す茶碗を受け取りながら、彼は河原町の桔梗家の納屋で、「へえ、赤《やや》さんおあがりやす」と言って、花弁のようにむいたミカンを差し出した桃子の幼い頃をふと思い出した。桃子もいまは十四歳位になっているはずだった。

差し向かいでいる桃子が、つと指を伸ばした。桃子の白い指先の爪が、小さな貝殻のようにポッと紅味をさしている。雄二の制服の金ボタンをいじくりながら、「あて、あんたのことは、朝子さんと知り合ってから井上という名前からそれらしいと思っていたんよ……。あて、ちょっと前からすぐ近くの時乃家へ見習に来てたんや。あてのお母さんは河原町の桔梗家が破産して、仲居奉公してはった。ついこの間死んでしまわはった。あて、いまはひとりぽっちや」桃子の黒い瞳に涙がにじんだ。

雄二は幼なじみの瞳のなかを覗き込んだ。二人とも似た境遇だが、桃子には父も祖母も大叔母もいないのだ、とぼんやり考えていた。その時、「桃子、桃子」と、呼ぶ女の声が聞こえた。桃子は慌てて立ち上がり、朝子と雄二に会釈すると、そそくさと帰って行った。

朝子が長火鉢のそばへ寄ってきた。「時乃家というのは、近くにある小さな置屋で、仕込の小女も二、三人いるのやけど、そこの女将のお時さんが、ちょっときつい女でな、桃子の母親とは同じ時代に芸妓やった女でな、桃子を引き取って育てているのはええが、桃子をこき使いよってな、あれでは桃子を腐らしてしまう。桃子はあれでなかなか芸の筋もええし、もったいないことやのになあ」

「なんでお時さんは、そんなに、こき使いよるねやろ」

「まあ、こき使うというたかて、桃子はなんしまだ小女《おちょぼ》時代やさかい、朝夕の布団の上げ下ろしから、家の内外の掃除もやらんならんし、お使いやら時乃家から出ている芸妓の三味線を届けたり、芸妓が泊りの夜は寝巻を持っていったり、女紅場《にょこうば》やお師匠はんとこへ通うなど一通りの芸の稽古もせんならん。まあ見習時代やさかい、しょうがないと言うてしまえばそれきりやけど、こき使うておれば、性根が荒れて三文芸妓になってしまうのがおちゃ。お時さんが商売根性だけやのうて、いたわって使わなあかんとゆうことや」

朝子は長火鉢の前で、片膝立てに座り、しんみりとした口調で言った。

雄二は身寄りもなく天涯孤独の桃子がそんな生活をしていて、かわいそうだと思ったが、「さてと、僕もぼつぼつ帰ろうかな」と言いながら立ち上った。複雑な思いを抱きながらも、久し振りに桃子に会えた嬉しさに心が弾んで身も軽かった。

十五

その年の五山送り火の日に、夕方には少し時間があったが、雄二は早々と柳屋を訪れた。柳屋の玄関を入って台所へまわった。女たちが夜の客に備えて忙しく立ち働いている。

廊下を通って離れの間に入って行くと、男の按摩《あんま》がお民を揉んでいた。「もうおいでやしたんか」とお民が言うと、「お客さんどすか」按摩が尋ねた。お民はいたずらっぽく片目をつむって「わかりまっか、どんなお方か」と尋ねてみた。按摩は小首をかしげ、あたりの気配を嗅ぎわける風に少し顎をつき出した。「そうどすな、お年頃は……十五、六の坊んどすな」。「まあ、よう当てはることなあ、ほんまに」

お民は少年らしく凛々しく小倉の袴《はかま》に白絣《しろがすり》を身につけた雄二をどこか誇らしげに見やりながら言った。

「今日はな、朝子はんも呼んであげたんえ、お祝儀のお花つけてな。朝子はんがまた芸妓に出やはったんこと、あんたも知っているやろ」

「知らん、いつからやね」雄二はわざととぼけて言った。

「朝子はんがまた芸妓に出やはったんは、この春先やったな。それにお蓮さんもいよいよ東京へいかはったし」お民の言葉にはどこか棘があった。

「なんや、唄の稽古か」

「そうやがな、よけいな野心出さんでいやはりゃ、旦那はんの仕送りでやっていけるのにな。唄のお師匠はんになるとかいうて、一年位は東京にいやはるやろ。まとまったお金もいるし、ろくなことあらしまへん。大和橋の朝乃家も引き払って、朝子はんの全盛時代の大名華族とかいう人の豪勢なもんをみんな売りに出してからに、それもあたしが無理して世話してあげたり買うてぁげたりしたんどすがな」

お民の眼はぎらぎらと敵意に満ちていた。

夕方も過ぎた頃、朝子も芸妓たちもみなそろって顔をみせた。貞之助は京都へ帰るのが嫌でいろいろな理由を言ってめったに帰省してこなかった。朝子は顔を玄人風に白く塗り左褄をとって、白粉の厚い顔を少しゆがめてニッコリと笑った。雄二は大叔母ながら照れてポッと頬を染めた。その朝子の顔は、こんな姿はあて一代でええね、あんたは男や、あんたは祇園町の外に出なあかんえ、と言っているようにも見えた。

間もなく宗兵衛もやってきた。鴨川の河原に突き出た広い床に案内され席が定まった。数組の宴席もにぎやかであった。

「なあ、朝子はん、いっぺんお花つけたげまひょう、と思うてましたんや」と言いながら、お民は席貸柳屋の女将らしく、「まあ、きれいなことなあ、まるで三十代ですわ」と言って朝子を打ち眺めた。

「まあ、はずかしいことといわはる。お女将さんて……」芸妓姿の朝子はわざと陽気に、「へえ、お酌」と言って宗兵衛の方へにじり寄った。宗兵衛も芸妓姿の朝子に少し照れて、「やあ、まあ……」と訳の分らない声を出して盃を差し出した。

それを横目に見てお民が言った。「そういえば、旦那はん、京都貿易協会の初代会長にならはったそうどうすなあ。これからますますお忙しくならはりますなあ」。「そうやな、これからが大変や」宗兵衛が嘆息した。

七月中旬、烏丸の京都商業会議所に京都の有力な輸出入業者五十数名が集まり、京都貿易協会の創立総会が開かれ、宗兵衛が初代会長に選ばれたのである。彼は京都陶磁器商工組合の組合長としてだけでなく、京都の陶磁器業界の貿易の舵取りも任されることになったのである。

「それにしても、大戦の影響は予想外でしたなあ」お民がそう言うと、

「そやなあ、当初、大戦の影響で京都の貿易は大打撃を受けてどうなるかと心配しておったが、大戦が長期化すると、ドイツ陶磁器がアメリカ市場で途絶えて、そのかわりに日本の輸出が急増して救われたさかいなあ」宗兵衛が胸をなでおろしたように言った。

だが、彼にはもうひとつ気がかりなことがあった。宗兵衛の盟友ともいうべき藤江永孝が場長をしていた京都陶磁器試験場を国立に移管させるという藤江永孝の遺志が確実に実行されるか見

届けなければならないと考えていたのである。

京焼の近代化のためにともに苦労してきた藤江永孝は、二年程前に陶磁器の調査研究のために満州に行き、当時、満州で流行っていた悪性の腸チフスにかかり、「京都陶磁器試験場を国立に移管して、陶磁器試験場を京都のためだけでなく、日本全体の窯業の発展に役立つものにしていかなければ、死んでも死にきれんのです……」という言葉を残して急逝していたのだ。

宗兵衛が遠くを見つめるような眼差しをした。何度も陳情に行っていた農商務省での光景を思い浮かべたのである。あの日、仲小路廉農商務大臣が「名古屋は陶磁器生産額が全国一であるから、名古屋に国立陶磁器試験場を設立することにほぼ決まっているのだ。それを今さらくつがえすわけにもいくまい」と言って立ち去ろうとした。宗兵衛が追いすがるように「大臣、京都陶磁器試験場にある設備に加えて、機械器具、参考図書と新たに五千坪の敷地をすべて国に寄付いたします。先日、京都市議会でそのことを決議したのです。ですから京都陶磁器試験場を国立に移管するようにお願いいたします」と懇願した。「それは本当かッ」仲小路大臣が眼に困惑の色を浮かべたが、それでも首を縦に振らなかった。すると、同行していた松風嘉定が「大臣ッ、国賊と呼ばれたいのですか！」と言った。「なにッ、わしを国賊呼ばわりするのか！」。「そうではありませんか。京都陶磁器試験場をそのまま国立に移管すれば、歳費は一切かからないのです。それにもかかわらず名古屋に国立陶磁器試験場をつくれば膨大な費用がかかります。第一次世界大戦という危急のときに、いたずらに歳費を使うのは、国賊以外の何にものでもありますまい」と松風嘉定は一歩も引かなかった。仲小路大臣は腕組をしてしばらく考えこんでいたが、「ウーン、確かに歳費は重要な問題だ。仕方があるまい。京都陶磁器試験場を国立に移管するという方向で帝国議会に諮ることにしよう」と渋い顔をしながら言った。

帰りの夜行列車のなかで宗兵衛と松風嘉定は、五分刈りの頭で、実験室用の菜っ葉服を着て、朝早くから夜おそくまで実験に明け暮れていた在りし日の藤江永孝の姿に思いを馳せていた。宗兵衛がしんみりと言った。「なんとか藤江永孝さんの夢を果たすことができそうや」。「きっと藤江永孝さんもあの世で喜んでいることでしょう。これで、われわれも少し肩の荷をおろせますな」松風嘉定が破顔した。

宗兵衛がそんなことを思い出していると、お民が言葉を続けた。「それにしても、雄ちゃんも無事に養子縁組ができておめでたいことが続きますなあ」。「そうやな、これで一安心や」宗兵衛がうまそうに盃をかたむけた。

座が盛り上がってきたのを見て朝子が「ねえ、お女将さん、こないに大旦那はん方のお揃いで今宵は晴れがましおすなあ」と言って、ちょっと雄二を流し目で見て「若旦那はん、お酌」と、今度は雄二の方へにじり寄った。そんな朝子の振る舞いにお民も口に手を当てて笑い転げた。雄二は朝子が軽くついでくれた盃を舐《な》めていると、「この若旦那はん、お盃のお手筋がまことによろしおますなあ」とお民も負けずにはしゃいで言った。

やがてざわめきの声にふと気がつくと、床上の客や芸妓、舞妓たちや隣の床の客や女たちも、一斉に大文字山の峰の方に目をやった。大文字山の峰に、最初は一点の焔がぱっと上がると、夜空に白煙が立ち昇り、次々と焔と煙が大の字に広がっていく。水をお盆に入れて、それに大文字の火を映している姿があちこちに見えた。しばらく夜空にくっきりと浮かぶ大文字の火を見つめていた。

席を立って行ったお民がもどってきた。見るとチリチリと輝いている黄金のチロリをお盆に載せていた。「見事なことどすな、さすがお大名はんとやらの使わはったもんわ」彼女はひょいと朝子を見て、満足らしく薄ら笑いを浮かべ、まず宗兵衛に酌をした。

「雄ちゃんも一つおもらいやすな」お民は朝子の前をこれ見よがしに純金のチロリを持って通り抜けた。朝子はふっと眉を寄せ、前を通るお民の足元に眼を落とした。が、朝子は思い直して芸妓らしく笑みを浮かべた表情にもどった。

その時、小女がお盆に薩摩焼の大形徳利を載せて入ってきた。お民は大形徳利を受けとると、少し酔いの発した声で勝ち誇ったように言った。

「どうどす、このお徳利の大きいこと、これも朝子はんのもんやったんどすえ、これ一体何合入るとお思いやすか、商売は七勺で一合を売らなあかんのどす。このお徳利がお蓮さんと朝子はんを破産させたんどすえ」

朝子は眉をふるっと震わせた。しかし華やかに座を取り持つのが芸妓のつとめであると、強いて笑顔でお酌にまわろうと立ち上がりかけた。すると、お民が、「なにもお逃げやさいでもよろしおすえ」ときつい調子で言った。「いいえ、お酌は芸妓の役どすさかい」。「なんやあたしが気きかんみたいどすな」。「そんな、お花つけてもろてますのに、そんなことお女将さんがおしやさいでも……」

さすがに朝子もきつい眼でお民を見すえようとした時、雄二がきょとんとして言った。「あて、思うな、徳利で、これ何合入りますさかいと正直にお金もろた方がええな、七酌しかないのに一合のお金をもらうのは不正直もんのやることや」。「えッ！」お民が驚いたように目を見張った。宗兵衛は盃をチビリと飲みながら、この場の女たちのやりとりに、何か女たちの暗闘ともいえる隠微なものを感じたようだが、わざと素知らぬ風を装っているようだった。「雄ちゃん、それではお商売はでけへんね、お民さんのお言いやす通りやね」朝子が取りなすように言った。

その時、床下の河原から長い竹竿《たけざお》の先端に小さな竹籠を結びつけたものが、鈴の音をリリリと鳴らしながら床の上にすっと差し出されてきた。「ええ、枝豆」と声が河原から聞えた。下を覗いて見た。子供の背たけ位で頭でっかちで、印半纏《しるしばんてん》、紺パッチ姿の愛嬌のよい男の顔があった。その男は、「枝豆十銭」と言った。「大文字屋はんや」お民は竹籠から枝豆とその上に乗せてあったおみくじを取り出し、十銭玉をチリ紙にひねって籠に入れてやった。鈴を鳴らしながら長い竹竿が引っ込んでゆくと、下の方で「へえ、おありがとうさんで」と唄うような声が聞えてきた。

　お民は気をとり直したかのように、雄二に寄り添うように話しかけてきた。

「竹三郎さんの方、どないどす、可愛がってくれはりますか」。「あて、あの人とつき合うのはしんどいけどなあ。お手伝いがいん時は、ご飯の時、お膳出したり、お茶碗並べたり、ご飯よそうたり、寝やはる時の布団敷いてあげたり、みんな、あての役やね、まあ丁稚代わりや」。「千賀はん、何してはるね」。「あの人は、若い時から何もしやはらへんかったみたいや」。「あほらし、大《たい》家《か》に生れたお方はちごたもんやな、男の子にそんなことさせといて、よう恥ずかしくないこっちゃ。まあ、しんぼうおしやす……。それにお小遣はまだありますのんか、ないんなら、ないしょえ」お民が呆れたように言って、帯の間を探って小さな財布をとり出し、一円札を三枚そろえて彼の膝に置いた。

「ほんまにすまんことどすわ」朝子が雄二に代わって頭を下げた。「竹三郎はんも千賀はんも、もうちょっと若い人の気持を考えてあげはらんといかんわな」お民はそう言って、真っ黒に日焼けした雄二を頼もしそうに眺めた。

　間もなく朝子は他の席へ出るために早目に切りあげることになり、雄二もそこまで送って行くことにした。薄暗い通りを高瀬川に沿って歩きながら、朝子がしんみりと言った。

「おばあもあてらも、あんたは井上の血筋やさかい、養子にやるようなことは承知するはずもないことやけど、東の錦光山家といえば本家に次ぐ家柄や。錦光山の姓も名乗らしてやりたいというお父さんの気持はありがたいことや。そやけど、あて、ちょっと心配でな、まあ正妻さんの八重さんは、あんたにとっては従姉弟の関係や。他人やあらへん。お祖母さんの宇野はんにしたて、あんたはれっきとした孫や。たとえ外に出来た孫にしてもな。それに千賀さんも宗兵衛さんの実の姉さんや、赤の他人やあらへん。竹三郎はん、これはまるで他人さんや。ここがちょっと心配でな」

雄二は白絣の袖を肩までたくし上げ、カランコロンと駒下駄の歯音を響かせていた。

「おばあはな、今度、東京へ行かはって、哥沢芝金《うたざわしばきん》さんという家元へお弟子入りして修行してきやはるのや。毎月旦那はんの仕送り目当てに老いぼれてゆくだけがえぇのんやない。あても祇園のお蓮や、もう一度死に花咲かさなというてはった。けどなあ、あてらはお人好しやな、商売は下手やし、残念ながらお民はんみたいにはいかん。あてら、お民はんに完敗や」

朝子が深くため息をついた。彼女にしてみれば、お民は千恵と張り合った仲である。千恵が生きていれば、これほどバカにされることもなかったという悔しさがこみ上げてきた。

「あては、おばあみたいに、くよくよせんと、お気楽なひとが好きや」と雄二が言うと、朝子も思わず声を立てて笑った。

「そやとも、そやとも、そやけど、お民さんも、何であんなにあてらが憎いのやろ。それにしても不思議なことに、あんただけにはグウの音も出さはらへん」

朝子は雄二に対するお民の態度があまりに違うのに感じいっていたのだった。

二人は車夫溜りの三木舎前で別れることにした。朝子が人力車に乗って行ってしまうと、雄二はもう一度柳屋へもどって行った。

柳屋では、お民は酔って、宗兵衛に身体を寄せ、しきりに泊っていくようにすすめていた。しかし宗兵衛は先程からの女たちのやり取りに苦《にが》り切っているらしく、お民のすすめにも煮えきらない風だった。雄二は床の手すりにつかまって鴨川の流れに立ち並ぶ床々にぼんやり浮かぶ絹張りのぼんぼりを眺めていた。灯陰に映えて舞妓や芸妓たちの白く刷けった顔だけが塗り絵のように見える。

お民は酔い醒ましの水をコップに注いで、ごくごくと喉を鳴らして飲み干した。

「ああ、年はとりとうない、お蓮はんみたいになったらおしまいや。あたしも花街の女やけど、道楽もんは大嫌いや、女でも男でも……」お民はいやな顔をして、急に思い出したように手を叩き、小女を呼びたてた。「お座敷に、三人分布団敷いといて」と言い、「雄二はん、今夜は小さい時みたいにあてが抱いて寝てあげる。あてはあんたが可愛いね。ほんまは、あんたは敵《かたき》の子や。あたしのお腹に出来る子がまちごうて、お千恵はんに出来たんや。なあ旦那はん、そうどすやろ」お民は酔ったのか、他の客をほったらかしにしてしゃべり続けていた。

雄二は、ふと暁星に入った年の夏、京都へ帰省した日のことを思い出していた。その日、京都駅のプラットホームに雄二と貞之助が降り立つと、お民が出迎えに来ていた。お民は駆け寄って来ると、雄二をギュッと抱き寄せて言った。「ちょっと見んあいだに、えらいハイカラになったもんやなあ。今晩はうちに泊って、明日から竹三郎さんとこで泊めておもらいやす。もういやなことといわはらへんさかい」

柳屋に着いて朝風呂に入った。浴衣に着替えて台所から階段を上がって行くと、左手に居間が見えた。そこを通ろうとした時、一人の老婆が扇風機をかけて寝そべっている姿が見えた。浴衣を腰までたくしあげ乳房を丸出しにし、頭はつるつると柿の実のように光っていた。老婆は上目使いにこちらを見ながら、口元をつぼめておせじ笑いしながらのっそりと起き上がった。「まあ、お蓮さんのお孫さんどすねやてなア、ようおいでやしたな、お蓮さんにはそら、お世話になりましたんえ……」なおも語りかけようとしていると、お民がトントンと階段を上がってきて、「いやらし、また、でしゃばってきてからに、なんどすの、そのふう、萎びた乳まる見えやおへんかいな、あんたはん洗濯もんでもたたんどいておくれやす」。「へーい」と、老婆は長い返事をした。

雄二がその部屋を覗《のぞ》いてみると、居間の続きが物干し台になっていて、小女たちが洗濯物を竿に干している姿が見えた。「ほんま、いやらしいたらあらへん、びんずるで八十歳にもなって、よう食べよること、食べよること、あの人というたら……」お民は誰に言うともなくつぶやいた。

「あても今朝は早起きやったさかい、雄ちゃん、あてと一緒に朝寝といきまひょな」と奥座敷に導いた。「さっきのあのお婆は誰やね、会うのは初めてやな」。「あれはあての養い親や、あいつがあてをもらい子しよって祇園へ売りよった奴やね。まあ、八歳の年から育ててくれた恩義はあります。そやさかい、あては何の不自由もなく今はあの人を養うてあげてるね。まあ、そんなこと、どうでもよろしがな」

雄二はお民と一つ寝所へ入って寝た。浴衣からお民の胸がはだけて見えた。雄二は甘えたように彼女の胸に顔を埋めた。お民が含み笑いしながら、「小さい頃、別れたさかい、お母ちゃんのおっぱいが恋しいのやなア」と満更でもないようにつぶやいて、彼の頭をぎゅっと胸に抱き寄せた。三十歳を幾つか過ぎたばかりの彼女の胸は、ふっくらと張りがあり、どこか甘美な懐かしい感触があった。幼い頃、母の柔らかい乳房をまさぐった感触が蘇ってきて、彼は切なそうにふーッと息を吐いた。お民は彼の両足を内股に挟み込み、抱いて横になった。貞之助はお民が一向にかまってくれないので、さっさと寝床に入り、あちらに顔を向けて寝ていた。

雄二がそんなことを思い出していると、納涼床で苦笑しながら二人を見ていた宗兵衛が、急に立ち上ろうとした。お民が「今夜はゆっくりしておいきやす。雄二はんも一緒やおへんか、サアあっちの座敷へ行きまひょうな」と言って、奥の八畳へ行き、よろけるように青蚊帳《かや》のなかに入った。小さな電灯で薄暗いなかを布団が三つ並んでいた。真ん中の布団にお民が横になり、右端の枕元に水瓶と煙草盆が置いてある。そこへ宗兵衛は腹ばって煙草盆の引き出しから、刻み煙草をキセルにつめてポッと火をつけた。

雄二も着替えて浴衣姿になり、布団に横たわった。河原から吹き込んでくる風に青い蚊帳がゆらゆらと揺れている。三人ともしばらく黙ったままだった。少し経って「雄ちゃんはもう寝たかしら、あんたはんも早う寝巻にお着替えやしたらどうどすの」。「うむ……」。「しんきくさいお方、早うお着替えやす、それとも、もう一ぺん風呂お入りやすか」

その時、雄二がパチッと目を開いた。「僕、ひと風呂入る」。「ああ、そうせい」と宗兵衛はとっさにそう言った。それを機に起き上がり、「やっぱり帰るわ、あした早いのでな」

宗兵衛は手を鳴らして人力車を命じた。雄二はなんとなくホッとして安堵の溜息をもらした。やがて人力車が来て、ゴム輪が地を滑る音が聞こえ、宗兵衛は去って行った。宗兵衛が帰るのを送り出そうともせず、お民は枕に頬を押しつけたまま、一語も発しなかった。

第六章　雄二と錦光山家の人々

十六

京都にめったに帰省しなかった兄の貞之助は、大阪の外国語学校を卒業すると、宗兵衛の友人の松風嘉定が新しく始めた朝鮮の陶器工場へ赴任することになり、竹三郎の家に数日間滞在することになった。

どこかモダンな役者のような風貌の貞之助が、久しぶりに会った雄二に尋ねた。

「どうや、竹三郎さんとはうまくやっているか」。「それが、最悪なんや。どうでもいいようなことを、がみがみ小言を言ったり、頭からどやしつけたり、たまったもんやない。拾われてきた野良ネコ同然のあつかいを受けているのや」。「野良ネコ同然のあつかいとは、大した待遇やないか」と貞之助は笑いとばして言った。

「よく考えてみろよ。妾の子にしろ、おまえは何とか錦光山の姓を名乗ることができた。栄太郎さんや竹三郎さんは、一応は父の手前もあって、おまえひとり位はまあ仕方がないと考えたのだろう。しかし、俺までを錦光山姓にさせることは絶対避けるだろう。錦光山姓を一人でも多くすることは、自分たちにとって不都合になると考えているのさ。いずれにせよ、おまえは彼らにとって目ざわりな存在なのだよ。だから徹底していじめ抜こうとしているのさ」と言った。

「ウーン」

雄二はうめき声をもらした。なるほど、兄のいう通りなら、あいつらは錦光山商店に巣食うシロアリのようなもので、錦光山商店の基盤をジワジワと喰い荒らしているのではないか。いつまでもそんなことが続いていけば、錦光山商店はどうなるのだろうかと、胸騒ぎがするのだった。

「ところで、おばあはな、哥沢芝慶《しばけい》という名取になって帰ってきたよ。二、三カ月後に披露の会をやると言っていた。桃子とか、年増の芸妓とか、大阪の髪結いさんとか、酒屋の若旦那とか十数人ほどのお弟子さんが出来たそうな。一度、行ってやれよ」貞之助が言った。

数日後、貞之助は、父から贈られた新調したばかりの背広に中折帽をかぶり、赤革の旅行鞄を持ち、早朝の京都駅から出発して行った。

見送りに行っていた雄二は、帰りに祇園のお蓮の家を訪ねてみることにした。すると、意外にもお蓮が病臥《びょうが》していた。

桃子が二階の奥の間でお蓮の枕元にひとり座っていた。

「おとといから熱、下がらへんのどす」。「誰もおらんのか」。「朝子姉さんは、夕べは泊りやったので朝風呂へ行ってはるのどす」

眠っていたお蓮がふと目を開けた。

「ああ、来ておくれやしたか。熱が高うてな、しんどうて今日の午後、朝子のお客さんが良いお医者を紹介してくれはるのや、その先生やと、お金いらんそうやし」。「お金いらんて、おばあ、お金ないのか」。「ないね、こんなんや。東京で修行を早く切り上げようと二人のお師匠はんについたはかい、その御礼やらでな」

お蓮は枕元の下から財布を引き出して見せた。中身を覗いて見ると十円札が一枚入っているだけだった。「何や、これだけしかないのか。また博打やったんと違うのか」。「そんなもんせいへん」お蓮は弱々しく笑った。

やがて朝子が朝風呂から帰って来た。朝子は顔を合わせるなり、「おばあも困った人え、東京での修行にお金も相当いったやろけど、まだ懲りもせんと、ちょいちょいこれもやってはるらしいわ」と自分の鼻を叩いて見せた。雄二はやっぱり花札か、と苦笑いをした。

「病気にならんかったら、近く哥沢の会をやらはることになってたんや、そしたら幾分お金も入ってくるやろけど、あたしも年がら年中尻ぬぐい役はごめんや」と朝子が嘆息した。

雄二の目から見ても、朝子はお蓮とは同じ血を受けていても　道楽もんのお蓮と違って、律義な働き者で祇園町に生れなければ、さぞかし堅気《かたぎ》のよい女房になっていただろうと思われた。

やがて朝子はお蓮のためにお粥《かゆ》を作り、いそいそと二階へ運びこんでいった。二階でお蓮が鼻声を出して甘えているような声が伝わってきた。

朝子は二階から降りてくると、タラコを皿に盛り、酒をかけ、さらにわさび漬を土産物らしい折箱から小皿に移した。

「まあ、お茶漬でもお食べ、もうすぐお医者はんも来やはるやろ」自分も小さな茶碗を取り出し、香ばしい番茶をいれて茶漬をサラサラとかきこんだ。ふいに思い出したように、「桃子、氷枕持ってきてえな」と二階に声をかけた。桃子が二階から降りて来ると、朝子は氷を割り、それを氷枕に入れながら、「お粥食べてはるか」と桃子に聞いた。「ちょびっと、食べはりましたえ」。「やっぱり熱が高いのやな」

氷枕ができ上がると朝子が「桃子も御飯おあがり」。「へえ、おおきに」と言って、桃子は雄二をちょっと見た。雄二はあぐらを組み、せっせと飯をかきこんでいた。

「おい食べろよ」と雄二が言うと、桃子は雄二の前に座ってしばらく彼を見つめた。「お茶漬にするとおいしいえ」と朝子も桃子にすすめた。

桃子もお茶漬にして食べ始めた。食べながら、ちらちらと雄二を見るが、彼は一向に自分を見てくれなかった。桃子はちょっとふくれて、次に彼を見た時、ちょうど雄二が上眼使いに桃子を見ているところで目と目が合った。二人とも照れて、同時に頬を染めた。

食事が終って桃子が二階に上って行くと、戸がカラカラと開かれる音がして「京都大学の浅井ですが」という声が聞こえた。朝子は慌てて立ち上がり、「まあ、むさくるしい所へ、ようおいでやして、どうぞ二階の方へお上がりやしとくれやすな」と浅井医師を二階へ導いた。二階に上がった浅井医師は丁寧に診察した。聴診器を耳からはずすと、「腎盂炎《じんうえん》ですな、それに少し肋膜炎の気味もあります。ちょっと長引きますよ。まあ三カ月と思って下さい。熱も高いし、食欲もないでしょうが、栄養を摂るように頑張って下さい」と言った。

朝子たちが顔を見合せていると、浅井医師は「もちろん、薬代や診察料、往診料など、何もいりません。大学の研究室へ寄贈された新薬を使用しますし、僕は研究のために来たのですからね。全快しなすったら僕も哥沢でもやりますかな」と笑いながら言った。彼はお蓮が哥沢の師匠になってもどって来たことを知っていたのである。

桃子が運んできた洗面器のお湯で手を洗い、ふと次の間に控えている雄二に目を留めた。朝子が「この人は病人の孫どすね」と言った。浅井医師は雄二の制服に目をやり、「君は府立一中？」と聞いた。「はい、そうです」。「うん、実は僕もそうなんだ、すぐ分ったよ、その短い上着で」そして浅井医師は、祇園町から府立一中に行く生徒もいるのかと、ちょっと不審そうな顔をした。雄二は下を向いて黙り込んでしまった。自分は府立一中の生徒とはいえ、決して品行方正で褒《ほ》められるような生徒ではなかったのだ。

先日も、近道して宮川町遊郭を抜けて行こうとした時に、妓楼の前に腰かけた引き手の婆さんが、「書生はん、まあお上がりやすな、ええ妓いまっせ」と声を掛けてきた。宮川町は芸妓もいるが娼妓もかなりいたのだ。雄二が無視して通りすぎようとすると、向こうからチンピラ風の二人連れの少年が歩いてきた。彼の帽章を見て、「おい！　おまえ、府立一中やな。一中の奴がこんな所でうろうろしてええのか」と声を掛けてきた。「知り合いが祇園やもんで、近道してんね」。「うまいことぬかすで、こいつ、名前なんちゅうね」。「アホッ、そんなことおまえに言う必要があるか」。「なにおッ」少年の一人が雄二の胸倉をつかんで、ドンと突いてきた。とっさに彼はその腕を払った。腕をはずされた相手は、「くそッ」と叫びながら、今度は体当たりをしてきた。

雄二は、もう一人の相手が彼の背後へ回ろうとするところを、さっと身を転じ、相手の顔面を右手の拳で思いきり殴りつけた。相手は一間程もすっ飛んだ。もう一人が後ろからはがいじめにしようとするのを外し、相手の腹に頭を突っ込みざま、全身を後ろ向きにして倒れるようにそり返って投げた。相手は吹っ飛び、川端の柵に体をぶつけてひっくり返った。もうすこしで疎水のなかに転落するところだった。雄二は上背もあり、勉強に身は入らなかったが、野球に熱中して投手をしていて腕力もあった。

その時、向こうから一人の少年がやってきた。見ると一中で同級の津田万蔵だった。津田万蔵とは小学校以来の遊び友達だった。万蔵は二人の少年に、あっちへ行け、と言った。二人は万蔵を知っているらしく、後を振り返りながら立ち去っていった。

「俺が来てよかったよ。ここは俺の縄張りなんや。そうじゃなきゃ、おまえケガするところだった」。「万蔵、ここがおまえの縄張りかなんか知らんが、俺があんなチンピラにやられると思うてたんか」と雄二は万蔵の顔を見すえて言った。「おお、そうか、おまえがそんな気性の男やとは知らなんだよ」と万蔵が少したじろいだように言った。

万蔵は西行法師の歌を読んだり、無政府主義者のクロポトキンの本をかじったりして、かなり早熟な少年だった。それが何をとち狂ったのか、宮川町の不良の一人になっていた。雄二も自分がいつ不良になってもおかしくないと思った。竹三郎の家で丁稚養子のような境遇に苛立ち、街でよく喧嘩するようになっていたのである。

雄二がそんなことを思い出していると、浅井医師が「では、この薬を置いていきます。明後日また来てみますから」と言って帰って行った。

雄二は次の間で一人考え込んでいた。お蓮の三カ月間の生活費が一カ月三十円として約百円必要になる。百円といえばかなり高級な給料取りの一カ月分に当る。そやけど、この家はすっからかんなのや、なんとかしなければならないと思った。

翌日、彼はもう一度学校の帰りにお蓮の病床を見舞った。お蓮はやはり食事も進まず、発熱と寒気がひどいようだった。雄二はやはりこれは簡単に治りそうもないと思った。

「なあ、おばあ、心配するな、明日、俺が柳屋へ行ってお金もらってきてやるよ」

「えぇッ、柳屋はんから、そらあかん」お蓮は寒気に襲われながらも、そう言った。

「あかんて、なんでや、あの人も若い時分はあんたやらの世話になってはるのやないか」

「…………」

お蓮はしばらくじっと無言でいたが、重い口を開いた。

「そらなア、あの人の若い時は、まだあてても良かった時代や。あまり売れんお民さんを朝乃屋の女将として随分面倒も見てあげたこともあった。それにお民さんが柳屋のお店を出すときには、千恵が宗兵衛さんにお金を出して助けてやってほしいと口添えしてやったこともあるのや。それがなア、千恵も死んでしまうし……」

「えッ、母が口添えしてやって、お民さんは店を出せたのか。お民さんはそれ知とるのやろか」

「そら、知らんやろな……」

「それならなおさら、お民さんからお金を借りてもええのやないか。とにかく、お父さんがお民さんに渡してはるお金があるはずや。父の交際費はみんな柳屋が握ってはるね。そのなかから百円ほど借してくれと言うつもりや」

「それでもな、一度渡したお金は向こうのもんや。無理やろな。あんた腹が立つだけや」

「ウーン」

「別に、今となってはなんともないことやが、お民さんにとっては、千恵はそら敵同士やと思わはることもあったさかいな」

「もう、そんな意地の張り合いは終わりにせんとあかんのや」と雄二が言うと、お蓮は困ったような顔をして雄二を見つめた。

翌日、雄二は柳屋を訪れ、「今日はお願いがあって来ました」と言った。お民は改まった雄二の態度に怪訝そうな顔をした。陽ざしが河原の方から明るく射し込んでいた。お民は陽に背を向けているせいか、心持ち青黒い表情だった。

「なんでもお言いやす。あたしの出来ることなら」

「実は、おばあが病気なのです。東京修行中に何やかや入用で、手許が乏しいのです。お医者さんは、病気が治るのに三カ月くらいかかると言ってます。おばあの病気が治ったら哥沢の会をやってお金を返します。百円ほど貸してほしいのです」

「せっかくやが、お断りしまっさ」

お民はキッとした眼で雄二を見つめて言った。

「えッ、どうして貸してくれないのですか」。「そんな遊んだお金あらしまへん。お蓮さんには、東京へ修行に行かはる時に無理して都合つけ、まとまったお金を渡したはずどす。月々の仕送りもいりまへんということやったはずどす。それなのに、今になってあんたをそそのかして、お蓮さんはどういうつもりなのや」

「いや、それは違います。僕一人の考えでやっていることです。でも、お父さんは交際費をあなたに預けてあるのと違いますか」

「たしかに交際費は月百五十円ほどいただいています。そやけど旦那はんは必ずといってよいほど毎晩柳屋へおいでやすのどす。それが旦那はんの一番のお楽しみなのです。また役所や商業会議所、同業組合、貿易協会、その他のご接待もみな入用なんどす。そのほかご自宅でお気づきにならんようなもんや、珍しいもんでもあれば持って行ってあげますのや。旦那はんは本宅へは寝に帰らはるだけどすね。あたしはそれで一文も利益をあげようとは考えていまへん」

「そんなこと言うとるけど、あんたも、昔はおばあに随分世話になったのと違うのか」

雄二がお民を見すえて言った。

「そら、昔、あたしがあまり売れん時に、お蓮さんにお世話かけたこともありました。そやけど、あたしかてお蓮さんには随分苦労をかけられました。朝子はんに朝乃家の方は任せておいて、自分は新しいもんにすぐかぶれて、その失敗の尻ぬぐいは、朝子はんもやらはったやろけど、みんなあんたのお父さんがやらはったんどす。あたしも随分手助けをしました。あたしも花街の女どすけど、ああいう道楽女は嫌いどす。それなのに、なんで、あんたは、あんな道楽女のために動いているのですか。血が濃いということは、なんと恐ろしいもんやろか。あたしが千恵さんの代わりに、これほどあんたに尽くしてあげているのに、あの女のどこがええのどす。あの女の……」

勝気なお民は半紙で目の縁を押えて涙を隠しながら言った。

「わかりました。もうこれ以上頼みません。でも僕にとって、お蓮はどんな道楽もんであっても、母を産んだ人なのです。もう母も死んでしまったし、お蓮も朝子もあなたに対して何の恨みもないのですから、ここでもう意地を張るのはきっぱりとやめて下さい」

そう言って雄二が頭を下げた。

「そないに言うけど、あたしかて女の意地があるのや」

「そんなこと言わずに、もうすべて水に流してください。お願いします。母だって、あんたが柳屋を出す時に、父に口添えしてお金を出させたのではないですか」

「えッ、千恵さんが……」

お民は雷に打たれたように動けなかった。

千恵が宗兵衛に身請けされると知った時、自分は死のうとしたほど苦しんだが、何とか千恵を見返してやろうと思って頑張って来たのではなかったか。その努力の甲斐あって、柳屋の女将になり、お蓮や朝子を見下すほどになった。内心、自分はやっと千恵に勝てたのだとほくそ笑んでいたのだ。それでなくても、身寄りもなく天涯孤独の自分がここまでなれたのは、宗兵衛の助けがあったとはいえ、やはり自分にそれだけの才覚があったからや、と誇りにさえ思っていたのだ。

それが……。

ふと二十数年前に一力で千恵の頬を打った時、千恵がつぶやいた「いつか、この償いをさせてもらいます」という言葉がよみがえってきた。

「そうやったのか、うちの負けや……」お民はそう呻くようにつぶやいて、その場に崩れ落ちて、黙り込んでしまった。

「すべて水に流してくれるなら、もうこれ以上頼みませんッ」

雄二はそう言うと、柳屋をあとにした。家にもどりながら考えていた。なぜお蓮や朝子は健気に働いているのに貧しさから脱け出せないのだろうか。朝子は五十面さげて芸妓として働き、お蓮は還暦を迎えたというのに唄の名取となってもどって来て、何とか暮していこうとしたが、病に伏せてしまった。この世の中は、女がどんなに一生懸命働いても、男の支援なしで生きていくのは難しいのだろうか。その一方で栄太郎や竹三郎は、自分を丁稚のようにこき使い、高給をもらって甘い汁を吸っている。どこかおかしいのではないか。ふつふつと憤りが湧き上がってくる。

「よし、こうなったら、少しでも、奪い返したる！」雄二は一人つぶやいた。

家にもどった雄二は、竹三郎が事務所にいるのを見届けておいてから、そっと奥座敷に忍び込んだ。棚の上にある手文庫のふたをとり、なかから大型の財布を取り出した。十円札が詰まっているなかから十枚抜き出し、ポケットに突っ込んだ。そのまま立ち去ろうとしたが、ちょっと気が引けて、「祖母のお蓮が病気なので、治療のために百円お借りします。祖母の病気が治ったらお返しします。雄二」と置き手紙を書いて手文庫の上に置き、すっと座敷から出た。戸口を抜けると一目散に走った。丸山公園を抜け八坂神社の石段を駆け降りてホッと息をついた。後はゆっくりと歩いて、夕暮れの淡い灯影の路地を通り抜け、お蓮の家に吸い込まれるように入った。

二階に上がり、「おばあ、これ見舞金や、お父さんからや」と言って十円札で十枚お蓮に渡した。お蓮は布団のなかから細い手を出して受け取り、額の真ん中に当てて拝むようにした。

その晩、家にもどると、竹三郎が真っ赤な顔をして出て来て、「おまえ、いつから盗人《ぬすっと》になったのや！」と怒りにまかせて怒鳴った。「いや、お金を借りますと、置き手紙に書いておきました」と雄二が言うと、「何をぬかすかッ、置き手紙を書こうが書くまいが、わしに断りもなく、金を持っていけば、立派な泥棒や、おまえはそんなこともわからんのかッ」とまくし立てた。「でも、お蓮が病気になって早くお金を渡そうと、急いでいたものですから」。「おまえのところの身内は、お蓮さんといい、朝子さんといい、いい歳こいて、働かないと食っていけない、ろくでもない連中ばっかしや。ええかッ、百円といえば大金や、そんな大金を黙って持ち出すようなやつをわしの跡取りにするわけにはいかんッ。それでなくても、わしは祇園で生まれ育ったようなやつを養子などにしたくなかったのや。さっさと、祇園でもどこでも、出ていけ！」と怒鳴りつけた。

雄二は、自分ばかりかお蓮や朝子まではずかしめられて、屈辱感に顔を歪めた。急いで二階に上がり、学生服を着て、学校鞄に和服一着と下着類、教科書などを詰めこむと、こんな家に二度と帰ってくるもんかッ、と毒づきながらお蓮の家にむかった。

雄二が竹三郎の家を出たことは、お民からの電話で宗兵衛にすぐ知れた。宗兵衛は、なぜ自分に相談してくれなかったのかと臍《ほぞ》を噛む思いであったが、自分が出張中のことでもあり、雄二を責める気にはなれなかった。

彼は電話でお民に尋ねた。「それでお蓮さんは、なんといっているのや」。「お蓮さんは、うちの病気のせいで、雄ちゃんに不憫なことをさせてしもた。そやけど、竹三郎はんは、祇園町で生まれたからというて雄ちゃんを捨て猫拾うみたいにいじめくさる。竹三郎はんは今はいばっているが、兄の栄太郎はんに引っ張りあげてもろた人間やないか、偉そうなこといえる柄でもないのや。もし、今度、雄ちゃんをいじめくさるようなことがあれば、あての知っていること、洗いざらいぶちまけてやるわい、というてはりますのや」。「お蓮さん、そんなに怒っているのか」。「それだけやのうて、竹三郎はんみたいな人のとこへ、何も養子にやらんでも結構どすさかい、すぐかやしておくれやす、というてはるのです」。「そうか、すぐに相談するさかい、それまで雄二をお蓮さんのところで預かってもらうように頼んでおいてくれるか」と宗兵衛が言った。

すぐに親族の会合が持たれて、お民がその内容を朝子に知らせて来た。それによると、竹三郎はその会合で「あんな不始末をしでかすような男は、わしの跡取りにふさわしくない」と、あくまでも雄二との離縁を主張したそうだ。兄の栄太郎も「わしは店主さんの気持をくんで、竹三郎と雄二さんの養子縁組を認めましたが、このような不祥事を起こす雄二さんには、この際、お引き取り願うしかないでしょう」と言葉は丁寧《ていねい》ながら強硬に雄二の排斥を主張したそうだ。宗兵衛が困惑の表情を浮かべながらも、「不祥事というても、お金を借りただけで盗んだわけではないので、そこは穏便に願いたい」と雄二を擁護した。すると、栄太郎が咳払いをして「いや、一族の結束を乱すような者は、一刻も早く取り除かなくてはならないのです。そうでないと錦光山の屋号を鍵屋から丸屋に変えるような悲劇がまた起きかねないのです」と威厳を保つように言った。

その時、宗兵衛の母、宇野が厳しい口調でたしなめるように一言いった。

「栄太郎はん、知ったふうなこと言うんやないッ」

「えッ」栄太郎の顔が見る見る青ざめていく。高齢とはいえ、宇野の一言には盤石《ばんじゃく》の重みがあった。

「あんたに何がわかるというのや。鍵屋から丸屋に屋号が変わったことを知っているのは、先代の宗兵衛さんとうちだけや。それをさも聞いたことがあるようなことを言って、どういうつもりや」。「い、いや、わしもいろいろ聞いていたさかい……」

栄太郎が額に汗を浮かべている。

「もう、余計なこと言わんでもええ。今回の孫のしでかしたことは、不始末は不始末としても、少年らしい肉親を思う一心から出たことで、そんなことで養子といえども、子を手離すなど簡単に言う親はどこにもいないはず。お金のことは八重の方から弁償させればそれでええ」と、とりなしたという。

宇野の言葉に、栄太郎、竹三郎もさすがにそれ以上、反対はできなかったという。結局、養子縁組は解消せずに、雄二を半月ほどお蓮の家で預かってもらい、ほとぼりがさめたころ、八重が迎えにいくということになったという。

一週間も経つと、お蓮の熱も下がりはじめ、食も少しは進むようになっていた。雄二は、竹三郎の許を離れて祇園町で生活してみて、いまさらながら肌の合わぬ竹三郎の家に帰る気にはなれなかった。だが、いずれ帰らねばならないと思うと、重い雲が垂れこめた梅雨空のように気持は晴れず、鬱々《うつうつ》とした日々を過ごしていた。

桃子は午前中、毎日のように手伝いに来ていた。彼女は暗い顔をして沈み込んでいる雄二を見て、心配したのか、声をかけて来た。「ねえ、雄ちゃん、気持が晴れるかもしれへんから、朝はやく起きて、丸山公園の奥にある稲荷神社へ参拝に行ってみまひょうか」雄二も気分を変えたくなって「そうやな、行ってみるか」と言った。二人は密かに示し合わせて、八坂神社の拝殿で会うことにした。

翌日の朝、まだ薄暗いうちに彼は起きて八坂神社の拝殿へ出かけた。拝殿の裏手に回って行くと、桃子がぽつねんと待っていた。雄二が近づいていくと、桃子が髪を桃割れにキリッと結っているのが見えた。二人は連れ立って丸山公園を抜け、小径を辿っていくと、赤い鳥居が見えた。

桃子は境内の小さな社《やしろ》の前で腰を落とし、じっと手を合わせて拝んでいた。「何、祈っているねん」。「そら、内緒や」。「なんでやねん」。「言うてしもうたら、願いごと叶わんかもしれへん」。「そんなこと言わんと教えてえな」桃子が立ち上がり雄二の顔をじっと見つめた。「あて、雄ちゃんの……」と言いかけて、耳たぶまで真っ赤になった。

雄二が戸惑ったように桃子を見つめた。桃子はまだ十四歳であったが、それでも胸元はふっくらとして、茶室の釜から立ちのぼる湯煙がたゆたうように、ほのかな色香が匂い立ってくる。何か心にときめくものがあったが、雄二はどうしたらいいのかわからずに桃子を見つめていた。瞳のなかに、恥じらいと期待、不安と寂しさが入り混じっているような気がした。雄二がぎこちなく唾を飲み込み、「さびしいのんか」と聞くと、「雄ちゃん、あて、ひとりぼっちや」とつぶやき、じれったそうに少し受け口の下唇を上向けた。

そうか、桃子も俺と同じようにさびしいのやなあ、雄二は桃子がいじらしくなって、そのなめらかで、しっとりとしている、受け口の小さな唇に自分の唇を寄せてみたくなった。だが、その勇気が出なかった。

気がつくと、木立の間にぽっかりと朝の光が射し込んでいた。樹木の息吹が生々しく、何か清冽な木の精が流れてくるような匂いが辺りに漂っていた。雄二が夢から覚めたように桃子を見た。桃子の白い素顔にうっすらと紅を引いたように赤みがさし、黒目勝ちの目が潤んでいるように見えた。まだ少し幼すぎたのであろう、二人は触れ合うこともなかった。まだ、修羅を知らない、恋とも言えない、淡くはかない逢瀬《おうせ》だった。

やがて二人は木立のなかを引き返して行った。振り向くと、東山の峰々が朝の光に照らされて青く輝き、早くも初夏の気配が漂っていた。丸山公園のなかをしばらく行くと、天幕張りの小屋があった。五、六人の男たちがトーストを食べていた。彼らはまだ紺絣の肩上げをやっと下ろした位の坊主頭の少年と桃割れ姿の少女が仲良く歩いていくのを見て、「なんやあれ、とんだ道行やなア」と、冷やかし半分に笑い合っていた。

そんなある日、朝子が雄二のことを心配して、少し気がまぎれるように、昔から親しかった朋輩の茶楼伊豆の女将に声を掛けてくれた。伊豆の女将が、「小遣もいりますやろ」と言って、夕方から毎日燗番《かんばん》にこさせ、何がしかの小遣もくれた。

夕方になると、祇園花見小路にある伊豆の台所は多忙だった。仕出屋から料理が運ばれてくると、女たちはそれを膳にのせて客席へ運ぶ。芸妓や舞妓も次々と入ってくる。人力車で乗りつけてくる客も増え、電話がリンリンと鳴る。お風呂もいつでも入れるように沸かしてある。

雄二は大きな長火鉢の前に座って、銅壺が八つ並んでいる所へ徳利を漬け、しばらくたって徳利の底に指を当ててみる。人肌より少し熱くなると次々と引き上げて並べる。ひっきりなしに仲居や小女や舞妓や芸妓がそれぞれ燗の出来た徳利をお盆に載せて客間に運び込んでいく。若い妓たちが、この家に似つかわしくない雄二の書生っぽさに興味を抱いて、しばらくでも話し合っていきたくて、燗徳利がそろうのを待ちながら、「なんで、こないなことしてはりまんの」。「お燗が上手どすな」。「朝子姐さんとこの坊んどすやろ」。「お蓮さん病気どすねやてね」と、いろいろな言葉をかけていくのだった。

雄二は女たちに囲まれて、いささか圧倒されながらも多忙で、しばし憂鬱な気分から逃れることができた。朝子もほとんど毎晩伊豆の宴席へ仕事に来ていて、必ず一度は台所へ顔を出し、「また油虫の大将やったはりますな」と会釈していくのだった。

雄二はふと入って来た十七、八の舞妓の顔に見覚えがあった。先方もしばらく見て、「いやあ、雄さんどすやないの」と近寄ってきた。見ると朝子が大和橋にいた頃、まだ小女だったのが舞妓になっていたのだった。

「あたし昨年出ましたん、小春といいます」伊豆の小女たちも寄ってきて、「知ってはるの」。「へえ、朝子お母さんとこにいた頃どすわ」と言いながら、小春は急にニヤッと笑って、「雄さんは助平はんやねエ」と何やら小女たちに囁くと、小女達は一斉に「いやあッ」と歓声を上げるのであった。雄二が赤い顔してポカンとしていると、「ほれ、もっと小さい時、枕絵の本を抱いて見せやしたやんか」と小春が笑いながら言うのであった。

そんなある日の午後、女の声が玄関口で聞えてきた。「へえー、どなたはんどすやろか」と朝子が立ち上って玄関に出ると、宗兵衛の妻の八重が立っていた。

「わたし錦光山の家内でございます。雄二がごやっかいになりまして、お世話さまでございました。主人にも相談しまして、ぼつぼつ、雄ちゃんをお返しいただこうと思ってまいりました」と言ってゆっくりと頭を下げた。

「ああ、ご本家の奥さまでございますか。まあまあ、むさくるしいところどすけど、どうぞお上がりやしておくれやす、どうぞ、どうぞ」と朝子が手をとらんばかりにして八重を奥の部屋へ導いた。

「お蓮も熱はとれましたが、あともう少し療養させなあかんとかて、失礼させていただきますけど。それでは雄ちゃんを呼んでまいりましょう」

ミシミシと階段を上ってきた朝子は、雄二の顔を見るなり、肩をすくめて、「本家の八重さんが、お迎えに来てくれてはるね、帰りはるやろ、もうぼつぼつ潮時どすえ」と言った。雄二が下に降りていくと、奥の間に八重が笑顔で座っていた。

「雄ちゃん、済んだことはもうよろしいさかいにな、わたしと一緒に帰っておくれやす。あんたのことは千賀さんも、心配してはりましたんえ」

そこに、お蓮がそろそろと階段を降りてきて、「わたしのことで、皆さんにえろうご心配かけまして、みんなわたしが悪いのどす。雄二に罪はないのどす。わたしも急性腎盂炎の方はどうやら熱もとれましたが、少し肋膜が悪いそうで、あと一、二カ月ほど養生せんといかんのどす」と申し訳なさそうに言った。

「まあゆっくりご養生おしやしておくれやす。今度のことでは主人も責任を感じているようで、わたしも決して雄さんだけの不始末ではないと思うております」

八重はお蓮と朝子が恐縮するくらい何回も礼を言った。

雄二は学校鞄を抱えて、八重と二人、花見小路の路地を出た。八重と祇園町を出て、祇園石段下まで来た。御影石を敷きつめた市電の軌道が一直線に伸びていた。まだそれほどの人通りもなく、五月の朝は清々しかった。丸山公園を抜けて行った。

いま血縁とはいえ、雄二にとって、実父の正妻である八重は遠い存在であり、どこか緊張を強いられるところがあった。そんな八重と二人、こうして連れ立って歩いていることが不思議な気がした。

八重は円山公園のなかを旧家の夫人らしくゆっくりと歩を運んでいたが、ふと立ち止って雄二を見つめて言った。

「あんたのおしやしたことは、ええことやとは、そら言えまへんことどす。いくら肉親を思うてやらはったことでも、黙ってお金を持ち出すことは許されへんことどす。そやけど、主人が、あの子だけの罪やない、わしら大人が考えていかねばならんことやったと言うてはりました。それに、景気が段々悪くなってきているさかい、お商売のほうも力を入れていかなければなりまへん。竹三郎さんのお家も本家に次ぐ大事なお家どすさかい大切な役割を果していただかなければなりまへん。うちの誠一郎のためにも右腕、左腕となって、よう心を合わせてやっとくれやす」と言った。

八重の話を聞きながら、雄二はふと暁星に入った年の夏休みに本家を訪れた日のことを思い出していた。雄二と貞之助が竹三郎の家に滞在していた時に千賀の提案で、錦光山本家へ挨拶に行くことになった。三条通を二百メートル程行くと本家があり、「粟田焼窯元　御茶碗師　丸屋錦光山」と暖簾《のれん》が下っていた。奥の十畳の座敷に行くと、宇野がウチワを手にして縁側の近くに座っていた。もう八十歳を過ぎた高齢であったが、背筋を伸ばし、どこか威厳が漂っていた。宇野は初めて見る外に生れた二人の孫の顔をじっと眺めた。しばしの沈黙のあとで宇野の顔に笑みが浮び、「よう似とはりますなあ」とつぶやいた。二人の顔に少年時代の宗兵衛の面影を見たようだった。「さあこっちへ、もそっとこっちへお入り、ここの方が涼しい」と言葉をかけた。縁側からずっと長い廊下が庭園の方に伸びていて、その奥に離れ座敷が見えた。泉水や形のよい樹木が梢を重ねて繁っている。苔の生えた燈籠《とうろう》、赤塗りの小さな稲荷の祠《ほこら》が木陰にちらりと見え、その横手には、どっしりとした白壁の土蔵が三棟ほど連なっていた。

その時、お盆にお茶をのせて宗兵衛の正妻、八重が入ってきた。面長な美しい婦人であったが、その容貌は、戸惑うほどどこか、父の宗兵衛に似ていた。雄二は八重が外に生まれた自分たちをどこまで受け入れてくれのかと緊張で息が詰まる思いだった。八重は「亡くなったお母さんは、綺麗なおひとやったそうどすな。胸の病気やったそうで、亡くなられてさびしおすやろな」と言った。雄二は八重の顔を見つめながら、その表情に心なしか兄弟を見下げているようなものがあるように思われてならなかった。

　やがて白絣の着物を着た異母兄の誠一郎が入ってきた。二重《ふたえ》瞼《まぶた》のいかにもお坊ちゃんという品のある顔立ちをしていて、商業学校の三年生で十五歳であった。お下げ髪の異母姉の美代も出てきた。女学校を卒業して十九歳だと言った。まだ四歳の異母妹の富美も来た。雄二は戸惑いを感じた。同じ父の子供であっても、彼らは自分とは違う人間なのだと思った。しばらくぎこちない空気が漂っていたが、異母姉の美代が、フランス式の寄宿舎生活のことを尋ねてきたので、貞之助や雄二も説明に当たった。寄宿生たちが集団の場合は、食堂や寝室に行く時もてんでんバラバラに行ってはいけないこと、入浴はパンツを脱がずにそのまま浴槽に入ることなどを話した。誠一郎が「わしも、パンツをはいたまま風呂に入ってみたいもんや」と言ってみんなを笑わせた。最初、固くなっていた異母兄姉たちも、次第に打ちとけて来て、フランス式のしつけの厳格さと規律ある生活に驚いたり、大笑いしたりした。

　その後も、本家へ遊びに行き、夕方になると、本家の前の格子に作りつけの大きな床几《しょうぎ》をおろし、そこへみんなが腰をかけて涼んだ。軒灯を消したので、前の通りを行く人の顔がようやく見えるほど辺りは暗かった。蚊取線香の煙が漂う足元をウチワでばたばたと叩きながら、他愛のない話に興じた。男の子たちはいずれもさっぱりと糊のきいた白絣に兵児帯を結んでいた。美代は薄化粧をしていて、夜目にも色香が匂うようだった。誠一郎が冨美を連れて花火を持って出てきた。花火に火をつけると、飛び散る金色の火花に子供たちの顔が明滅した。年齢の近い者同士が集まって興じる夏の夜は、雄二が今まで経験したことのない楽しさであった。

雄二は、あれは夏の夜の夢のようだと思った。

そんなことを思い出していると、八重は急におかしそうに目元を和らげ、「それになア、この間、お民さんが来やはりまして、泣きごと言うてはりました。うちがあれほど雄ちゃんに尽くしているのに、雄ちゃんはお蓮さんの肩ばかり持ってと嘆いてはりました。雄ちゃんも今度は大分きつうお民さんにお言いやしたのね」

雄二が戸惑っていると、八重は急に表情を引き締めて、「お家もここまでくると建て直しは容易なことではないと思いますわ」とふっと息をついた。栄太郎の娘である八重の口から、そんな言葉を聞くとは意外だった。どうやら京都の窯業界もどこか変調をきたしているようだった。

秋になると、お蓮の哥沢の披露の会がやっと開催されることになった。夕方、竹三郎に見とがめられないように、雄二はお手伝いのお文どんによく言い聞かせて、そっと家を抜け出した。丸山公園の真葛原《まくずがはら》の会場に行ってみると、案外客数も多いようだった。人力車に乗ってくる芸妓姿も多く、雄二が心配していたよりも幸先がよいようだった。

玄関入口で下足番の老人に靴を預けようとした時、その老人が「あのう、あんたはん、雄二はんどすやろ。あたしは、千恵はんの密葬のとき、お供させてもらいました男衆で作造といいます。大きうおなりやしたな。あたしは千恵はんが舞妓におでやす時から、ずっと男衆やってましたんや。さあ早う行っておあげやす。えらい盛大で、あたしはこの日を待ってましたんや」と目に涙を浮かべて言った。

楽屋では、包みを開いて衣装を着替える人や、三味線の調子を合わせる者、鮨をつまむ人などでごった返していた。雄二は桃子がどこにいるのだろうかと楽屋のなかを物色していると、桃子がお箸《はし》を持ったまま、ひらひらと片手を上げて振った。お連も微笑してうなずいている。二人は鮨をつまんでいるところだった。

会場はほとんど満員で、人いきれがわんわんと楽屋まで伝わってきた。お蓮はそんな会場からの熱気にぽっと頬を染め、急にしんみりと語り出した。

「あては、新しがりやとか跳びはね女とか言われてきたけど、祇園生まれやさかい、堅気の暮しはできへんやろと思うてたんや。それなら育ちにふさわしく、自由に生きてやろと考えていたんや。それでなくても、女というのは、こうしなければいけないとか、いろいろ縛られて不便なもんなのや。悔しいけど、世の中は、みんなおとこはんに都合よく出来ているのや。舞妓かて、旦那をとって、水揚げしてもらわんとやっていけんさかい、好きでもない男に身をまかせなあかんのや。そやないと、女の細腕ではやっていかれへんのや。あては天満屋はんを旦那にとったけど、いつまでも頼らずに済むように、天満屋はんに朝乃屋というお店を出させてもろたんや。その朝乃屋を朝子にまかせて、あては祇園石段下の大通りで玉突屋をやったんや。花街育ちの女が、雑貨屋さんになれと言われても、まごつくだけやさかいなあ。そしたら、笠原さんというてな、同志社大学の書生はんやった人がよく遊びに来てたんや。笠原さんは呉服屋の次男坊でな、なんやこうキリッとした憎めん書生はんやった。この人の声のええことというたら、まあ一番やな。清元張りの美しい声を持った人やった。夜は時々、大和橋の家へ来てもろて、少しお酒も飲ましてあげ、端唄を仕込んであげたりもしたもんや。そのかわり、笠原さんがあてに英語のリーダーを教えてくれはったり、ツルゲーネフのロシアの小説を解説してくれはったりしてな。あてははじめて目が覚めたように、ほんまにこんな世界もあったんかと思うようになったのや。まあ将来ある書生はんやと思うてたが、同志社大学卒業して助教授までならはったが、アメリカ留学中に病で死んでしまわはったんや。あてが今夜急にこんなことを言い出したんは、いくつになっても、一歩踏み出すことが大切やということや。人生に遅すぎるということはないのや。そしたら今夜みたいに新しい世界が開けてくるのや」お蓮は昔を懐かしむような眼差しをした。

その時、一際高くチョン、チョンと拍子木《ひょうしぎ》が鳴った。弟子たちの何人かが唄うと、「さて、あてらもぼつぼつ行きまひょうか」と、お蓮と桃子が座を立って楽屋から出て行った。二、三人の出演者のあとが桃子の出番だった。「雨や大風　時乃家　桃子」と、めくりが出た。桃子が正式に唄うのを聴くのは始めてだった。〝雨や大風吹くのに、唐傘がさせますかいな、ハイッ、骨が折れまする……〟と、桃子が唄い始めると、その目は妖艶な深川の辰巳芸者の色香が乗り移ったかのように、潤んでいるのであった。哥沢芝慶こと、お蓮の三味線が鳴り出すと、唇もとろけそうなほど哀切の限りを尽くして唄うのであった。終ると大喝采であった。

雄二は、ふと稲荷神社に参拝に行った日の桃子のことを思い出していた。心のどこかで、いつか桃子と結婚できたらええのに、と考えている自分がいた。

演目も移って朝子はうす墨を唄った。朝子のように清元、常磐津、小唄と地がみっちりと入っている女が唄いこなすにもってこいの唄であった。最後に芝慶が、梅に鶯《うぐいす》を唄った。朝子の撥《ばち》さばきもよろしく、芝慶師匠は貫禄と押し出しも十分で、上品な気品に溢れ、さすがに哥沢家元直流の名取との評価を得た。

会が終わった後、上七軒の花街の師匠が、桃子にほとほと感じいった様子で、桃子の舌は少し長いのか、それが妙に妖艶な味を出していると褒めるのであった。雄二もまた同じ思いで、ちょっと誇らしく感じて桃子の方を見た。桃子も顔を上気させて雄二の方に時折視線を投げかけていた。

十時が少し過ぎていた。帰宅を急がねばならぬ、竹三郎がまたうるさいからな、本当はこれから玄人衆の芸談に移り、桃子とも一緒にいられるのだが、と残念に思いながら、お蓮と桃子に目配せして会場を出た。丸山公園を歩きながら、お蓮の哥沢の会が盛況だったことの安堵感と桃子に会えたことの嬉しさの余韻が残り、顔が火照っているのが自分でもわかった。

第七章　巨星　墜つ

十七

府立一中三年の三月になると、進級試験の結果、雄二と津田万蔵が落第した。雄二は盛り場をうろつき喧嘩したりして成績は下がる一方だったが、落第するほど悪くはなかった。それでも落第したのは、兵式教練のときに予備大尉の駒井一郎に反抗したことが響いたとしか考えられなかった。雄二は、駒井大尉は汚いやつだ、こんな形で報復するとは臍《ほぞ》を噛みながら、兵式教練の日を思い起していた。

その日、府立一中で兵式教練が行われていた。

駒井大尉が、「前へ進め！」と号令をかけた。歩兵銃をかついだ生徒たちは一糸乱れず前進していた。「着剣！」と号令がかかった。生徒たちは着剣して前進して行った。雨天体操場の直前に迫った時に、突然、「突撃！」という号令が出た。生徒たちは雨天体操場めがけてワアーッと突進して行った。

「止めえ！」と号令が出たが、多くの生徒が勢いあまって板壁にぶつかりそうになった。

「集まれ！」という大声に、生徒たちは大尉の前に息せき切って集合した。駒井大尉が言った。

「一言注意しておく。兵器は天皇陛下の兵器である。これを損傷してはならん。錦光山！　おまえは体操場の板壁に剣先を触れただろう。注意しなければいかん」雄二は直立不動の姿勢のまま大声で言った。「報告致します。兵器に損傷はありません」

生徒たちがゲラゲラと笑った。

威厳を傷つけられた駒井大尉は雄二をにらむように怒鳴った。「文句があるなら教員室へすぐ来い」雄二は顔色を変え、理不尽なことを言う駒井を許せないと、怒りに身体を震わせていた。「行くか、おまえ」と津田万蔵が言った。「行くとも、すぐ来いと言われたじゃないか」。「そうか、そんなら俺も行く」二人は着剣のまま駒井大尉の詰所の前まで行き、どさっと銃を下ろした。

駒井大尉の前で、雄二が言った。「私は文句を言ったのではありません」。「では、何がために口出しをしたのか」。「突撃命令を下して、兵器が損傷するかもしれないのに、やっとそれを避けたのです。中止命令がもう少し遅かったらどうしたらよいのですか。大体、兵器が損傷もしていなかったのに、私だけがなぜああいう風に言われるのですか。むしろ、身体をぶつけた者はあっても兵器を損傷した者は一人もありませんと報告したいくらいです」津田も「それに違いありません」と憤然として言った。二人の剣先は小刻みに震えていた。

「よし、帰れ」駒井大尉が言った。二人はしばらく駒井を見つめていたが、兵器庫にもどった。銃を分解手入れしていた生徒たちは一斉に二人を見守った。一人の生徒が「駒井大尉のやつ、蒼い顔しとったやないか。あのボロ大尉」生徒たちの爆笑する声が兵器庫内に響き渡った。しかし雄二は暗澹《あんたん》たる気持であった。

万蔵が銃を分解しながら、「何であの時、おまえを名指しでやりよったんやろか」と小首をひねった。「それを俺も考えていたが、あれな、長堀の件を根に持っとると思うな」。「そうかもしれん」と万蔵もうなずいた。

ついこの間のことだった。長堀というのは、父親が鉄工会社の技師長をしているのっぺりとした感じの少年だった。駒井大尉が可愛がっているという噂のある生徒だった。その長堀が誰もいない時に教室で椅子の横木をストーブに投げ込んで暖をとったというのである。冬の朝は、一時間だけ石炭でストーブを焚くだけなので、二時間目からはひどく寒かったのだ。ところが、学校当局は津田がやったと決めつけた。雄二ははじめから長堀が怪しいと思っていたので、長堀を運動場に呼び出した。最初、長堀は頑強に否認していたが、一発ビンタを張り飛ばして、校庭にねじ伏せて追求すると、一部始終を白状した。

「よし、そんなら俺と一緒に風紀係へ行くか」と長堀を引っ張っていった。教員室に風紀係の駒井大尉がいた。「椅子の横木を燃やしたのは長堀です。津田君ではありません。自分でやっていながらバレそうになると、津田君だと密告した卑劣なやつです」。駒井大尉は長堀と雄二をじろりと見た。「長堀、それは本当か」長堀はうなだれた。「よし、帰ってよし、いずれ沙汰する」雄二は駒井大尉のにらむように見た眼を忘れていなかった。

落第の知らせを聞いて、竹三郎は首筋を痙攣させながら、「おまえみたいなろくでなしは、これから毎日、庭掃除、廊下拭き、ソロバンの稽古に加えて、工場で職人の仕事の手伝いをしとればええんじゃ。わかったな！」と吐き捨てるように言った。彼は学校などよりも丁稚とか徒弟がやるようなことの方が大切だと考えているようだった。

雄二は内心不満ながらも、職人の手伝いを始めて、職人の世界は実直で嘘がなく案外いいもんだと思い直した。古くからいる常七というロクロ師は「竹三郎はんの言うてはる通りやってはったら、えらいことになりまっせ。末は跡取りやいうたかて、丁稚代わりに使わな、損々と思うて、使い走りばっかりさせられるかもしれへん。あんさんなら中学だけやのうて、もう一つ上の専門学校出て、つまり技師ちゅうやつやな、あれやらはるのが一番よろし。ほんまに竹三郎はんが、あんさんのことを心配してはるのなら、学校の勉強に精出させて、好きな道を選ぶようにさせてあげなあかしまへん」と言ってきかせるのだった。

それでも雄二がなおも浮かぬ顔をしていると、常七が「なに、若いもんがそないに辛気臭い顔をしとるのやッ。若いもんは、いつもスカッとして、アッケラカンとしてな、あかんのや。わしら、気がふさぐときには、こういう歌を唄っておるのじゃ」と言って、茶目っ気たっぷりに唄い出した。

ここでロクロを回さねば　オマンマ食えずに

お腹が、グー、グーグーグー　ああ、目が回る
それでも、オイラは　アッケラカン　アッケラカン

その歌を聴いて、雄二は泣き笑いした。常さんのあったかさが身にしみたのである。だが落第してしまった今となっては家からどこへも出られなかった。

そんなある日、津田万蔵から電話があった。夜になって近くの寺で密かに会った。「俺な、九州の私立中学に四年で編入してみるよ。雄二、おまえも四年で編入しろよ」

万蔵の身体つきは頑丈なのだが、顔色がひどく悪かった。「おまえの顔、まっ青や」。「そうか、俺な、大分前からちょくちょく祇園乙部へ遊びにゆくんよ」と万蔵が言った。「なんや、女郎買いにか」。「うんにゃ、玉一《たまかず》言うてな、若い舞妓なんだ。俺の姉の旦那が、一遍、遊ばしたる言うて、その時会った妓や。お前も祇園乙部へ行ってみんか」。「俺は母が芸妓だったから芸妓遊びする気にはなれんのよ」。「そんなもんかな」

二人で会ったのは短い時間だった。雄二も万蔵のように四年編入試験をやってみようと思った。それでいろいろ探して、私立の立命館中学の編入試験を受けて合格することができた。竹三郎も渋い顔ながら入学を許してくれた。

三カ月後の夕方、雄二はお蓮の家からの帰りに、丸山公園を歩いていた。小料理屋の前を通り

抜けようとした時、部屋のなかから聞き覚えのある声が聞こえた。立ち止まっていると、どうも津田万蔵の声のようだった。念のため、「津田！」と声を掛けてみた。部屋のなかが急に静まり、しばらくたってから、「雄二か」と問い返してきた。「俺だ、雄二だ」障子に人影が映り、障子が開いた。万蔵だった。「やっぱりおまえか」雄二が言った。万蔵が照れ笑いをしている。だが万蔵の顔は痩せて蒼白だった。すっかり面影が変わっていた。「上がってこいよ」。「時間がないが、ちょっとだけ」雄二は玄関へ回っていった。部屋へ入ると十七歳位か、舞妓とすぐ分る女がいた。愛らしい目鼻立ちの妓だった。「紹介しよう。こちらは玉一」雄二は眼で女に挨拶して、万蔵を見た。紺絣の着流しで、大分酒が入っているらしかった。小さいコンロで水炊きがぐつぐつ音を立てていた。

「ところで、おまえの行った九州の学校はどうなんだ」。「俺も堕ちるところまで落ちたよ。実はな、俺は学校やめたんじゃ。俺、悪友と反物のかっぱらいをやったんさ。追いかけられてつかまって、警察へ突き出されたのよ。それであっさり放校さ。帰京して蟄居《ちっきょ》生活だ。玉一の部屋替えも近いし、何もかもうまくいかん。家でまた西行法師を読み直している」万蔵が情けなさそうに言った。

「万蔵、やけになってしまえば終りだよ」と雄二が言うと、急に万蔵が「おまえはいつも寂しそうな顔をしているな」と言った。雄二は自分の心のなかを見透かされたかのようにドキッとした。

万蔵がふと雄二の顔を見つめて「もし俺が遠いところへ行ったら、おまえは寂しがるか」と聞いた。「遠くへ？　九州がそんなに遠いか」。「…………」万蔵は無言だった。玉一はじっとうつむいたまま泣いていた。「ああ、もう時間がない。俺のおやじがうるさいので、もう行かなくてはならない。万蔵、頑張れよ」と言って、雄二は二人のことが気掛りではあったが別れを告げた。

二カ月後の夕方、一中の落第組の一人だった門田から電話が入った。「夕刊見たか。津田が大津の別荘で心中したぞ。でかでかと記事が出ている。万蔵の兄さんが大津の寺へこれから行くところだから、君も連れて来てくれと言うのだ」。「行くとも、では津田の家で会おう」

雄二は竹三郎に友人の死を伝え、了解を得るとすぐ家を出た。夕刊を買い読んでみた。心中という大きな活字が雄二の眼に飛び込んできた。「祇園乙部の芸妓。女、玉一（十七歳）、昇汞《しょうこう》を飲み　即死、津田万蔵（十七歳）大津の赤十字病院へ収容死亡」俺が遠いところへ行ったら寂しいか、ふと洩らした一言が、これだったのか。

寺に着くと、年老いた尼僧がひとりで木魚を叩き読経していた。形ばかりの祭壇の前の煙草カンのなかに玉一の黒い光沢のある髪の毛が置かれていた。読経も終り、棺に釘が打ち込まれようとした時に、津田の姉が義兄と一緒に駆けつけてきた。「待って！　待って！」と叫び、狂乱したように、姉は棺に走り寄り、両膝をついて弟の死に顔を打ち眺め、棺を抱きかかえるようにして号泣した。夜の十一時頃になって、やっと骨揚げにかかることが出来た。万蔵の姉が憔悴しきって骨壺を抱いて小径に立っていた。迎えにやってきた自動車のライトの光に雄二は眼がくらくらとした。

翌朝になって竹三郎が雄二を奥座敷へ呼びつけた。

「昨夜、帰って来たのは真夜中やないか、それまで何してたんか」。「友人の葬儀に参列していたんです。場所が大津から離れた遠いところでしたので」。「友人とかいうているが、どこの馬の骨か知らんが、そんなもん、夜中までつき合わんといかんのかッ」。「友人が亡くなったというのに、侮辱するのはやめてください」。「おまえら、落第坊主にろくなやつはおらんということよ。まだわからんのか、このドアホ！」

雄二は怒りを込めた視線を竹三郎に向けた。

竹三郎は、雄二の視線にいらだったのか、「こいつめッ！」と叫ぶと、憎悪をむき出しにして、座っていた彼の顔面をいきなり殴りつけ、そのままガッと彼にのしかかってきた。彼はとっさに自分でうつ伏せになった。竹三郎は馬乗りになると、これでもか、これでもかと狂ったように、後頭部を容赦なく殴りつけた。

じっと耐えていた雄二も思わず怒りがむらむらと湧き上がってきた。なんだ、このクソおやじは、閉塞した社会のなかで若者がおかしくなって苦しんでいるというのに、その現実を見ようともせずに自分の都合ばかりを考えている。そんなことがいつまでも許されていていいのか！　そんな怒りが爆発した。

「もういい加減にしろ！　亡くなった友人を悲しんでどこが悪いんだッ」と叫んで、いきなり馬乗りになっている竹三郎を背中に乗せたまま立ち上がった。竹三郎は無様な格好で畳の上に転げ落ちた。

雄二が顔面を蒼白にして、そのまま出て行こうとすると、番頭の伊藤が駆けつけて来て、「雄二さん、お待ちやしておくれやす。あのお方は、ああいうお方どすね、わたしも十六の丁稚時代からこの五十の年になるまで毎日お小言ばっかりです。まあ、しばらくわたしの家でお休みやす」としがみついて来た。

雄二と竹三郎の争いで、宗兵衛やお蓮、朝子やお民らが柳屋で相談し合ったらしく、その便りが朝子から来た。

その手紙には、八重が父の栄太郎に会って、「竹三郎さんと言えばあなたの弟さんどすえ、今度は誰も竹三郎さんがええという人はおりまへん。あなたも竹三郎さんの肩を持ったりしたら兄弟で恥の上塗りどすえ」と釘を刺した。八重は竹三郎にも、「大人気ないことやおへんか。親しい友達の葬式に行って、おそう帰ったからといって、ただそれだけのことで何もせん子を殴ったりして、こんなことを他人に言われしまへん」とずけずけと言った、と書かれていた。竹三郎もさすがに難しい顔をして黙っているより仕方がなかったそうだ。

ちょうどその頃、朝鮮に就職していた兄の貞之助が突然、帰省してきて、竹三郎の家にしばらく滞在することになった。その翌朝、八重が早速、伊藤の家へ駆けつけてきて、「よい機会ですよって、これからすぐ帰りましょう」と雄二をせきたて、竹三郎の家へもどることになった。竹三郎は苦虫を噛みつぶしたような顔をしていたが、貞之助もいる手前、また今度は弱味もあるので露骨に叱るわけにもいかず、事件はそのまま立ち消え同然となった。

兄弟は久しぶりにゆっくりと話すことができた。貞之助は、「俺は朝鮮に渡る前に栄太郎から今は絶えている親類の坂崎家を継いでくれと言われて、渋々承知して坂崎貞之助と名乗り朝鮮に渡ったが、そんな戸籍はないと憲兵隊に呼び出されて酷い目にあったのだ。どうしようもなくて、思い切って会社を辞めて帰国してきたのさ。そこで、俺は親父さんにもう少し勉強したいと言って、早稲田大学へ進学することを認めてもらった。早晩、東京へ出発する予定だよ」と言った。

一週間程滞在すると、貞之助は慌しく東京へ出発して行った。貞之助が去ってしまうと、雄二は鬱々とした日々を過ごしていた。今までは竹三郎に対して嫌々ながら何とかやっていこうと思っていた。しかし今度の事件でもう張り合いもなくなり、憎しみだけが胸に渦巻いていた。

そんなある晩、十時を過ぎた頃、雄二はお文が大戸の引き戸を抜いておいてくれた家からそっと抜け出して行った。外は蒸し暑かった。彼は暗い夜道を歩きながら考えに耽っていた。自分は幼い頃、母を失い、死に目にも会えず、他人の手で育てられてきた。幼い頃に母を失った悔恨は、ずっと大きな空洞のように心に残り、いつも寂しい思いをしてきた。憂鬱な少年時代を過ごしてきたのだ。父の配慮により竹三郎と養子縁組して錦光山を名乗れるようになったが、丁稚のように扱われ、個人の人格など一顧だにされず苦しんでいる。その不満が反抗心になり、街で喧嘩してうっぷんを晴らしてきたが、それで心が晴れることはなかった。その心の隙間《すきま》を埋めるように、漂白の歌人西行法師の歌を読み、自分でもノートに詩を書いたりした。それだけでなく、ダダイズムの本や万蔵の読んでいた無政府主義者の本も読んでみた。それは、何かもっと自由で心の拠り所になるものを求めていたことの表れであったかもしれない。だが、現実的には、多くの人々がそうしているように、理不尽なことであっても、自分の生まれ育った境遇に従順に従って生きていくしかないのだろうか。

そう思うと、モヤモヤと鬱積したものを何かにぶつけてしまわなければ、やっていられない気分だった。何もかもが面白くなかった。兵式教練を強要してくる学校、他人のことは誰もかまわず自分のことだけを考えている排他的な世相。どいつも、こいつも、みな、くだらない！　できることなら、それらを木っ端みじんにぶっ壊してやりたい。でもそんなことはできそうもない。ああ、俺はもう津田万蔵とは紙一重なのだ。万蔵も昔は紅顔の美少年で、成績も悪くない生徒だった。それが錯乱したように破滅して行った。俺だって何もかも投げ出して奔放に生きてやろうか、いっそ万蔵のように誰かと心中してやろうか。そんな思いが頭をかすめた。ああ、人間は救われることはなく、破滅するところまで行きつくしかないのではないか、そんな思いにとらわれていた。

　知恩院の境内までくると、さっと涼しい風が吹き抜けていった。丸山公園のしだれ桜の陰のかなり広い茶店に十人ほどが酒を飲んでいた。煉瓦色の陶器の入れ物に湯豆腐ときざみのネギが添えられていた。公園のせせらぎに沿って小径を高台の方へ歩いて行くと、酒に酔った中年の男三人と商売女が歩いて来た。

　彼等はふざけ散らしながら、「おいこらッ、じゃますなッ、青二才！」と、ギョロ眼をむいて、彼の胸を強引に突き飛ばそうとした。その瞬間、雄二はいきなり男の顔面を打った。男はたらたらと鼻血をたらした。「なにしやがるねんッ」と男たちは叫び、三人がかりで殴りかかってきた。雄二は突きでひとりの男のあごを突き飛ばし、もうひとりの男の太腿を蹴飛ばした。とっさに、連れの商売女が雄二をかばうようにして、「早う、書生はん、お行きやすッ」と叫んだ。雄二はパッと逃げ出した。その後ろからドタドタと、三人の足音が追いかけてきた。雄二は丸山公園を抜けて、横丁に入り、知恩院の境内の暗い杉林の陰を走り続けた。そのうち、ガンと音がして、大きな溝の中へ落ち込んでしまった。その間に男たちは暗がりのなかをあっちこっち探したようだが、諦めて引き揚げていった。雄二は落ちたひょうしに溝で生爪をはがし、足を引きずりながら家に帰った。深夜まで起きて待っていたお文が慌てて救急箱を持ってくると、薬を手早く塗って包帯を巻いてくれたのだった。

十八

数年の歳月が流れ、雄二は立命館中学を卒業すると、京都市立陶磁器専門学校に入り、二年間ほど陶磁器製作の基礎を学び卒業していた。彼の処遇については、東京高等工業学校へ進学するという案もあったが、竹三郎が乗り気でないこともあり、製土工場主任で技師長である重富英技師が彼を指導、育成していくことになっていた。

雄二は文学、社会科学をもっと勉強してみたいという気持もあったが、父の宗兵衛が錦光山の名を継がせてくれたこともあり、言い出すことはできなかった。

そんなある日、雄二が父に呼ばれて店主室に行くと、宗兵衛が厳しい顔をして言った。

「今日、おまえに来てもらったのは、頼みたいことがあるのや。今度の不況は益々深刻化していきそうな雲行きなのや。そこで、わしはこれまでの錦光山商店の業態を装飾品主体から食器などの実用品主体に変えていこうと考えているのや。そのためには半磁器を開発しなければならない。そやから、おまえには重富技師の半磁器開発の手伝いをしてもらいたいのや」

宗兵衛がいうように、大正八年に第一次世界大戦が終結すると、翌年に株価が暴落し、戦時中の熱狂が嘘のように去り、戦後恐慌が始まっていたのである。

数日後、重富技師が「半磁器の開発がうまく成功すれば、コーヒーセットでも洋食器でも白色半透明の実用的で、しかも磁器より原価を下げることが出来るのです」と言って仕事の段取りを指示した。半磁器を開発するためには、陶土を色々組み合わせて、それを違った分量ずつ秤《はかり》にかけ、それを練り合わせて何百種類もの調合試験体を作らねばならなかった。栄太郎や竹三郎は、重富技師の半磁器開発の取り組みには、「書生上がりに何ができるか」と思っているようだったが、この研究に声援を与えていたのが宇野であったことも、彼らが反対できない理由の一つであった。

宇野は九十三歳になってもかくしゃくとしていたが、ひどく忘れっぽくて、雄二を見ると、「小遣あるか、後でやるわ」と言いながら、またすぐ後になると同じことを繰り返すのだった。

彼女は母屋からほとんど出なかったが、半磁器開発のことはよく知っていて、「粟田の土は重いし、品物ももろい欠点がある。これでは美術品は出来ても西洋人の台所の役には立たんさかいな。磁器よりも安上がりで、もっと白うて、硬うて、半透明でもよいから、そんなもんを作りなさい。しかも粟田焼の窯で焼けるもんをな」と言っていた。

ところが、激励を惜しまなかった宇野が寝込んでしまった。その日、雄二が宇野の寝所に行ってみると、宇野は眼を閉じ、口元をわずかに動かしている。どうやら経文を唱えているようだ。

彼が顔を近づけると、目を開いた。雄二と気づくと、「大きな声で南無阿弥陀、と言っておくれ」とせがんだ。そこで雄二は宇野の耳元へ口を寄せて大声で、「南無阿弥陀、南無阿弥陀」と唱えると、宇野は「ああ、極楽や」と嬉しそうに声を出した。ちょうどその時、宗兵衛が部屋に顔を出した。「雄二、まだ死んでへんのに縁起でもない」と珍しく顔色を変えて怒った。

それから十日程の間に、宇野は別にどこが病気というのでもなく、火が消えるように息を引きとった。彼女は、十九歳の時に先代の六代錦光山宗兵衛に嫁ぎ、幕末から明治という激動の時代を生きた女であった。先代がなくなると七代宗兵衛を励まし粟田焼の興隆を招いた、そんな女丈夫の死であった。

亡くなった宇野の床には主だった一族が集まっていた。宗兵衛は、その席で一座を見渡して言った。

「母の遺言の披露という意味合いもありまして、今後の錦光山商店の方針を発表したいと思います。母は、生前粟田焼は美術品として大変良い土であるが、実用的でないところもあり、また磁器は高価でもあるので、半磁器の研究をやり、日用品も含めて再出発するように申しておりました。それで今、開発中の半磁器をなんとしても完成させるために皆さん方のご協力をお願いする次第です。内外の経済変動、深刻な不景気など激動する世相に対処していくために、外国貿易もアメリカ向けばかりでなく、南米、ベルギーあるいは仏領印度支那方面に方向を転じる必要があります。また国内販売にも取り組み、三百年の伝統のある錦光山の名誉回復に努めていきたいと思います。私も今後全力を尽くして人事の異動、工場の能率向上等思い切った事業改革を進めていく所存であります」

それを受けて、栄太郎が一座を代表するように、「誠に結構です。わたしも賛成です。店主が店を切り盛りしていただくことに反対する者は誰もおりますまい」と、口元の金歯を光らせ、本音を隠すように、慇懃《いんぎん》な態度で言った。

その後、宗兵衛は、これまで以上に精力的に動いた。国内へは東京、名古屋、神戸、広島、博多方面に巡回展示会を開催し、その主任に坂本栄太郎の次男、坂本英二郎を任命した。また重富技師が製土工場及び東工場長の代理として半磁器の開発を急いだ。

そうしたなかで、いよいよ第一回の半磁器による製品が焼かれる日が来た。三日間、夜は泊り込みで窯を焚《た》く。窯に入れた製品に火が回るまでの間、雄二も三夜ほど窯につききりで、焔《ほのお》の調子、温度の変化を記録した。泊り込みには、窯のかたわらにムシロをつるし、戸板を敷いてごろ寝であった。窯の凄まじい余熱で熱いほどだった。四日目、待望のうちに窯出しが始まった。

「しまった！」重富技師が息詰まる声で叫んだ。窯から出した製品を見ると、無惨に、まるで竹をざっくりと切ったように裂けていた。次から次へと窯から出す製品はどれも鋭い刃でえぐられたような裂け目を見せていた。重富技師の顔面が蒼白になっていた。雄二はその顔を正視できなかった。

その他にも問題が生じた。神戸から博多に至る巡回展示会が赤字となったのだ。調べてみると、経費が多いことが判明した。宗兵衛は舌打ちして「坂本英二郎はやる気がないな、長男の誠一郎と雄二にやらせよう」と言った。

誠一郎と雄二が名古屋の商品陳列館に着いた時、坂本英二郎が陳列をやっていた。「英二郎はん、交代や」と誠一郎が言った。「ハハハ、あんじょう、首や」そう言って英二郎は投げやりに椅子に腰を下ろした。夕方、彼は帰京する前に、「ちょっと二、三百円程借りたい」と誠一郎に言った。「そんなに貸したら二人とも飯食わんでいんならん」。「ふなもん、五、六品割れてしもた、と言うとけばええんよ。御曹子やないかい」英二郎の言葉に、誠一郎が気弱そうに眼を伏せた。彼は人柄はいいが、お坊ちゃんタイプで頼りないことおびただしい。「英二郎はん、そんなこと言うてる場合と違いまっせ。この巡回展示会がうまくいかなんだら、せっかくの案が廃止になってしまうのでっせ」雄二が強い口調で言った。

「怖い顔するなよ」と言いながら、英二郎は雄二をにらむように見た。「まあ、五十円ほど自腹切りますけどな」誠一郎がなだめるように言った。英二郎は五十円受取って、「まあ、兄弟でしっかりやりなはれ」と言って去って行った。「あんなグウタラなやつばかり何匹も店に巣喰っているね。父も一生懸命やってはるが、時世も悪いし、昔と同じように考えていたら、錦光山もいかれてしまう」。「そやけどな、英二郎はんは母の弟やもんな」誠一郎は煮え切らない態度で言った。

それからしばらくして、宗兵衛は事業改革の一環として思い切った人事異動を行うことにした。一番、頭を悩ましたのは、坂本栄太郎を勇退させることであった。それは重い決断であった。宗兵衛は、父の六代宗兵衛になぜ屋号が変わったのかと聞いたときに、父は「もし、わしに兄がおれば、兄が鍵屋を継ぎ、わしが丸屋に養子に入って丸屋を継ぎ、二つの屋号を残すことができたのや。そやけど、兄がいなかったさかい、鍵屋を残すことができなかったのや。いつ何時、危機が来るかもしれんさかい、おまえもひとりでも多く息子はつくっておくことや」と言っていた。幸いというか、自分には正妻との間に誠一郎がいて、千恵との間に二人の息子がいる。坂本一族の手ごわい反対にあったが、なんとか雄二には錦光山姓を継がせることができた。将来、若い二人の息子に錦光山商店を託すためには、今や老害ともいえる栄太郎を辞めさせなければならない。栄太郎はもう七十歳を越える老人であったが、最高の役職に就いて高給をもらっている。宇野が生きている間は、親族の血で血を争うようなことはしたくないと考えていたが、ここで蛮勇を振るわなければ、改革の緒についたとは言えないであろう。そう決断して、彼は栄太郎の長男で支配人である坂本庄太郎を店主室に呼び寄せた。そして「今まで栄太郎さんには長い間、働いて頂いたが、老齢でもあり、一つ勇退を願いたい」という話をした。庄太郎も支配人として、宗兵衛のこうした意見に反対はできずに、丁寧に頭を下げると店主室を出て行った。

数カ月後、重富技師が苦心惨憺《くしんさんたん》の末、半磁器の方もようやく完成した。貿易品は、粟田焼の雅味はあるが脆弱だったものが、半磁器になったことにより一段と緻密さを加えて好評だった。最高級品のコーヒーセットは地肌を瑠璃色に焼き上げ、その上に純金で上絵を画き、紫檀《したん》の箱に納められた。粟田の従来の素地では瑠璃色も冴えなかったが、半磁器となって堅牢《けんろう》さと鮮度が飛躍的に向上し、最高級品が内外を問わず注目され出した。

名古屋の業界筋では、今回の錦光山商店の動きに対して警戒を強めていた。錦光山商店は、京都の伝統と歴史があるだけに、国内用品でも、精緻でしかも伝統と遊陶園の成果を取り入れたモダンな意匠が好評を博する余地がある。そうなれば、錦光山商店の国内販売の突破口になる恐れもある。展示会場には、名のある製造元や問屋筋も参観に来て、見本として幾つかの品を買って行った。また、各種の商談も成立し、一般のお客からも和用食器のセットの予約注文をかなり受けることができたのである。

すべては順調に回復していくかのように見えた。しかし、経済情勢の悪化のために以前受けた五十万円の銀行融資の返済問題が、折からの金融引き締めのために難航しているのが大きな問題であった。

そんなある晩、宗兵衛は久しぶりに柳屋を訪れた。暗い鴨川のせせらぎの音に耳を傾け、好みの酒をゆっくりと飲みながら思案していた。このまま順調にいけば、あるいは現在の経済混乱を突破できるかも知れない。だが予断は許されない。お民にも因果を含めて説けば分ってくれるだろう。そんなことを考えていると、お民が離れ座敷へやって来た。宗兵衛が重い口を開いた。

「坂本栄太郎さんの処遇の件は、何とか片をつけた。その代わりわしの交際費は辞退することにした。わしも当分は、ここへ来る訳にはいかんようになった……」

「とうとう来るところまで来ましたな。うちはようわかりまっせ。このお店は、あんたはんが援助してくれはったから、今日までやってこれたんどす。あんたはんが来れんようになったら、うちも店を閉めてもかまへんのどす」

勝気なお民がいつになく悲しそうな顔をした。

「いや、柳屋がここまでやってこれたのは、お民の才覚やないか。続けたらええやないか」

「おおきに。そやけど、近頃はうちの商売も火が消えたみたいなのどす。大商店の神戸の鈴木はんもうちのお得意さんやったが、どうもいかんということや。佐藤はんの銀行も危ないという噂や。ええお得意が皆あかんとなれば大騒動や。うちもこんな広い家からもっとちいちゃいとこに移らなあかんかいなと思うてますね」

お民は酔いの発した頬を寂しそうに歪めながら言葉を継いだ。

「そやけど、店を閉める前に、ひとつだけ聞いておきたいことがあるのどす」

「なんや」

「うちが柳屋の店を出そうとしたときに、なんで援助してくれはったのどすか」

「どうしてそんなこと聞くのや」

「なんや気になって仕方がないのどす」

「そうか……」

宗兵衛はしばらく思案していたが、意を決したように言った。

「最後だから言うておくが、千恵に頼まれたのや……」

お民は、数年前に雄二が言っていた言葉を思い出しながら、「やっぱり、そうやったのどすか……」と呻くようにつぶやいて、「千恵さんはほんま悪党や。死んでからも、こないにあてを叩きのめすのやさかいなあ」と声を詰まらせて号泣した。

十九

翌年の大正十二年の六月頃から養母の千賀が病床に伏せるようになっていた。彼女は以前も尿毒症にかかり、危ういことがあったが、どうも今度は思わしくないようだった。また千賀だけでなく竹三郎も時々身体が痙攣《けいれん》して息が詰まるような状態となった。

八月の暑い日に、病臥《びょうが》しているのも苦痛だろうと思い、雄二が夏用の麻布団の襟元を静かにめくってあげると、千賀は白髪の多い頭をわずかに動かし、弱々しい微笑を返すだけだった。その後も千賀は一日中ほとんど意識が朦朧《もうろう》としていて口元を開けていた。何とかしてやりたいと思うのだが、ウチワでそっとあおいでやる以外何も出来なかった。次第に昏々と眠っていることが多くなり、段々大きな鼾《いびき》をかき始め、そんな状態が数日続くと、暑い盛りの八月十日に容態が変わり、あっけなく死んでしまった。千賀の葬儀が終わると、竹三郎も身体が痙攣して急に呼吸困難になり、お文が慌てて薬を飲ませたが、その後も容態ははかばかしくなかった。

数日経った日の夕方、坂本栄太郎が竹三郎の妾であるお駒を伴ってやって来た。お駒は女狐《めぎつね》のような細い顔をして、華奢《きゃしゃ》な身体に薄紺色の地に臙脂《えんじ》の絣の着物をピッチリと着こなしていた。「まだ喪中やが、世話を焼いてくれる女を連れてきた」栄太郎はそう言って、雄二にもお駒を紹介した。お駒の一重まぶたの切れ長の目がはれぼったく見えた。白粉気もなく、どことなく黄色味を帯びて神経質らしく見えた。お駒の顔を見ると、雄二は竹三郎と新京極に芝居を見に行った日のことを思い出した。

その日、珍しく竹三郎が雄二を連れて西洋料理でも食べに行こうと言い出して二人で出かけたのであった。夕食を食べてから新京極の劇場の看板を仰いでいた時、竹三郎は今、思いついたように「どや、面白そうやないか、入ってみるか」と言って、芝居茶屋の入口をくぐった。第一幕は既に開演していた。しばらくすると、「竹三郎さんどすやないの」と女の声が聞こえた。桟敷裏の廊下に中年の狐のような細長い顔の女が立っていた。「ああ、お駒さんか、まあ入りいな」竹三郎の声に女は入ってきた。芝居は悲劇で、女はしきりにハンカチを出して鼻水をかんでいた。雄二はそういう女の細長な横顔や小づくりの鼻の尖ったところなどを時々盗み見ていた。芝居もはねて、三人は連れ立ってレストランに入った。女はエビフライとフランスパンを食べた。竹三郎と雄二はトーストと紅茶だった。竹三郎は紅茶だけを飲むと、紙ナプキンで包んだトーストをポケットに入れた。

電車に乗って家へ帰り、奥座敷に通ると竹三郎は先程のトーストをお土産代わりに千賀に渡した。「面白かったか」と、千賀が聞いた。雄二は疲れてあくびをしながら「あの芝居は悲劇やな、おばさんもよう泣いてはった」と言ってしまってから、その場の空気が微妙に変わったのに始めて気がついた。「誰ぞ、いやはったんどすか、あんたはん」千賀の探るような視線に、竹三郎は一際強く、ひくひくと首筋を痙攣させた。「ばったり会うてな。芝居観に来てて、お駒が見つけよってな」。「あほらし、なにがばったりやろか」千賀はキセルですぱすぱと煙草を吸いつけ、ポンポンと邪険に灰皿を叩いた。何事もなく済んだ、と思ったが、その夜更け、表の間で眠っていた雄二の耳に叫び声が伝わってきた。「何をいつ、嘘ついたかッ」竹三郎の怒気を含んだ声が聞こえて来た。それとともに、ドタバタと物音がした。雄二は寝床を抜けて、奥座敷のところまで来た。「まだしつこいことを言うてるのか、ええ、コラッ」竹三郎の荒々しい足音がした。そんなことが、数年前にあったのを思い出していた。

しかし、なんと言っても、お駒が来てからというものは、家の中がなんとなく平穏になったことは事実だった。お駒は「旦那さん、旦那さん」と、何もかも任せ切ったような甘えた声で物を言った。竹三郎の態度のなかにも、今までにない微妙な変化があった。竹三郎はお駒には何の気がねもなく、ごく自然に接している様子であった。千賀に対するように、家つきの女に婿養子という意識を働かせる必要もなくなったのか、日頃の居丈高な態度が目立たなくなって、竹三郎の心にも幾分なごみができたらしく思われた。

竹三郎が突然の発作で呼吸困難になった時、お駒は真っ青になって手を震わせて薬を飲ませた。竹三郎はゴクリと薬を喉に流し込むと、ぐったりとしてお駒の膝に頭を乗せた。こんな竹三郎の打ち解けた姿は今まで見たことがなかった。雄二に対する態度も、お駒が間に入って取りなしてくれるのか、さすがの竹三郎も多少面映いところがあるのか、高圧的な態度も少なくなっていた。雄二もすべてをお駒に任せて、夜は自分の部屋にひっそりと引きこもっていた。竹三郎もそれをよいことにしているらしかった。

そんなある日、雄二は仕事の帰途、もうすぐ家の前まで来た時だった。二人の男が旗を立てた大八車を押しながら登り坂を進んでくるのが見えた。大八車の旗先に「清水焼争議団行商隊」と大書きしてあった。男たちは鉢巻を締め、何か書いてある白木綿のタスキをかけていた。男たちは大八車に日用雑貨類を乗せて、「また毎度、よろしうたのんま」と、メガホンで大声を立てて怒鳴っている。近所の人々が、「争議をやり出したそうおすな」。「陶器屋の職人が争議をやるちゅうさかいな、時世も変りましたな」。「粟田の方はどうどすねやろ」と噂をし合っている姿が見られた。

不況風が吹き荒れるなかで、陶磁器業界も需要が激減し、大量の失職者が出て、職工の賃金も二割値下げの要求が出され、労働側も反発を強め、争議が頻発していたのである。

行商隊は白川橋から、ゆっくりと蹴上の方向へ坂道を登ってくる。雄二が、五十銭玉ひとつでも行商隊の一員に握らしてやろうかと考えて、家の軒下に立っていた。行商隊が彼の前を通り過ぎようとした時、工場から一人の男が飛び出してきた。雄二もよく知っている上田という釉掛《くすりか》けの職人であった。彼は陶土で汚れた作業着のままだった。「やあ、ご苦労はんどすな。どないや成り行きは」と言いながら大八車の品をひとつ取った。「これでも、もろとこか」上田は普段はむっつりした男なのだが、今日は黄色い歯を見せて笑っていた。「おおきに、助かりますわ」行商隊の男は上田とは顔見知りらしく、しばらく話し合っていた。

その時、番頭の伊藤が工場の入口から出てきた。上田が行商隊の男と立ち話しているのを見て、伊藤は慌てて引き返して行った。上田はふと家の軒下にいる雄二を見つけて、少し照れたように、ふふふと笑った。雄二も曖昧《あいまい》な微笑を浮かべた。彼は、こんな現場を竹三郎が知ったら何というだろうかと思った。ちょうど、工場も終る頃なので、あちこちから職人が大八車にたかり、「どや交渉は」。「絞めてやれよ」。「わい、ひとつもろとくぜ」と激励する声が聞こえた。争議団の行商から物を買うのは、工場主やその家族ではなく、工場で働く職人連中であることをまざまざと見る思いだった。粟田の職人たちの間にも何かしら動揺が広がっているようだった。

ふと雄二は養子の身ながら自分は経営者側の人間なのだろうかと思った。立場としてはそうなのに違いない。というのも、宗兵衛の盟友の松風嘉定のところで争議が起こった時に、争議を納めるために侠客《きょうかく》の親分に仲介を頼み、短刀や槍などがちらつく物々しい雰囲気のなかで、経営者側と労働者側がシャンシャンと手打ちをした。その際に、宗兵衛も組合の代表として経営者側に参加したという話を聞いていたのである。だが、どこか釈然としなかった。むしろ心情的には経営者側ではなく、祇園のお蓮や朝子の立場に近いような気がするのだ。それはまるで、自分が粟田と祇園という、二つの異なる世界の間で引き裂かれているような奇妙な感覚であった。

あくる朝、雄二は仕事へ行こうと台所で朝食を食べていると、奥座敷で、竹三郎と伊藤の話し声が聞えてきた。「いま、わしが言うたことを事務所の前へ貼《は》り出しておけ」。「へーえ」と返事をすると、伊藤はあたふたと事務所へ向かった。雄二も食事を済ませて行ってみた。貼り紙が事務所の前に貼り出されていた。「この度、清水坂の方では争議が起こっていることは皆さんもご承知のことと思います。当工場の皆さんは、清水坂の行商人から物を買ったり、金品をやったりせぬようにしていただきたいと思います。東工場」雄二はそれを見て、何事もなければよいがと思いながら台所へもどってくると、またもや伊藤があたふたと竹三郎の部屋へ入って行った。「上田が貼り紙を破りよりました」。「なに、破りよった、すぐ連れてこいッ」竹三郎が大声で怒鳴った。

伊藤がまたも急いで工場へ引き返した。そして上田を連れて台所へ入って来た。「なんやて言うね。わいが何したと言うね」上田は玄関前の土間まで連れてこられてからも大きな声で、伊藤に喰ってかかっていた。「旦那はんが来やはりますさかい、そんな大きい声出さんと」寝巻姿の竹三郎が奥座敷から、よろけながら姿をみせた。「上田！　おまえ何か、工場の貼り紙をなんで破ったんか」と、竹三郎がかすれた声で言った。「破ったて、あんなもん、いりまへんがな」。「いらんもんを、出すかいッ！」竹三郎が怒鳴った。「大体、無理なことは言わんとおいておくれやす。買うも買わんも、こちとらの勝手だすさかいな。工場の金盗んで買うのと違うのでっせ。わいの金でっせ。あてらかて安い賃金でめし喰えんさかいな。清水坂の賃金が上がったら、わいらも上げてもらおうやないか。あてら、あいつら皆に、そう言うてますねん」上田はしれっとした顔で言った。

竹三郎は興奮して首筋をやたらと痙攣させている。「何をこいつ、聞いたような口ほざくか！」

竹三郎は形相を変えて激怒し、思わず座敷から飛び降りて、上田につかみかかった。「何をしやがんね！」上田は黄色い歯をむき出して叫び声を上げた。そして、つかみかかってくる竹三郎の手首を、すとんと突き放した。上田は軽くやったのだが、竹三郎はよろけ、玄関口の上がりかまちにドンと背中を打ちつけた。興奮した上田は、竹三郎を尻目に工場の方へ足早にもどって行った。竹三郎は発作を起こして、息が詰まり、苦しそうに喘いでいた。姉さんかぶりで座敷の掃除をしていたお駒が、慌てて手にホウキを持ったまま走り出てきた。お駒と伊藤が二人で竹三郎を奥座敷に運びこんで行った。お駒が真っ青になりながら、応急の薬を飲ませていた。

その日から竹三郎はずっと起き上がる気力がなかった。一日中いらいらとして、しばらく聞かなかった怒号がまたもや一日中聞えるようになった。お駒は竹三郎の背中や胸や足をなでさすり、薬を飲ませたり、お粥をサジですくって口に含ませたりで忙しかった。

その後も、竹三郎は頻繁に起こる発作に怯えていた。お駒はただおろおろするばかりで、眠る暇もなかった。竹三郎の血走った眼、痙攣する首筋、目玉をむいて怒鳴る、いらだった声の前には、大抵の人は何も言い出せなくなるのだ。そんなある日、二十七、八歳のしっかり者らしい看護婦が派遣されてきた。お駒と看護婦が交代で当ることになった。竹三郎は酸素のせいか安らかに眠るようになった。雄二も一日の仕事が終わると、すぐ家に帰り、交代時間まで酸素吸入器を支えていた。彼は医師に「今度、怒らせると、命とりになります」と言われて以来、内心、煮ても焼いても食えないクソおやじだが、養父である以上多少の縁もあるのだろう、と思い、竹三郎を怒らせないように堪え忍んできた。そんな雄二に対して竹三郎は一言も慰労の言葉をかけなかった。それどころか、竹三郎は彼が口元へ運ぶサジが熱過ぎたとか何だとか、何かと嫌味を言った。「おまえは一生懸命にやるようやが、ほんまはお義理でやってんねやろ」と言う。ここで自分が怒りを爆発させれば、病状に差し障りがあるから、どんなことでも怒りを噛みしめていなければならなかった。雄二が苦渋な表情をしていると、竹三郎は彼の表情にあおられたように、「何じゃ、その顔、青びょうたんみたいにじめじめしくさって……、おまえはすぐそれや、わしが早う死んでしもうたら大助かりや思てんのやろ」竹三郎は雄二がやることなすことすべて気にいらず、まるで敵《かたき》のように憎々しげに口をきいた。

九月一日の正午近く、はるか遠くの方から不気味な震動が伝わってきた。突如、建物全体が底の方からメキメキと鳴り始めた。パラパラと天井から埃《ほこり》が舞い降りてきた。工場の方で、ガラガラと物が落ちる音とともに叫び声も聞えてきた。お駒が二階から転がるように駆け降りてきた。看護婦が天井から落ちてくる埃から守るように竹三郎の上を覆うように伏せていた。雄二も二階から駆け降りて、工場に向かった。工場ではもの凄い地震であったにもかかわらず、二本の素焼中の窯の煙突の先端から、黒煙がいつものようにたくましく、もくもくと吐き出ていた。しかし、三ノ間、四ノ間の登り窯は、亀裂が大きく入り、使いものにならないようだった。

作業場の広場では、重富技師が動力室のスイッチを切り、職人たちを避難させていた。雄二は重富技師とともに竹三郎の部屋へ顔を出した。竹三郎は、お駒と看護婦に囲まれて布団の上に座り、酸素吸入を受けながら蒼ざめた表情で被害状況の報告を聞いた。間もなく伊藤がバタバタとゾウリを鳴らしてもどってきた。「どうも震源地は関東方面らしいとのことでっせ」と息を切らして言った。

追々と入ってくる新聞報道により、関東大震災の模様はさらに詳細に伝わってきた。推定十数万余の死傷者、行方不明者が出たこと、家屋全壊、全焼、流失等を出し、東京、横浜の経済活動は完全に麻痺したこと。山本権兵衛首相が戒厳令を布き、軍隊を出動せしめたこと、甘粕憲兵大尉が無政府主義者の大杉栄とその妻子をどさくさに紛れて殺したこと、など凄惨な状況が相次いで報道されてきた。だが、その頃になっても、東京にいたはずの兄の貞之助からは何の連絡もなかった。

一週間程経って貞之助がひょっこりと帰って来た。着の身着のままで、汚れ放題の姿であった。貞之助の話によると、東京はまったくの焼野が原同然で、郵便局もなく、なすすべがなかったと言った。それでも、彼はようやくのことで、汽車の窓から強引に乗り込むことが出来たが、車内はまったくの鮨詰め状態で通路も網棚にも、列車の屋上にさえ人々がぎっしりと乗り込んでいたという。一人の僧侶が一人の女と偶然向き合って座ったが、僧侶が女の股ぐらの間に食い込んだまま、身動きも出来ず、絶えず経文を唱えていたという。人々は大小便も垂れ流しの有様で、列車の屋根に乗り込んだ人々はトンネルの中で黒煙にさいなまれ、数珠繋ぎのまま列車の屋根から投げ出され、相当の死傷者が出たらしかった。貞之助も食うや食わずで、やっと京都駅に到着できたそうだ。それでも数週間経つと、貞之助はふたたび焼野が原の東京にもどって行った。

錦光山商店でも、東工場の登り窯の亀裂が大きく、いずれ修復しなければならなかったが、登り窯はもう旧式なので、この際、石炭焼成倒焔式の丸窯を築造した方がいいのではないかという意見が出された。だが、その資金をどうするかが問題であった。関東大震災を契機として、大銀行すら莫大な貸付を抱えて、何か不気味な変動が来るのではないかと、人々は脅えていた。宗兵衛の事業改革は、その端緒で大きな障害にぶつかってしまったのである。

十月に入ると、竹三郎は頻繁に発作に襲われるようになった。八日の夕方に、突然、看護婦が、「脈がいけません。すぐ先生を呼んでください」と大声で叫んだ。雄二は医師に電話すると、医師はすぐ到着した。坂本栄太郎、宗兵衛など親族がぞくぞくと集って来た。医師は脈をとっていたが、薬箱を引き寄せ、「注射打ちましょうか」と言った。雄二がうなずくと、医師は竹三郎の腕にピッと注射針を刺し込んだ。雄二は竹三郎の表情を見守っていた。竹三郎は別に苦痛を訴える風もなく、静かに寝ている。雄二は酸素吸入器をしっかりと口にあてがっていた。しばらくして、ずっと脈をとっていた看護婦が、「あッ、先生、いけません」と言った。雄二は、竹三郎の瞳を見守っていた。竹三郎の瞳の焦点がぼやけて、命がすうっと遠くへ飛んでいくようであった。医師は瞳孔を調べて、集った人々に「ご臨終でございます」と言った。

数日後、竹三郎の兄の栄太郎が突然、家にやって来て雄二とお駒を呼びつけた。二人が奥の間に行くと、雄二に向かい、「ここは舎弟の家ですから、財産は私が管理します」と当然のように言った。「お駒さん、タンスの鍵を持ってきて下さらんか」お駒は、ちょっと戸惑いながら、「はい」と返事をして鍵を持って来た。栄太郎は、表の間の古ぼけたタンスの錠に鍵を当てピッと開けた。なかから大型封筒に入った書類を取り出し、その書類を自分が持参した鞄に入れた。今度は隣のタンスの鍵を開け、収納品を全部取り出した。金の懐中時計や金の鎖などを一通り見たあと、押入れの上段を探り始めて、木箱を見つけ、「ああ、ここにあったのか」と独り言を言った。その木箱のなかには、野々村仁清の作品と思われる染付《そめつけ》の角皿が収められていた。「これは錦光山本家の物やから、わしが預かる」と言った。その後も一階や二階のタンスや押入れをすべて開けて、一つひとつ見てから、「これは老人用やな、若いもんには似合わん、わしが形見に一つもろうておきます」と、ラッコの襟巻を手にした。一通り見終わると、今度は鍵のかかるところは全部錠前を下ろして、「鍵もわたしが預っておきます」と言って、鍵束を鞄にしまい込んだ。

雄二が思わず「栄太郎さん、一体、どういうつもりなんですか」と言うと、栄太郎はフンと鼻で笑って奥の間にもどり、仏壇で、チンチンと鉦《かね》を叩き、口の中でぶつぶつとつぶやいて手を合わせた。それから、そばに控えていたお駒を見やって、「長い間、看病やら何やらして頂いて、さぞお疲れでしょう。竹三郎のことは寿命ですから、これは何とも致し方ありません。実は、ここに千円ありますが」と言って懐中から紙包みを取り出し、「まことに少ないのですけど、竹三郎の方も意外に貯蓄も少のうて、これだけしか差し上げられません。どうぞ、受け取っておいて下さい」と言って紙包みをすっとお駒の膝に近づけた。お駒は「いいえ、いいえ、決してそんなつもりはありません」と言った。「余り困らせるものではありません、サア」と紙包みをお駒の手に握らせた。お駒の頬に涙が伝わり、そのまま泣き崩れた。雄二は伏目勝ちに眼をそむけた。栄太郎は次にお文を呼んだ。「あんたも長い間、勤めてもろたが、もう女中を置いておく訳にはいかん」お文がピリピリと頬を震わせた。震えも止まらないうちに大粒の涙がぽたぽたと膝の上に落ちた。

次いで栄太郎が雄二を見つめながら言った。「言っておきますが、あなたは、わたしの娘、八重を妻になさった店主が、けしからんことに、外に女を作って産ませた子です。そんな男に弟の財産を継ぐ資格などないのです。弟の財産は兄たるわたしのものになるのが当然です。それをよく心得ていなければなりませんな」

雄二は屈辱感で顔が紅潮してくるのがわかった。それが自分に対して言うべき言葉か、と思った。この家の養子となったのも、実父の宗兵衛の配慮によるものだ。お蓮や朝子にしても、雄二を決して好んで養子にさせた訳ではなかった。まして自ら好んでなった訳ではない。財産や家柄にしても、そんなものを当てにしていた訳ではない。それなのに、竹三郎は、長年、自分を名目だけの養嗣子《しし》として丁稚のごとく扱ってきた。そんな男でも、養父となった縁を尊重して、最期を看取ったのだ。その気持を、栄太郎は踏みにじった。そんな思いが駆け巡った。

「何や、その顔は、水商売の妾の子のくせにッ」栄太郎は不機嫌そうに雄二を一瞥《いちべつ》した。そして何事もなかったように、そそくさと帰って行った。雄二は突然のことでどう対処したらいいのか分からなかったが、あの狸おやじのことだから、これからもろくなことはしないだろうと思った。

その一カ月後、形見分けが行われることになり、八重のほか、坂本庄太郎、英二郎、良三の妻君連中がやって来た。八重は「うちはいらんさかい」と言って、所在なげに座っていたが、他の妻君たちは、タンスのなかから竹三郎や千賀の衣類を取り出すと、まるで古物市にでも出かけて来たように、「これ、英二郎はんのによろしいな」。「これまあ、ええ柄やこと、わたしのにしようかしら」とはしゃぎながら物色し始めた。その様子を雄二はなぜか物悲しい思いで見つめていた。この連中は、高島屋から番頭が来て、座敷一面に反物を並べると、うちはこれにしとこかしら、と選び放題の生活をしていて、祇園のお蓮や朝子が想像もできないような贅沢《ぜいたく》な暮らしをしているのである。それだけでなく、近所の人たちが木綿の着物をきているというのに、絹や縮緬《ちりめん》の着物をきて、食事はほとんど仕出屋から取り寄せ、和菓子も京都の老舗のものばかり食べているのである。そんな贅沢三昧の生活をしているので、千円あれば家一軒建つというのに、毎月五百円の生活費をかけていたのである。それを知ったとき、雄二はわずかながら憎しみさえ感じたのである。雄二が複雑な思いで細君連中を見ていると、そこへ誠一郎がぬっと顔を出した。しばらくその場の様子を眺めていたが、「ちょっと、あんたら何してはるね」と言った。女たちは手をとめ、この本家の御曹司を見上げた。

「こんなこっちゃやないかと思うて、見に来たら案の定そうや。これは誰、あれは誰って、そんなにぎょうさん分けてしもたら、雄二の分はどうなるのや。そんなやり方、わしは逆《さか》さまやと思うぜ。少しだけ形の上で分けてうまくやるのが本筋ですやろ」と、誠一郎は情けなさそうに言った。誠一郎に言われて、女たちは気まずそうに顔を見合わせた。

形見分けも終わり、あらためて辺りを見回すと、お駒だけでなく、長い間一緒にいてくれたお文もいなくなって、広い家の中はガランとしていた。雄二が寂寥感《せきりょうかん》を強めていると、番頭の伊藤一家が一緒に住んでくれることになり、妻のお種が万事切り盛りしてくれることになった。

二十

宗兵衛の指示で、雄二が製土工場から絵付場に配置転換されて二年ほど経った昭和元年、老画工が「ほう、いよいよ物になりましたな」と言った。最初の間、ほとんど認めてくれなかった老画工が、やっと雄二の絵付けした壺を認めてくれたのである。その壺が展示会ではじめて三十円で売れたと聞いた時は思わず叫びたいほどだった。これで絵付けの腕を上げていけば、自分も錦光山商店に少しは貢献できるだろうと雄二は思いはじめていた。

ところが、日仏瑞伯輸出協会の書記としてパリに駐在していた栄太郎の三男の坂本良三が胃潰瘍のためフランスから帰ってくることになった。そのため雄二は、今までの絵付修行を急遽変更し、協会書記見習として上京することになった。小学校時代のフランス語の素養も若干あることもあって、貿易事務の勉強も急がねばならなくなった。

彼が慌しく上京の準備に取りかかりはじめた頃、折悪しく宗兵衛の下顎《したあご》に少し腫れ物ができ、物を飲み込むことに障りもあって、寝たり起きたりの状態になった。雄二はいよいよ近く上京するという日、母屋の十畳にある病床を訪ねた。雄二が部屋に入ると、宗兵衛は床から半身を起こした。「おまえはいつ東京に立つんだ」。「明後日です」。「そうか、わしが健康を回復したら日仏瑞伯輸出協会本部へも行って、色々おまえのことをやってやろうと思っている」

ちょうどその時、異母妹の冨美がお茶を運んできた。冨美は女学校を卒業して家事手伝いをしていた。宗兵衛が病床につくと、少女らしい行き届いた看護をしているという話だった。これまで父と家庭的な接触をする機会が少なかったこともあって、冨美は父と接触するのが嬉しくてつき切りの状態のようだった。間もなく八重も誠一郎も顔を出した。雄二が挨拶すると、誠一郎が「東京へはわしも行きたいくらいやなあ」と冗談を言った。八重の方を見ると、いつもの感じと違って、何とはなしに清楚な容姿が薄れ、急に老け、疲れた様子だったのが気がかりだった。

宗兵衛への挨拶を終えて玄関まで来た時に、冨美が心配そうな顔で言った。「お父さんね、一度、大学病院でも行かはった方がええのんとちがうか。それにお母さんもなんやしらんけど、お稲荷さんに凝ってね。うちの庭の祠《ほこら》に朝も夕も参拝してはるね。おやめなさいと言うてもきかはらへんしね。段々と痩せてきやはるみたいよ」雄二はふと不安なものを感じた。誠一郎兄さんとよく相談するよう言い含めて冨美と別れた。

夜になって、雄二はしばらくの別れとは言え、祇園町のお蓮や朝子にも会っておこうと思った。訪ねてみると、朝子がつくねんと座っていた。「何や、夜なのにお茶ひきか」と雄二は座敷に上がるなり言った。「ハア、もう毎晩や。芸妓の失業とはこのことや」お蓮も寒そうに長火鉢に寄って「あてら、もう女のルンペンや。もうこれ以上落ちぶれようがないわ」とヘラと笑って言った。「そんなにひどいのか」雄二が驚いたように言うと、朝子が「祇園町もぴしゃりとも音がせえへん。こんな花街てあるかいな」と嘆息した。

雄二は、できることなら、二人に何かしてやりたいと思いながら「僕もいよいよ東京行きになってな、不景気な時だから、お父さんも大分苦労されてはる。それにちょっと身体の調子が悪いようだが、ここで頑張ってもらわなあかん」。「しやけど、大きなお店も身代限りが増えて、ひどいことになってはるらしい、怖ろしい時世や。あてもまあお弟子もやっと固まって、何とか細々と暮らしとるけどなあ」と、お蓮がちんまりした顔に笑顔を浮かべて言った。

その時、玄関で靴音がして貞之助が帰宅した。貞之助は早大卒業後、京都電燈へ就職して家の二階に住んでいた。「ああ、疲れた。電燈会社も合併気配でな。不景気になると中小会社は吸収して、合併しよるわけや。さぞおやじさんも苦労しとることとやろな。あんな給料取ってさぼっているような連中と心中するんじゃ、なおさらやろ」貞之助は鼻下に薄いヒゲを生やしていた。電燈会社の総務課勤務で大した仕事も与えられていないらしい。

やがて朝子が酒の用意をして、「まあ一杯お上がり」と戸棚からタラコを出してくれた。それを貞之助は一目見て片目をつぶってみせた。なるほどタラコも古いとみえて干からびていた。貞之助はそっと雄二に囁いた。「節約家やからな、うっかり食うと古いもん食わされるぜ」とくすっと笑った。「しかし、まったくやり難い時代やな。あっちこっちで争議も激化しているし、俺なんぞも、何どき整理の対象になるか分らんて」貞之助はそう言って頭髪をがりがりと掻きおびただしいフケを落した。

貞之助と酒盃のやりとりをしているうちに玄関で、「朝子姉さん、伊豆どすけど、おなじみさんどすので、お願いします」と小女の声がした。朝子は、「へーい、おおきに」と大きな声で言って、にっこりと笑い、「ほんま久しぶりや。ちょっと行ってきまっさ。ゆっくりおやりやす。東京へ行ったらまた手紙出してや」と言った。その後、しばらく貞之助の東京での回顧談を聞いていたが、十時頃に帰途についた。花街らしく艶めかしい嬌声や活気ある三味線、太鼓の音が聞こえていた祇園町も、今はすっかり静まり返っていた。夜空に星だけが輝く、火が消えたような街並を抜けて行った。

東京に出てから雄二は、毎日、西銀座にある協会本部で、フランスの新聞を読む訓練をし、タイプの実習、書類の整理など貿易実務の勉強をはじめた。仕事に大分慣れた頃、父の宗兵衛から便りが届いた。その手紙には、近く顎下の腫れ物を手術する予定だと書かれていた。また、フランス駐在もなんとか早く実現させてやりたいが、病気のせいもあって少し延ばしてある。もし病気が長引くようなら、この際、早稲田大学あたりへ一応入学しておいて、待機するのもよろしかろう、という父の方針が書かれていた。雄二にとっても悪くない話に思えた。早速、宗兵衛にその旨の手紙を書き送った。一方で、雄二は、日仏瑞伯輸出協会にその由を伝え了解してもらった。早速受験勉強に取り掛かり、翌年の三月に高等部英語科を受験し、合格することができた。

早稲田大学の学生になってしばらく経った六月二十日の夜に、一通の電報が届いた。「父危篤すぐ帰れ　貞之助」と書かれていた。夜行列車ですぐ京都に向かうことにした。眠れぬ夜を車中で過して、翌朝、京都駅に着いた。改札口に番頭の伊藤が悄然と立っていた。「とうとういけませんでした。実は昨日の夕方にお亡くなりになりました。舌癌でした。一度手術なさいまして、少し良くなられたご様子でしたが……」伊藤とタクシーで、真っ直ぐ本家に直行した。本家の玄関を入ると、線香の匂いがつんと鼻をうった。

父の部屋に行くと、すでに白布が父の顔を覆っていた。親類一統は全員顔を揃えていた。貞之助もお民の姿もあった。雄二の姿を見ると、誠一郎が手招きした。雄二は遺骸の傍らに寄り白布をとった。穏やかで綺麗な顔をしていた。雄二は瞑目して合掌した。雄二が末席に退くと、お民が彼の手を取りに来て、「神様みたいなお方やったのになあ」と言った。その声で冨美が激しくすすり泣き、顔をハンカチで覆った。その傍らには、大学教授のもとへ嫁いだが、すでに離縁していた長姉の美代の顔も見えた。「冨美ちゃんも可哀想になあ。お父さんと毎日、一緒にいられたのは、お父さんが病気で寝てはった時だけや。その病気が死病やったとはなあ」とお民が嘆いた。祖母の宇野、父の宗兵衛という二人の大黒柱が、一つひとつ地鳴りのように墜ちて行った。それは力のある雄二の守護者がいなくなるということでもあった。

錦光山家の菩提寺の超勝寺の山門脇には貞之助と英二郎とが紋付羽織袴姿で参列者を迎えた。境内に入って長い敷石を踏んで行くと、本堂前に受付所が設置されていた。小川筆頭番頭を始め、番頭達も紋付姿で参列者の署名や香典を受付けていた。知事、市長、商工会議所会頭、京都貿易協会会長、学者、画家、京都陶磁器商工組合の人々、貿易商、知己、友人に混じって祇園、先斗町、木屋町の茶楼、料亭の女将、芸妓連も詰めかけて来た。

本堂へ上がると、喪主誠一郎、控えに雄二が立って一人ひとりに目礼した。二人の背後には、未亡人八重、美代、冨美、坂本栄太郎、親類縁者三十数名が、いずれも紋付姿の正装で静まり返って控えていた。その末席にお蓮、朝子、お民、お駒の姿も混じっていた。中央には超勝寺の住職を始め、数人の僧侶が法衣をまとい、読経の声と香煙が堂に満ちていた。花輪が本堂入口から内部にかけて数十個配置されていた。

筆頭番頭の小川が書き物を持って本堂の横に入って来た。小川は席に着くと、司会者らしく、「弔辞」と一言、言った。宗兵衛の友人で、松風工業株式会社の社長である松風嘉定が立って祭壇の前に進んだ。フロックコート姿で短身だが、肩幅の広い松風嘉定は、深々と一礼してから巻物を広げて読み始めた。

遺族席では、すすり泣く声が上がっていた。小川が「ご焼香」と声を張り上げた。誠一郎が祭壇に近づいて香を焚いた。次いで、八重、美代、冨美、雄二、貞之助、坂本栄太郎、庄太郎及びその妻、英二郎とその妻等と続いて行った。

小川が紙片を番頭の一人に示して囁いた。「これで見ると、お民さんがお蓮さんより、先の順になってしまう、これはいかんで、なぜやと言うとな、お民さんは別にお妾はんと決まっていた訳ではないのや。お千恵さんは、はっきりしたお妾さんや。子供衆まである仲や。そのお母さんのお蓮さんが先順でお焼香しやはるのが、当たり前どすやろ」そんなことを言っているうちに、焼香は別家、番頭と続いていた。小川は、「次は、お蓮さん」と呼んだ。お民はふと立ち上がろうとした。呼ばれたお蓮は、「お先にごめん」と、挨拶した。お民はハッとして座った。参会者も去り、小川は一段と声を高くして、「ええ、ご親戚、ご縁者の方々は、下河原町、水炊きの常盤家のご弔問会席までご足労願います」と言った。

常盤家の廊下の中程にある小さな部屋は、三方が鏡で囲まれていた。その部屋に先に来ていたお民が、髪の形や帯を鏡に映したり、手で直したりしていた。鏡には、廊下で語り合う八重やお蓮、朝子たちの姿が映って見えた。お民は髪を手で触れながらも耳をそばだてていた。お駒の「雄二さんの看病は、痒いとこへ手が届くようで、お文さんも出入りの者もみな感心してはりましたえ」と言う声が聞こえた。お駒の言葉に、お蓮や朝子、八重までが一々うなずいている。

お民は、本家の八重の信任を一番得ているはずの自分を差し置いて、八重にゴマをすっている女たちの鏡に映る姿をにらむように見た。彼女は宗兵衛の本宅にちょくちょく顔を出して八重とも仲良くおしゃべりしていたのである。お民は、ピンをくわえて後れ毛を搔き上げながら鏡の中をうかがっていると、時々チラチラとお民の方を見る朝子の視線に気がついた。憎たらしい女やッ、と内心思った。朝子の方は、鏡の中のお民が、憎々しげにみんなを眺めているのを見て、お民が焼餅焼いてよる、とお蓮に囁いた。そして、朝子は笑顔を浮かべながら八重やお駒と親しげに語り合って見せるのだった。

　お民が鏡の間から出ると、出会いがしらにお蓮と会った。「ああ、お民さん」。「ああ、お蓮さん」二人はなごやかな風に挨拶した。「景気が悪るおすな、どうどす祇園町の方は」と、お民は言いながら、お蓮の服装を改めるように眺めた。「祇園町は火が消えたようどすわ、木屋町辺りはよろしいやろけど」。「あほらしたら、木屋町かて同じでっせ。それでも、お蓮さんは哥沢のお師匠はんでよろしおしたな。あたしもええことしといてよかった思うてますねん。そやなけな、旦那はんのお隠れやした今頃はあんた、にっちもさっちもいかんとこどしたはかいな。あたし、あんたはんから、だいぶお礼言うてもらわんならんのどっせ、ホホホッ」と、お民は冗談めかして言った。

「ホホホッ、東京行きのこと、どっしゃろ。あんたはんは反対しやはったけど、旦那はんにも何とかお気楽にしていただこうと思うたからこそ、あたしが東京行きの決心したんどっせ、おかげさまで貧乏暮しでしたが、お気楽に生きてこれました」お蓮はそう言うと、お民の肩をポンと叩いた。

　向う側の廊下では、誠一郎と雄二の間に桃子がはさまっていた。「ええ妓やろ、兄さん。僕の幼なじみやぜ」。「へえ、幼なじみかなんや分ったもんやないわい」誠一郎がまぜ返した。「ほんま、ほんまどすねやワ」と、桃子が妙に真剣な眼差しで言い返した。「あんじょう、ええことしてんねやろ」誠一郎が盛んに桃子をからかった。「いやッ、いけずやワ」桃子が目元をポッと赤らめている。「雄さんも、何とか言うて」と雄二の腕をつかんだ。桃子の手の感触がこそばゆかった。

筆頭番頭の小川が、「さあ、皆さん、お席にお着きやしとくれやすや」話に夢中になっている五十数名に及ぶ人々を呼び集めていた。一同が全員、席に着くと、小川は誠一郎に顔を向けた。誠一郎が座敷の中央に進み出た。「本日は、父の本葬の儀を執り行いまして、お蔭を持ちまして、滞りなくここに終えましたことをお礼申し上げます。誠にお粗末ですが、亡父の思い出でも語りおうていただこうと本席を設けました。どうぞごゆるりとお過し願います」誠一郎の挨拶を受けて、参加者全員が一斉に頭を下げた。

上席に座った栄太郎が、ぐっとくだけた調子で言った。「おなごはんは、サイダーでも飲んで、お酒のいける人は遠慮のう」。「旦那はんは、いつもおなごはんにご親切で」朝子が銚子を手に取って言った。「いやあ、そういう訳ではないね、何とのう、気がつくだけや。わしはこれでも男やもめやはかいな」栄太郎は、そう言って少し遠くを見る目付きをした。六年程前に、妻の恵以に先立たれていた。「何とのう、おなごはんには、特別に気がおつきやすのどっしゃろ、ホホホッ」朝子が口元に手の甲を当てて笑った。

お民は、八重末亡人の前に座って、サイダーを注ぎながら、「旦那はんは、ほんま神様みたいなおひとやしたなあ」と宗兵衛の人柄をほめ称えていた。だが、彼女には八重に言えないことがひとつだけあった。それは宗兵衛が緑綬褒章を受章した時に、写真館で二人で記念写真を撮ったことであった。そんな記念写真を撮ってくれたことは、宗兵衛の自分に対するひとかどならぬ心遣いが感じられるだけに、さすがに口には出せなかった。

お蓮はつと立ち上がると、栄太郎にお酌をしに行った。「ああ、お蓮さん、久し振りですな、幾つにならはりました」。「年数えられんほどお婆になりました」。「そうかいな、あたしもあんたと同じや、年は忘れることにしましたよ」お蓮と入れ替わりにお民がお銚子を持って栄太郎の前へ来た。「お民さん、病中、宗兵衛さんも大変お世話になりましたな、あんた一番力落しやろ」。「ほんまに神も仏もないもんかいな言うてますね。あたしも柳屋をやめて、大橋はつという娘を養女にして、南禅寺の惣門の近くに引っ越そうかと考えてますのや」お民が溜息まじりに言った。「錦光山の工場と目と鼻の先やないか」。「あたしは祇園生まれですけど、粟田で最期を迎えようかと思うてます。それは千恵さんかて、できへんことやったさかいになあ」。「おなごはんというのは、最後まで怖いもんやなあ」と坂本栄太郎が首をすくめると、「フフフッ、そこがおなごの可愛いとこと違いますやろか」とお民は含み笑いをしながらお蓮の方を流し目で見た。

桃子が雄二の前へ来た。「へえ、お酌」と雄二に言うと、いたずらっぽく目をパチパチとして見せた。桃子は明るい電燈の下で艶《あで》やかな紫地の紋付に帯をキリリと結んで、裾をパッと捌《さば》きながら座った。そのふくよかな胸の辺りから女の色香が匂った。「ほんま、桃子もええ女になったな」と雄二が冷やかし気味に言った。「いやあー」と、桃子は、とっさに袖で顔を隠した。さらに、桃子は扇子を広げて顔を隠しながら、扇子の隙間からじっと雄二を見つめていた。黒目勝ちの眼が潤み、真っ直ぐに雄二を見ている。

桃子はしばらく黙って見つめていたが、「フランスへお行きやすやったのに」と、悲しげに言った。「もうフランスへは行かんよ。しばらくは東京へもどこへも行かない」と雄二が言った。桃子の顔がパッと明るくなり、嬉しそうに微笑んで、またしばらく雄二の顔をじっと見つめていた。桃子の一途な眼差しが、気恥ずかしい。雄二が何か言おうと口を開きかけた時、「桃子ッ」と呼ぶ声がした。桃子は残念そうな顔をして、「雄さん、ほんなら、また」と言って、お酌に回って行った。

そのうち、女たちのなかには、白い布で包んだ折詰を持って、ぼつぼつ席を立つ者もいた。本家の人々も各々、人力車で帰って行った。やがて、雄二は貞之助と連れ立って常盤家を出た。桃子が慌てて玄関先に駆け出てきた。息を切らせた桃子の胸が上下に揺れている。思いつめたような桃子の眼差しが切なかった。「桃子、そのうち、また会えるやろ」雄二が声をかけた。桃子が立ち止まり、いつまでも手を振り続けていた。

第八章　粟田　ロータス・ランド

二十一

宗兵衛の葬儀が終わると、雄二は番頭の伊藤と二人で工場を見てまわった。

「雄二さん、ご覧のように、工場はがらんどうで見る影もあらしまへん。すっかり変ってしまって、あたしもすることがなくて気が動転するだけどす」

伊藤は悄然と肩を落として言った。工場には人影もなく、薄汚れた白い石膏型が捨て場に転がっているだけだった。雄二はあまりの変わりように言葉もなかった。

伊藤はしばらく歩いて行くと、本窯の前で立ち止った。

「これはこの前の関東大震災で壊れたままどす。今では東工場には一人も職人はおりまへん。あの時分、働いていた職人で本家の工場へ行っているのが、雑役を含めてあたしと四人だけで、後はみな辞めて蛇ケ谷の方へ移って行きました」

「上田はどうしていますか」

雄二が、釉掛けの職人で清水焼争議団行商隊から物を買っていた上田の黄色い歯を思い浮かべながら尋ねた。

「あいつは、蛇ケ谷で釉《くすり》掛け専門の職人をやっています。それにあいつは蛇ケ谷の労働組合の執行委員になっているそうどす」

伊藤は複雑な表情を浮かべながら言った。蛇ケ谷というのは新興窯業地で零細な陶磁器製造業者が数多くいたのである。

二人は東工場を見終わると、本家の工場に向かった。雄二は呆然と辺りを見まわした。あれほど活気のあった本家の工場は静まり返り、黒煙を吐き出していた巨大な登り窯も廃墟のようにそびえ立っているだけだった。雄二が以前働いていた製土工場の機械も止まっていた。絵付工場には誰もおらず、宗兵衛が大切にしていた老画工や彫刻師もいなくなっていた。

伊藤が情けなさそうな顔をして言った。

「現在、稼動している作業場は、錦窯四基、絵具の吹付場、上絵場だけどす。まだ十人位は働いていますけど、間もなく仕事がなくなりまっしゃろ。白素地を本焼するだけで、それを絵具の吹付場へやるだけどすさかい。あとは少量の下請け工場で造っている茶器とか花生とか、飯茶碗とかがあるだけで、ここで造るものはほんの少しで、品の数合わせや上蓋の品合わせをやっているくらいのもんどす」

「残っている職人は、たった十人だけですか、まったく、惨憺《さんたん》たる有様ですね。父が病気の間、栄太郎さんや支配人の坂本庄太郎さんは、一体、何をしていたんだろうか。何もしないで、ただじり貧になるのを見ていたとしか思えない」

雄二が腹立たしげに言った。勇退したといっても、栄太郎は隠然たる力を持っていたのである。

「栄太郎さんは、お寺さんの講だとか、自分の金儲けに夢中で、まったく頼りにならへんのです。自分の財産だけ保全できれば、それでええと考えているのと違いますか」

「栄太郎は、どこまで甘い汁を吸えば気がすむのだろうか」

雄二は怒りで手がわなわな震えるのを抑えることができなかった。

「ところで重富技師はどうされたのですか」

「大量の製土を造る必要もないと言って、栄太郎さんが、半年前に辞めさせました」

「ええっ、それじゃ、父の事業改革が台なしじゃないか」

雄二は、栄太郎が半磁器開発に腕を振るった重富技師をいとも簡単に辞めさせたことに怒り心頭だった。父はこの不況を乗り切るために、半磁器で実用品を製造して、起死回生を図ろうとしていたのだ。雄二も半磁器の実用品を製造していかなければ、この未曾有の不況は乗り切れないと考えていた。それほど、半磁器は大切だったのだ。それにもかかわらず、重富技師を辞めさせるとは、一体、この先どうすればいいのだ。暗澹たる気持だった。

「栄太郎さんは、これまでも諏訪蘇山さんや宮永剛太郎さん、乙黒さんなど、自分の気にいらない人を何人も辞めさせるように仕向けてきましたさかいなあ」伊藤がそう言って嘆息した。

「栄太郎は本当に錦光山商店のことを考えているのではなく、自分のことだけしか考えていないやつだ」

雄二は心底、あきれ果てて言葉もなかった。

その晩、雄二が久しぶりに東京から帰って来たこともあり、伊藤の妻のお種が作った湯豆腐でささやかに酒を飲むことにした。

盃を酌み交わすうちに伊藤の舌も滑らかになってきた。

「雄二さんが、こないに飲める口とは思いまへなんだ」

「ハハッハ、わたしも酒好きな宗兵衛の息子ですからね。それにしても、あなたは最後まで東工場のために尽くしてくれて有難く思っています」

「いや、結局、あたしは、竹三郎さんの使い走りに過ぎなかったのです。上田は蛇ケ谷で労働組合の執行役員になってガッチリやってますが、あたしが蛇ケ谷へ移ろうとしても、中途半端な仕事しか出来なくて役に立たんのどす。番頭より職人の方がよっぽどましなのどす。あいつの方が勝ちどしたワ」伊藤は無念そうな顔をした。

「わたしは何にも出来ませんでしたが、あなたは本当によく竹三郎に仕えてくれたではありませんか」

「いやいや、使い走りをしていただけどすさかいなあ。ところで、使い走りのあたしが言うのもなんですが、雄二さんは、これからどないするおつもりですか」

何を思ったのか、伊藤が身を乗り出してきた。

「どうしたものか考えているのですが、これだけの不況のなかで半磁器の実用品も生産できないとなると、錦光山商店を立て直すのも容易なことではないと思います」

「まったく、今回の不況は底なし沼のように酷いもんどすわ。お種の里が滋賀の百姓なのでよく分かりますが、作物がひどう値下がりしまして、キャベツかて、車一台分でもタバコ一箱買えまっしゃろか。米の相場もガラガラ下りよるし、百姓は女子供を売らな食っていけまへん。栄太郎さんは新しく合名会社を作り、お家の再興を図るという話をされてますが、こんな大不況の時にうまくいくのか分かったもんやあらしまへん。あたしもこの先どうなりますことやら、不安で夜もおちおち寝てられまへん」

伊藤が暗い顔をして言った。頭髪は半分以上なくなり、赤茶けた禿頭が小刻みに震えている。

雄二は伊藤の話を聞きながら、最近、見かけた銀行の取り付け騒ぎの光景を思い出していた。

銀行の正面に群衆が集り、門を叩いて喚声を上げていた。群衆は口々に「盗人めッ、銀行に金がない訳じゃなかろう」。「首吊りさす気かッ」と血眼になってわめいていた。そのうち群衆の数はさらに増え、なかには石を投げる者もいる。警官が顎紐《あごひも》をつけ、夕暮れの中、警察提灯を打ち振りながら群衆の整理に汗だくになっていた。夜遅くなっても群衆はびくとも動かなくて、騎馬巡査が出動してやっと群衆を切り崩したのである。鈴木商店や台湾銀行、十五銀行等が休業し、経済恐慌が起こっていたのである。倒産の多発で銀行は貸付金の回収もできなくなり、預金者が金を引き出しに来ても、支払う現金はなく、政府は銀行を救うために、モラトリアム（支払停止法）が制定された。銀行も産業界も不況で、合併、併合されて、全国で工場労働者のストライキ、小作争議が頻繁に発生していた。

雄二はそんなことを思い出しながら、ふと思いついたように言った。

「ところで、兄の誠一郎さんは何をしていたのですか」

「誠一郎さんは、奥様の実家から借金をして急場を凌いできたのですが、借金の返済の目途が立たずに、奥様から離縁を迫られているそうです」

誠一郎は、一年ほど前に小樽の豪商石島泰一の長女芳と結婚したばかりであったが、石島から借金をしたものの返済できずにいるという。妻の芳は父親に会わせる顔がないと怒って、「疎水に蓋《ふた》はない」と毒づいて、離縁を申し出ているという。

「それは困ったもんですね。誠一郎兄さんは身体が弱いし、栄太郎さんや坂本庄太郎支配人がどれだけやれるかですが、父の死で銀行筋の信用をほとんど失ったでしょうし、銀行筋も後に残った人々の手腕や信用の程度はよく知っているでしょうからね」

「さようでございますね。店主さんが、もっと長生きしておくれやしたらと思います。残念でたまりまへん」と伊藤は手の甲を目頭に当てすすり泣いた。

二人はしばらく黙ったままだったが、雄二がふと気になっていたことを尋ねた。

「先程、栄太郎さんがお寺の講で金儲けしたと言っていましたが、どういうことですか」

「栄太郎さんは、超勝寺の講の責任者をつとめていたのですが、その資金を使い込んだのです。あの資金は、超勝寺の庫裏《くり》の改築のためのもので、超勝寺のご住職さんが庫裏を改築できずに大変困ってはるのどす」

「ウーン、それは本当ですかッ。栄太郎さん、よくもそんな無責任なことが出来たもんだ。そんなやつがやろうとしている新しい合名会社なんて成功するはずがない。まったくもって、信用できない」

雄二はうなり声を上げた。こんな不況のなかで、錦光山家の菩提寺である超勝寺の改築資金を横領して、私腹を肥やしている栄太郎をもはや許すことはできないと思った。

「こんなこと言うのはなんですけど、あたしは栄太郎さんが雄二さんに対する風当りを強めて、今度こそ排斥するのやないかと心配しているのどす。いままでは宗兵衛さんという店主さんがいて守ってくれましたが、これからは誰も守ってくれへんのどす」

「そうかもしれません。遺産相続でも、栄太郎さんが、おまえのような男は一切、遺産を相続する権利はないと言って、鍵をすべて持って行ってしまいましたから」

雄二が憮然とした表情で言った。

「雄二さん、そないなこと言うてる場合ではありません。徹底して闘わなあきまへん。あんたはんは、この家の立派な相続人です。竹三郎さんをあれだけ手厚い看護をして看取り、戸籍上も相続人ではありまへんか」

「そうおっしゃってくれて、どうも有難うございます。じっくり考えてみたいと思います」

雄二の胸に忘れかけていた熱いものが甦ってきた。

その夜、雄二は部屋にこもって考え続けていた。たしかに、伊藤が言うように、自分が錦光山家のなかで居場所を確保できたのは、父の宗兵衛の存在があったことは間違いない。父が亡くなったいま、栄太郎がしゃしゃり出てきて、雄二を放り出そうとしてくることは十分考えられる。そう考えるだけでも胸が苦しくなってくる。それにしても、自分は一体何を求めて生きてきたのだろうか。幼い頃から母の死によって他人の家に預けられ、気のそまない養子縁組をさせられ、ただ運命の変転にもてあそばれて生きてきただけで、何ら自分の考えを実行してこなかった。そんな人生をいつまで続けて行けばいいのだろうか。

だが、もしここで栄太郎と闘えば、錦光山商店はどうなるのだろうか。考えるだけでも胸が張り裂けそうになる。もちろん、祖父や祖母、父が営々と築き上げてきた錦光山商店を何とか再建したいという気持はある。数々の華麗な陶磁器を製造してきた錦光山商店が廃絶することになれば、それは血を吐くような、断腸の思いである。だが、父という存在がなくなったいま、栄太郎のいうような合名会社が出来たとしても、現在の凄まじい経済不況を考えると、需要の激減と膨大な借金を抱えて、遠からず破綻する怖れがあるのではないか。栄太郎は口ではお家の再興などと言っているが、重富技師をはじめ多くの有用な人材を解雇して父の事業改革すらまともに実行していないことを考えると、再建は難しいのではないか。ましてや、栄太郎は私腹を肥やすのに精一杯で、どこまで本気で再建しようとしているかも分からないのだ。

それに、栄太郎が、おまえのような男には遺産を相続する権利はないと言っているのも、考えてみれば、おかしなことではないか。元々、分家の東錦光山の家や土地は、竹三郎が千賀の婿《むこ》となったことで本家の錦光山が分け与えたものである。竹三郎が働いて蓄えた分はあるとしても、それは父、宗兵衛という存在があって錦光山商店が繁栄してきたからこそできたことではないのか。その父が雄二に分家筆頭の東錦光山を継がせたのは、将来、雄二にその財産を相続させようと考えたのであろう。その意味で、あの遺産は、宗兵衛が、千恵、その息子である雄二、母であるお蓮、大叔母である朝子など井上家のことも考慮して、雄二に託して残したものと言えるのではないか。栄太郎はそんな父の配慮すら否定して遺産を相続させないと言っているが、そもそも栄太郎にそんなことをいう権利などあるはずがないではないか。

それでなくても、未曾有の不況のなかで、栄太郎のように私腹を肥やしている男がいる一方で、祇園のお蓮や朝子のように芸だけで生活している女たちはどん底の生活を余儀なくされ、出口の見えない不安に苦しんでいる。自分は長らく粟田と祇園との間で引き裂かれたような境遇を過ごしてきたが、祇園のお蓮や朝子のような人々のためにやれることをやるべきではなかろうか。そうや、おばあや朝子のためにも、あの私腹を肥やしているような強欲な栄太郎から、自分の財産を奪い返さないといけない。貧しい者はどこまでも貧しくなり、富める者は安穏と怠惰をむさぼっている、そんなことがいつまでも許されていいはずはないのだッ。

雄二は頭のなかを駆け巡る様々な思いを吹っ切るように、「もう、あの狸おやじと、徹底して闘うだけや」とつぶやいた。

数日後、雄二はお蓮の家に行った。久しぶりに見たお蓮は、めっきり老け、背中の辺りが目立って丸くなったように見えた。お蓮も、もう七十歳か、と雄二は思った。朝子もいつの間にか六十歳を越えているはずだった。「景気はどうや」と尋ねると、朝子が「相変わらず火が消えたようや」と嘆息した。「お父さんも早かったなあ。お気の毒に。長生きして欲しい人はみな早死しやはるね。これからは栄太郎さんがうるさいやろえ。あんな人に限って長生きしよるね」とお蓮が言った。

雄二が「近いうちにしばらく、ここで世話になるかも知れへんで」と言った。「何やね？」とお蓮が眉をひそめた。「あの狸おやじとひと合戦やらないかん」。「えッ、栄太郎さんと」朝子も驚いたように雄二の顔を見つめた。

「そやけど、お父さんが、いやはったらどう思わはるやろ」お蓮がつぶやいた。「おばあはバカやな、お父さんが生きてはったら、こんなことやる必要ないやないけえ」。「ああ、そうか、そやけど、旦那はんは一族の争いを好まへんお方やったからなあ、それを思うとなあ……」と声を詰まらせた。

「俺かて無用な争いはしたくないけど、栄太郎は、自分は私腹を肥やしているくせに、妾の子の俺には相続する資格はないと言っているのや。祇園のものをバカにしているのや。俺はそんな鉄面皮で強欲な狸おやじとは徹底して闘うことにしたのや」雄二が真剣な眼差しで言った。

「そやとも、おやりやす！」

お蓮がシャキッと背筋を伸ばして言った。

「祇園のもんをバカにするようなことを言うているなら、あても、栄太郎はんのことを洗いざらいぶちまけたるわい。栄太郎はんは、大阪から流れて来たのを先代の宗兵衛はんに拾い上げてもらったのや。それで、先代の宗兵衛の娘恵以さんの婿になって、錦光山栄太郎を名乗っていたけど、先代はんが亡くなると、そんな恩義も忘れて、手のひらを反したように坂本姓にもどしはったんや。それだけで飽き足らずに、栄太郎はんは、言葉たくみに、娘の八重さんをあんたのお父さんの宗兵衛はんと結婚させて、さらに弟の竹三郎はんを大阪から呼び寄せて千賀さんの婿にさせはったんや。栄太郎はんは、錦光山という京都粟田焼の名跡を坂本一族で乗っ取ろうとしてたんや」

「やっぱり、栄太郎はシロアリのような男で錦光山を食い潰そうとしてたんやなあ」と雄二がつぶやくように言った。

「そうや、栄太郎はんは、ろくでもない男や。そやけど、あてがどうしても分からへんのが、先代の宗兵衛はんが、どうしてあんな男を娘婿にしたのか、ということや」

「ウーン、そう言われてみれば、そやなあ……」

雄二はうめき声を上げて、深く考えを巡らしているようだった。

「ま、どっちにしても、雄ちゃんがそこまで覚悟を決めはったんなら、真剣勝負や、きっとお勝ちや！」とお蓮が言った。「心配ないさ、始末がついたら、ここに来るぜ」雄二はそう言うと、「あいよ！」と花街育ちのお蓮と朝子は口をそろえた。

雄二は家へもどると、台所に行って大工道具の箱を取り出してきた。少し太目の針金を探し出し、先端を少し折り曲げて、表の間のタンスの錠前に差し込んだ。すると、カチッと音がして錠前が弾むように開いた。彼はタンスの扉を開け、引き出しをゆっくりと引き抜いた。心配そうに見ていた伊藤の妻のお種に手伝ってくれるように頼んだ。

雄二は引き出しを調べると、勧業債券が出て来た。十年近く前に、竹三郎が勧業債券の束を見せ時は、相当分厚かったが、今は二十枚程であった。さらに調べていくと、金の懐中時計、金鎖、女物時計、翡翠《ひすい》の指輪、瑪瑙《めのう》の帯留など、養父母の在世中に一度は見たことのあるものが出てきた。くるくると巻いた絹の巻物も出てきた。「ああ、春画や、これはさすがの栄太郎も見落としたかな」二人は顔を見合わせて笑った。次に二階のタンスを一通り調べたが、実印、銀行通帳、株券、講の書類などは出てこなかった。「恐らく、狸おやじが持って行ったのだろう」とつぶやいて、雄二は栄太郎がタンスから大型の封筒を取り出して持ち帰ったのを思い浮かべた。

翌日から土蔵の整理に取り掛かると、食器類、徳利、盃、客用の膳部など大量の瀬戸物が出てきた。さらに尾形乾山、青木木米、清水六兵衛、仁阿弥道八《にんあみどうはち》、皇室の十六菊の紋章入りの品、葵の紋を打った徳川家御用の陶器類も出て来た。陶磁器類を残して、古道具屋に全部売り払ってしまった。

その翌日、雄二は本店の経理主任の谷口の自宅を訪れて詰問し、帳簿を調べさせてみると、二階建ての家屋及び土蔵並びに工場敷地のうち約三百坪の土地等が養母千賀の名義になっていることが分った。この土地等の書類は千賀が常時使っていた針箱の赤い布の針山の底から発見されたものであった。これら不動産や株券は約二万円に相当し、銀行預金残高等諸々を含めると、総額、十万円相当が雄二の財産と思われるのであった。これは毎月、百円消費しても、一生の間生活が出来る位のものであった。

数日後、雄二は姉小路にある中村俊幸弁護士事務所を訪れて相談していた。

中村弁護士は書類に目を通しながら言った。

「わかりました。やってみましょう。すぐ坂本栄太郎という人に通告し、財産返却を要求します。もし要求に応じない場合は、坂本栄太郎さんを横領罪で訴える覚悟はあるのですね」。「場合によっては、それもやむを得ません。養父の遺した財産は本来、本家の物だったのですから、わたしは一部を取りもどせればそれでよいのです」。「ところで、合名会社は、代表は錦光山誠一郎、坂本栄太郎、坂本庄太郎、坂本英二郎、栄太郎の三男の坂本良三、錦光山雄二、田中利彦の七名が各自の財産を約十分の一に評価して資本金十万円とするようですが、あなたはどうされますか」。「坂本栄太郎さんが突然、来まして、合名会社設立の書類を示して、総会の期日が近づいているから、承認しろと言うのです。わたしは、坂本栄太郎のような人物が実質的に指導するような合名会社は絶対に成功せぬと信じているのです。ですから、その合名会社設立総会に出席しないつもりです」

「本当に、それでいいのですね」

中村弁護士の問いかけに、雄二は黙ってうなずいた。

数日後、雄二は再び中村弁護士事務所を訪ねた。中村弁護士は落ち着いた様子で、「全部準備を整えましたから、これから先方へ電話します。聞いていて下さい」と言って、壁際の電話のところへ行った。発信音のあと、栄太郎が電話口に出たらしかった。

「こちらは中村俊幸という弁護士です。錦光山雄二君の代理として一言申し上げます。錦光山雄二君は来たる合名会社の総会には出席いたしません。従って、合名会社の社員たることは拒否します。なお、錦光山雄二君が相続した一切の財産は、当然、彼が受け継ぐべきものですから、鍵も、また、あなたが持ち帰っている株券、債券、銀行預金通帳、現金出納簿、各種の出資金証書、その他無断で持ち帰ったもの一切は即時返却されたい。万一、返却に応じないと言われるならば、当方はあなたを横領罪で告訴いたしますから、そのつもりでいただきたい」

「横領罪だと、何を言うかッ」受話器越しに栄太郎の興奮した声が聞こえてきた。

中村弁護士はしばらく電話でやり取りしていたが、「なんですと、雄二君と一度会って話をしたいと言うのですか、そんな必要はないでしょう」と一段声を高くして言った。

緊張した面持ちで聞いていた雄二が「栄太郎が何か言いたい、と言っているのですか」と尋ねた。「そうです。会いますか」。「わたしも言いたいことがありますから、会いましょう」。「そうですか」中村弁護士は電話口に向き直ると、「では、会ってもよろしいそうですから、今すぐ事務所へ来て下さい」と言うと、電話はプツンと切れた。

二人が待っていると、自動車の警笛が聞こえて来た。栄太郎が書生に導かれて入ってきた。雄二と栄太郎はテーブルで相対した。その中間に弁護士が席を取った。

栄太郎は席に着くと、強いて平静を装いながら、雄二をジロッと一瞥《いちべつ》した。彼もじっと正視した。重苦しい沈黙だった。

栄太郎が口火を切った。「一体、おまえさんは、誰にそそのかされて、こんな大それたことをするのですか」雄二が黙っていると、「あんたは、このわしが与えた恩義を忘れたのですか。わしの娘の八重が正妻であるのに、外で生まれた君をだね、錦光山姓にして、しかも、わしの実弟の跡取りにしてやったのです。わしは、君のためにもなろうという親心から承認してやったのです。あんたが、もし人間なら、そこまでしたわしの恩義を知らんとは言い切れまい！」

栄太郎は一言、話すごとに感情が激してくるらしく、さかんに咳をした。

「財産にしてもそうです。あの財産は弟の竹三郎が、汗水たらして何十年もかかって貯えたものです。それをですよ、あんたはどうです。権利だとか、ヘチマだとか言うて、しかも、わしが弟の財産をちょっと預っているものを、返せの、横領がどうのと、よくもそんなことが言えたもんです。わしが、弟の財産を守るのは当然のこってす。本当に有り難いと思っているような相続人にならら、わしは心よくやります。それなのに、弁護士を頼んで、わしを罪人にしようとするとはッ」

栄太郎の声が怒りに震えている。

「また、合名会社でもそうや。親戚が寄って、財産を出資し合って、お家を再興しようと言うのやないか。それを加わるのはいやや、そんな無茶なことがよくも言えたもんや。あんたも、錦光山家の一員やったら、亡くなった宗兵衛はんのためにも、何で、協力しようとせいへんのや。ほんまに身勝手やないか。わしは、あんたに、このわしの言葉を聞かせるために、わざわざやって来たのじゃ。横領罪で訴えるなら訴えてみい！　一体、恩知らずは、畜生にも劣るのですぞッ」

と言って、栄太郎は雄二をにらみつけた。

「栄太郎さん、あなたのお話はそれだけですね。では、わたしが、お話ししましょう」

中村弁護士が、じっと雄二の様子を見守っている。

「あなたは、そうおっしゃいますが、わたしが竹三郎さんの養子になったのは、父の配慮によるものです。それをあなたは嫌々承認しただけではありませんか。竹三郎さんの財産についても、もとはと言えば父が本家の家や土地を分け与えたものであって、父の実の子であり、竹三郎さんの相続人であるわたしが継ぐのは当然のことです。またあなたは合名会社をつくってお家を再興すると言っていますが、そんな人がなぜ重富技師を辞めさせて、父の事業計画を台無しにしたのですか。それだけでなく、あなたは錦光山商店の最高の総務という立場で高給をもらっていたにもかかわらず、自分の利益のために、やりたい放題のことをやってきたではありませんか」

「何を言うかッ！　わしは先代の頃から、身を粉にして錦光山家のために尽くして来たんや。粟田焼を世界に輸出し、錦光山ありと言われたのも、わしや竹三郎が汗水たらして協力してきたからこそ出来たことや。おまえこそ、窯元の跡取りの一員に加えてもろたと言うのに、口先だけの綺麗ごと並べて、何も貢献しとらんやないかッ！　血は血じゃ！　芸妓の子はやっぱり芸妓の子じゃよ」

栄太郎は立ち上がり、ぶるぶると口唇を震わせた。

「わたしが芸妓の子であろうが、妾の子であろうが、そんなことあなたにとやかく言われる筋合いではありません。それだけでなく、養父の亡骸をまだ棺にも納めていない、そんな時に、あなたは、すべての錠前から鍵を取り上げ、自分勝手な振る舞いをしたではありませんか。あなたが何をわめこうが、わたしは錦光山宗兵衛の息子です。今となっては、錦光山家の分家を継ぐ者は、わたし以外におりません。何一つとしてあなたの物ではありません」

雄二はぐっと栄太郎を見据えた。

「バカに何を言うてもわかるまい」

栄太郎は憎々しげに言い放った。

「ただ、わたしがどうしてもわからなかったのは、なぜ祖父の宗兵衛があなたのような男を娘の婿にしたかということです」

「何ッ、なんでそんなことを言うんじゃ」

栄太郎が驚いたように目を見張った。

「だってそうじゃないですか、わたしに言わせれば、あなたは強欲で自分のことしか考えていない、ろくでもない男です。そんな男が修羅場をくぐり抜けてきた百戦錬磨の祖父のお眼鏡にかなったということが信じられないのです」

「フン、そんなこと、余計なお世話や」

栄太郎がふてぶてしい顔をして言った。

「わたしにはまったく分かりませんが、どこか、あなたにも、いいところがあったのでしょう。そうでなければ、祖母の宇野があなたの娘の八重さんを父の嫁にすることに賛成しなかったでしょうし、ましてや、あなたが錦光山を乗っ取ることなどとてもできなかったでしょう」

「いつ、わしが錦光山を乗っ取ったというんじゃ。人聞きの悪いことを言うもんじゃないッ、どこに、そんな証拠があるというんじゃ」

「墓を見れば、すべてが分かるのです」

「なに、墓！　おまえ、あんまり遺産が欲しくて、頭がおかしくなったと違うか」

栄太郎は信じられぬというような顔をして雄二を凝視した。

「いや、そんなことはありません。あなたは、本家の墓の右隣に、坂本家の墓を建て、さらに坂本家の右隣に竹三郎の東錦光山の墓を据えて、坂本家の墓がど真ん中の中央になるようにしたではないですか。それが、なによりの証拠です」

「たまたまそうなっただけじゃ、変な言いがかりをつけるのもいいかげんにせんかッ」

「いや、墓が錦光山の中心は坂本家であるという、あなたの本心を表しているのです。でも、もうそんなことはどうでもいいのです」

「何ッ、どうでもいい？」

「祖父や父の宗兵衛は、窯元としても事業家としても素晴らしい人でしたが、唯一の失敗があったのです」

「何じゃ、それは？」

「錦光山商店をあなたの血で固めることを許してしまったことです」

「何ッ、わしの血で錦光山商店を固めた！」

「そうです、あなたは先代の宗兵衛さんの娘恵以さんの婿になり、父と娘の八重さんを結婚させ、弟の竹三郎さんを千賀さんの婿にしたではありませんか」

「なぜ、今さらそんなことを言うんじゃ」

「わたしは錦光山を血の桎梏から解き放ちたいのです」

「血の桎梏！」

「そうです、血の桎梏です。わたしには坂本家の血が一滴も入っていません。わたしが竹三郎さんの正統な相続人となれば、錦光山の血の桎梏から抜け出ることができるのです」

「こいつ、うまいことぬかすでッ、一族の血で固めて、どこが悪いんじゃ」

栄太郎が吐き捨てるように言った。

「栄太郎さんはそんなこともわからないのですか。残念ながら、錦光山の工場も、この未曾有の不況のなかで跡形もなく消えていくかもしれないのです。なぜ、それをうまく避けることができないのか、いろいろ考えたのですが、錦光山商店が血族による同族経営だったことにその一因があるのではないかと思い至ったのです」

「……………」

「もし、錦光山商店が同族経営でなく、能力にもとづく近代的経営の会社であれば、わたしとあなたのように対立することもなく、この難局を乗り越えていくことができたかもしれません。でも、それは無理でしょう。あなたは、錦光山商店を自分の血で固めて同族経営にした張本人なのです。その責任は重いと言わざるを得ません。あなたは先代の宗兵衛に仕え、父の宗兵衛を支えてきたことは間違いないでしょう。会社というのは生産するだけでは成り立たず、財務部門があって、経営がはじめて成り立つのは事実だからです。その努力にもかかわらず、三百年続いた錦光山がなくなれば、その痛みを最も痛切に感じるのは財務の責任者であったあなたのはずです」

「何ッ、わしが張本人だと言うのか。これほど錦光山に尽くしてきたわしを脅す気か！」

「あなたは、錦光山家のために尽くしてきたと、おっしゃいますが、それでは、あなたは、錦光山家の菩提寺である、超勝寺の庫裏の改築資金である講の資金を使い込んだことをどう説明するのですか」

「ウッ、それは……」

栄太郎は言葉に詰まった。

「超勝寺のお金を使い込んだということは、恩義ある先代の宗兵衛さん、宇野さんに対して後足で砂をかけるようなことではありませんか。二人とも墓のなかで悲しんでいることでしょう」

「ウウッ」

栄太郎が苦しげに顔を歪めた。

「そればかりではありません。恐らく、父も錦光山の血の桎梏に苦しんでいたのだと思います。だから、わたしの母千恵を求めたのだと思います。母は父にとって血の桎梏から解放してくれる女《ひと》だったのでしょう。でも、父は母と一緒の墓に入ることはできませんでした。できることなら、いつの日か、母を父の墓のそばに置いてやりたいと思っているのです」

「バカも休み休み言え。錦光山の墓と井上の墓は別やからなあ……」

千恵と弟の俊三は、蛸薬師通りにある光徳寺の墓に葬られていたのである。

「そうかもしれません。でも、ひとの一生なんて過ぎてしまえば、一瞬の風のような気がするのです。そうであれば、わたしはいつか母と同じ墓で眠りたいと思っているのです。でも、それは無理なことです。そう思うと、栄太郎さん、あなたは、いずれ、死んでも、家族の方と一緒の墓に入れるのです。それだけでも、救われるのではありませんか」

「…………」

「栄太郎さんは不本意でしょうが、わたしが死んだら、竹三郎さんと同じ墓に入るつもりです」

「何ッ、竹三郎の墓に入って、墓を守ってくれると言うのか」

「はい、縁あって、わたしの養父になってくれた人ですから」

「ウウウッ、そこまで言われたら、わしの負けや！」

栄太郎は、それまで強がっていたものが一挙に崩れ去ったように、唇をわなわなと震わせて、鼻水を垂らして、その場にへなへなとへタりこんだ。

銀髪をきれいに刈り上げ、金縁眼鏡をかけ、紳士然とした栄太郎が、初めて見せた、情けなく、無残な姿だった。

突然、中村弁護士が声を立てて笑い出した。

「ハハハハッ、雄二さん、もういいでしょう。まったく、坂本さん、完全にあなたの負けです。さあ、財産は錦光山雄二君のものです。きれいに雄二さんにお返しなさい」

栄太郎は、思い直したように、よろよろと立ち上がり、態勢を整えると、「ああ、よろしいとも、こちらも然るべき手段でやりますから。少しでも恩を感じたようなことを言うから、多少、気を許しただけじゃ」と言って、足音を荒げて出て行った。

栄太郎を見送りながら、中村弁護士が自信たっぷりに言った。

「時々、電話で連絡し合いましょう。まあ、少なくとも今年中には一切解決するでしょう。栄太郎さんは偉そうなことを言ってますが、もうタジタジですよ」

それから数週間後、本家の奥座敷の一室では、誠一郎を中心に合名会社の総会が開かれていた。

「なにしろ、そう言う訳でして、まったく恩知らずというほかありません。拾われて来たも同然の男が、竹三郎のあとを相続させてもらっただけでも、ありがたく思わなければならぬのに、弓を引くと言うのですからね」と栄太郎がまくし立てた。それを聞いていた誠一郎が尋ねた。

「しかし、その横領とかいう問題はどうなるんですか」。「横領、横領って、わしが舎弟のものの一部をもらっただけのことですから」。「法廷にまで出ると、いささか不利でっしゃろ」。「わしはもう意地でもやりますすよ。生意気な」。「雄二さんには雄二さんの考えもあるのでしょう。財産は返してやったらええのと違いますやろか」。「あんたまでが、そんなこと言うたらあかん」栄太郎が苦々しく言い放った。

栄太郎の長男の坂本庄太郎が助け舟を出した。

「一寸、例のないことですさかいな、こういう、謀叛人《むほんにん》が出たと言うことはね」。「そうとも、親戚一同が財産を出し合って、合名会社を作ってですな、お家を盛り返そうという話に背くということは、まったく話にもならん、しかし、ちょっと油断しただけで、まんまとやられましたわい」栄太郎が苦虫を噛み潰したような顔をした。

「もういいでしょう。雄二さんが参加しないなら、総会は成立せいへんなあ」と誠一郎が言った。一同が退出してしまうと、誠一郎はしばらく考え込んでいたが、「合名会社いうたかて、実際は誰一人財産を出す人があるのかいな。名目だけの出資、結局、給料取って甘い汁を吸うのは、誰のこっちゃろ」と独り言のようにつぶやいた。

その頃、台所では、八重と富美が話し合っていた。

「雄ちゃんが、どないしやはったん、お母さん」。「財産返せと言うてはるね。栄太郎お爺さんもあっさりもどしてあげたらええのにな。家中に錠前を下ろして、相続しても何も知らさん、何がどれだけあるのかも分らん、あの人はよう看病してはりました。立派な相続人どす…。そやけど、ほんまに悪い時節になったもんや。お家はどうなることやろな」

八重はふと思いついたように台所を抜けて、庭園の大樹の陰にある祠《ほこら》まで歩いて行った。祠は赤く塗られ、その一隅に短い草が生えそろっていた。八重は祠の前にしゃがみこみ、「家内安全、無事息災、商売繁盛」と一心不乱に両手を合わせて念じはじめた。

それに気づいた誠一郎が「何してはるね」と声をかけた。八重は立ち上がり「ああ、誠一郎か……。主《ぬし》さんはどうしやはりましたか。ああ、主さんはどこへお行きやしたんえ。うちはこないに宗さんのことだけを想ってきたのに、どないしてうちだけを愛してくれへんかったのや」と半狂乱のように叫んで、その場に倒れ込んでしまった。誠一郎は慌てて飛び出して行き、八重の身体を支えながら、「冨美」と大声で呼んだ。冨美が台所から駆けつけて来た。冨美は八重の額に手を当てて、「アッ、すごい熱や」と驚きの声を上げた。八重は急性肺炎にかかり、しばらく床に伏せることになった。

一ヵ月程経った頃、中村弁護士が訪ねて来て、「誠一郎さんが東錦光山の家と敷地を本家に譲ってもらえれば、その代わりに鍵は返却する。土蔵内の物件、家の中の什器《じゅうき》、その他は全部返す。そういう条件を出してきました」と言った。「わかりました。わたしは祖母のお蓮と大叔母の朝子に少しお金を渡し、わたしが学校を終えるまでの生活費があればそれで十分ですから、後はすべて誠一郎兄さんに返しましょう」と雄二が言った。

それから数日後、雄二は本家に挨拶に行った。「本家にまで累を及ぼしたことはすまなかった」と雄二は誠一郎に謝った。

「いや、実は、東錦光山の家を思い切りよく譲ってくれたので助かったんや。思いもかけず、三条通の拡張案が府議会を通ってしまったのや。今の本家の家は、そうなれば全部消えてしまう。本家だけやない。製土工場はすっぽり道路になる。土地買い上げ価格も道路は産業発展のためという名目やが、まるで二束三文や。買い上げ反対の陳情もしたが、あくまで反対なら強制買収するという訳で、銀行問題も難航している矢先、またも追い打ちをかけられた形や。京都の産業発展のため、先祖以来寝食を忘れてやってきた功績も何もあったもんやない。京都の主要産業の一つ、日本の、いや世界の錦光山が倒れるかどうかという時、この郷土の産業を護るはずの府庁が、その瀕死の錦光山を鞭で打ちよるね。何でも新路線の鉄道延長工事に新しい強力な鉄道資本が圧力を加えているということや。やがて、ここの三条通に鉄道も敷かれるやろて。陶器を明治初年初めて外国に売り広めた祖母の宇野が、いまもある赤毛氈《もうせん》を敷きつめて、外国人に靴をはかせたまま陳列棚を思う存分鑑賞させた歴史的な座敷跡も消えてしまう。錦光山も大資本でない限り、今の時世は生き残れんのよ。三百年の歴史を持つ陶家の倒産、そんな歴史的な跡などはどうでもよいのじゃないかな。何の救いの手も来ない」と誠一郎は慨嘆した。

その後、雄二は東錦光山にもどり、家財道具をトラックに積み込むと、養父母と一緒に住んだ家を後にして、祇園の花見小路のお蓮の家へ運び込んだ。お蓮の家では家財道具も減っていたので、これらの家財はちょうどよく収まった。

「ようやったなあ。雄ちゃんは、あてら花街の貧乏人の味方や。さあ、これで桃子を嫁はんにでもでけたら、ええねんやけどなあ。あんたが桃子のこと、好きなことくらい、あてかてわかっていたのや」と言ってお蓮が片目をつぶってみせた。「そやなあ……」とつぶやいて、雄二は桃子の顔を目に浮かべた。彼も心のなかで桃子と結婚できればいいと考えていたのである。だが、さすがに大きな転機とその衝撃のために、しばらくは口を利けなかった。激変した境遇に、痛いほど虚しさが襲ってきた。その一方で幼年にして母を失い、他人の手で育てられ、懊悩してきた自分がはじめて若干の自由を得たようにも思えた。考えてみると、長い間ずいぶん寂しい思いをして、再び祇園町の懐かしい古巣へ帰って来たのだと思った。

一晩明けて、雄二はようやく落ち着くことが出来た。本家へ最後の挨拶に行くことにした。本家の前を通って行きながら、到るところに残る思い出を嗅ぐようにして歩いた。思い出の一つひとつが痛いほど甦ってきた。彼が本家の母屋の脇を通り抜けて行くと、突き当たりに白壁の土蔵が三棟立ち並んでいた。その近くに「錦光山安全」と書かれた稲荷の祠があり、その一角に昔からの古建物が荒れ果てたまま静まり返っていた。その建物で、昔、坂本英二郎と良三がデザイン会社を経営していたこともあったのだ。その建物の入口も今は閉め切られたままで、所々窓ガラスもなく、穴の空いたところに蜘蛛の巣が風にゆらいでいた。建物の周囲には、ところどころに雑草が生えて、まったく昔の面影はどこにもなかった。

雄二は建物の横手にある柴垣の戸口から錦光山商店の敷地に出てみた。荷造り場から巨大な登り窯がそびえているのが見えた。天に昇っていく龍のようだが、今は黒煙も火焔も噴き出すこともなく眠っているように見えた。昔なら、荷造り場で十数人の職人が商品のワラ巻き作業や薄手の鉄板型抜のローマ字で、宛名入れの作業が行われていた。そして製品が外国向けの、鉄板でしっかりと締めつけられた大きな木箱に満載されて、次から次へと運び出されて行った。製品を積み込む間、待機していた馬のいななく声や蹄の地を蹴る音、牛の啼く声など牛馬のざわめきが絶えず聞こえて来た。そしてここは、いつも飼料のワラの臭いがぷんぷんとし、ワラ屑の間を雀がチチと鳴いては飛び去ったりしていた。

また、その近くには、広大な庭園がのぞまれ、樹々が繁り、その上には東山の連峰が、いつもくっきりとそびえているのが見えていた。広い庭園には、大きな岩や、その陰の小径に季節の花が咲き乱れ、その間に踏石が点々と置かれていた。また、陶製の丸い腰掛と小亭のある築山もあった。築山には数十株の大きなツツジや萩、牡丹、水仙などさまざまな季節の花が咲いていた。

小亭では、十人程度の来客に茶の湯の会を催すこともでき、三つばかりの小部屋がしつらえられ、いつも数人の外人客や日本人客が集い、接待を受けていた。紺絣に赤い前垂れかけの給仕の娘たちが、湯気の立つ釜を用意していた。小亭の周囲には紅葉の大樹が枝を張っていた。この一角は小さな森のようだった。森の陰になるところに池があって、小さな石の橋がかかっていた。そんなジャパン・錦光山の作る陶器と美しい庭園は世界各地の愛好家の間で大変好評であった。

また、白亜の洋館と言われた陳列館から廊下の左手に総務の坂本栄太郎の個室があり、渡り廊下につながる木造二階建ての一階が事務所であった。その事務所では十数個のデスクに和服角帯や背広服の番頭たちが執務に忙殺されていたものだ。番頭たちの多くは英会話に熟達していて、外人客について案内したり商談したりしていた。事務室の一週には、英文タイプライターが五台あって、番頭たちの打つタイプの音がいつも連続して規則正しいリズムをきざんでいた。

雄二は、そんな光景を思い出しながら、今は寂れた事務所に入った。事務所では、誰もいなくて誠一郎だけがひとり父が使っていたデスクに座っていた。「まあ、間もなく上京しますのでね」と雄二は紺絣の着流し姿で椅子に腰をかけて言った。「どうや、ここから見ると、うちの庭園もまったく廃園やな」と誠一郎が短く言った。しばらく沈黙が続いた。「名園と言われていた庭でしたがね」と雄二がつぶやくように言った。「今日は、どや、ひとつ二人で庭の東屋《あずまや》で一杯やろう」二人は庭園に出て、東屋の方に向かって歩いて行った。木々の梢高く風が鳴っている。

「みんな、本家の家族連中は元気でやっていますか」と雄二が聞いた。「ああ、みんな達者や。母もすっかり元気になってな」と誠一郎が言った。

二人は大きな踏石を渡り、小径を歩いて行った。小径は雑草に覆われ、渓流の所々にある大きな岩の苔も、かつては青々としていたが、今はすっかり干からびていた。池の傍で空を覆うようにそびえる大樹も、枝が伸び放題になっていた。池の溜水に睡蓮が二つばかり枯れて残っていた。築山を登って行くと、大きな紅葉の老木が晩秋の空を紅々と彩っていた。あれ程爽やかだった庭園も、草も花も樹木も揺らぐだけで、風だけが昔も今も変わりなく吹き抜けていった。築山の麓にある東屋は、凝った茶室風の作りであった。二人は部屋の中の囲炉裏《いろり》に炭をおこし、鉄瓶に湯を沸かした。シューンと鉄瓶が鳴り、徳利に酒を入れて燗をした。スルメをあぶり、醤油を垂らした。

その時、ふと庭園を見ると、老いた外国人が、たった一人で池の畔に立っていた。外国人はかって見た美しい庭園の名残りを惜しんでいるかのようだった。雄二は縁側に立ち上がってその外国人に声を掛けた。外国人は碧眼を傾けるようにして彼の方を見た。「折角、遠方から来ていただきましたので、よろしければ、こちらへおいで下さい」雄二がゆっくりと言った。

「私は、十数年前、ここに来たことがあります。その時、あなたのお父さんでしょうか、その方とお茶を飲む機会がありました」老外国人はゆっくりと築山の小径を歩み東屋に近づいてきた。

「おお、懐かしいです、私は、ここで、お茶とお菓子をいただきました。お店はどうしましたのですか」。「わたしたちは兄弟ですが、父の錦光山宗兵衛は死んでもういないのです」雄二は紺絣の着流しのまま外国人の傍らに立って言った。

「錦光山家はニッポンの美、京薩摩と呼ばれる粟田焼でヨーロッパに衝撃を与えました。それなのに、錦光山家は、どうしましたのですか、ニッポン錦光山、しっかりして下さい」。「もうすべてが、壊れてしまいました」。「おお、ニッポンの錦光山、お気の毒ですね、わたしも悲しいです。粟田はわたしのロータス・ランドでしたのに……」。「どういう意味ですか」雄二が尋ねた。

老外国人は晩秋の空に眼をやった。「ヨーロッパでは、ロータスという蓮の実を食べると、夢心地になって現世の苦しみを忘れさせてくれるという話があるのです。粟田焼は、泥のなかで咲く蓮の花のように、わたしには異国の美しい夢のような焼物だったのです。この世の楽園のような美しい焼物だったのです……」雄二と誠一郎は言葉もなかった。粟田焼そのものが、もう夢、幻のように消えてしまうかもしれない、そんな暗澹《あんたん》たる思いが二人の胸に去来していたのだった。誠一郎がしきりに二重まぶたの大きな眼を何度もしばたたかせていた。雄二は奥歯を噛みしめている。二人の兄弟は悄然と立ち尽くしていた。老外国人はしばらく荒れ果てた庭園を眺めていたが、軽く会釈すると名残惜しげにゆっくりと立ち去って行った。

上京を一日も早くと思いながら、日を延ばし、昭和四年となっていた。雄二と貞之助は、二人でトランク二個を抱えて、ようやく京都駅前に着いた。ちょうどその時、騒々しく鈴の音を鳴らしながら、「号外！　号外！」と叫ぶ声が聞こえた。「えらいこっちゃ、大事件やぞう、号外！号外！」と叫びながらハッピ姿の男が駆け抜けて行くのを、貞之助が、ひったくるように一枚買った。「米国のウォール街、株式市場大暴落！　世界経済大恐慌波及必至！」と大活字が躍るように眼に飛び込んできた。「いやあ、これは大したことになるぞ。なんで、この節、こんな事件ばっかりあるねん。錦光山家もいよいよ最後のダメージを受けたな」と貞之助が眉をひそめた。

駅の前で、お蓮と朝子、お民の三人が、こちらを見つめて笑っているのが眼に入った。見ると、必ず来るはずの桃子の姿が見えない。「桃子がな、時乃家がいよいようまくいかんので破産してな。桃子は廓替えで大阪へ出ることになったんやそうな。そうせな、時乃家の借金が返えせんさかいやろ。ごたごたしてるので、どうしてもいけんので、雄さんにくれぐれもよろしう言うて、と泣いていた」と、朝子が顔を曇らせた。

雄二は桃子の泣き腫らした黒目勝ちの目を思い浮かべた。せめて何か一言、優しい言葉をかけてやりたかった。「ふびんやな、桃子は……、俺とは幼なじみやったからなあ……」とつぶやいた。その時、幼い時に別れた母、千恵の面影が幻のように蘇ってきた。一瞬、胸が締め付けられて泣きそうになった。

プラットホームに出て、列車を待っていると、「みんな、また一緒になれると、ええねんやけどなあ」お蓮の顔が涙でくしゃくしゃだった。「まあ、とにかく元気でお行きや。便りだけは忘れんように」朝子が目を真っ赤にしている。お民も、「ここまで来るのに、ずいぶん長かったなあ、あんな小さい頃にお千恵さんと別れて、恋しくて恋しくて仕方がなかったのやろなあ、よう辛抱おしやした」と、しみじみとした口調で言った。やがて、プラットホームに列車が入って来た。貞之助が弁当と茶瓶と夕刊を買って差入れしてくれた。

突然、汽笛が、耳をつんざくように鳴り響いた。列車が滑るように動き始めた。お蓮、朝子、お民、貞之助らが懸命に手を振っている。雄二も身を乗り出して手を振った。見送る人々の姿が見えなくなると、雄二は背もたれに深々と身を預け、激動の去った後のなにか無限ともいえる深い疲労のなかに漂うように自失していた。そんな意識のなかで、列車の轟音に混じって、様々な人々の姿が、現れては消えていった。突然、止めどもなく涙が溢れてきた。別れてきた人々が堪らなくいとおしかった。列車の振動に身を任せながら、雄二は人目もはばからずに号泣した。急行列車は、ほえるように汽笛を鳴らして、夜の闇のなかを驀進《ばくしん》して行った。

それから三年後の昭和七年に、お蓮は七十五歳で亡くなった。朝子は道楽もんで変わり種の姉を追うように翌年に六十八歳で没した。二人は千恵が眠る光徳寺に葬られた。時を経て、子孫の手により、千恵、お蓮、朝子、俊三の眠る墓は、錦光山家の菩提寺・超勝寺の墓に合祀された。雄二は、幼い頃に生き別れた母千恵と一緒になり、永遠の眠りについている。

それは千恵が没してから百年後のことであった。

終り

あとがき

この小説は、わたしの父雄二の自伝的小説「廃園（あれ果てた園）」を原案としたものです。父の自伝的小説は、四百字詰め原稿用紙で五百四十五枚におよぶもので、九十歳ちかくの最晩年まで書き続けたものです。途中、晩声社という出版社から出版することになったのですが、その出版社が倒産してしまい、日の目を見るには至りませんでした。

この小説で父の自伝的小説をベースにしているところは、主に父雄二の幼少期から青年期にいたる部分であり、とりわけ祇園の女性たちとの関わりの部分であります。父の自伝的小説がなければ、千恵をはじめお民、お蓮、朝子などの祇園の女性たちの生き生きとした人間模様を書くことはできなかったと思われます。もっとも、その部分でもわたしの想像力でいろいろ手を加え、脚色ならびに創作しています。それ以外の、わたしの祖父の七代宗兵衛の京焼の改革への取り組みに関わる部分は、わたしの創作と言えます。とはいえ、父の原案なくしては、この作品は出来上がらなかったことを考えますと、この小説は父雄二との合作と言っても過言ではありません。父の果たせなかった夢を、今回こういう形で果たすことが出来、いまやっと肩の荷が下りたような気分に包まれております。

わたしが、この小説で書きたかったことは、幕末から昭和初期へと至る粟田焼窯元・錦光山家一族の苦難と栄光、挫折の歴史であります。この小説で書きましたように、錦光山家は、「京薩摩」という華麗で緻密な絵付陶磁器で貿易に活路を見出し、京都を復興に導き、最盛期には年間四十万個の製品を輸出していましたが、昭和十年頃に廃業し、いまは粟田神社に「粟田焼発祥之地」という石碑と錦光山工場のあった跡地に「錦光山安全」と書かれた小さな祠が残るだけで、その面影を偲ぶものはほとんどありません。

それはわたしにとって切ないことであります。わたしは、その切なさを埋めるべく、この小説のなかで、いまや失われてしまい、夢、まぼろしとなってしまった、在りし日の錦光山商店（製陶所）とそこで働いていた人々を、あたかも蜃気楼のように立ち上げることができればと思って書きました。その意味でこの小説は、拙著『京都粟田焼窯元錦光山宗兵衛伝　世界に雄飛した京薩摩の光芒を求めて』を正伝とするならば、それの姉妹編ともなる錦光山宗兵衛外伝とも言えるものであります。

ただそれだけではありません。外伝といたしましたのは、わたしの祖父七代錦光山宗兵衛だけでなく、父の雄二の母方の祇園の女性たちを描きたかったからです。明治時代に花街・祇園に生きた、宗兵衛を取り巻く女性たちは、なんとたくましく、みなけなげに懸命に生きた愛すべき人々でしょうか。わたしが愛してやまない女たちであります。その姿にこころ動かされて、なんとしても書き残したかったのです。読者の皆さまが、あたかも明治時代の京都にまぎれ込み、千恵やお民、お蓮や朝子、桃子に導かれて、祇園の街をそぞろ歩くような気持になり、祇園で暮らした明治の女たちの愛憎あいなかばする人間模様や、その心意気を少しでも感じていただければ、著者といたしまして、それにまさる喜びはありません。

なお、本書では一部を除きまして登場人物を実名で記載させていただきました。小説とはいえ、わたしの至らなさで不愉快な思いをなされた関係者の方がおられるかもしれませんが、それは偏にわたしの力不足によるものであり、ご容赦くださるようにお願いいたします。また登場人物の一人に柳田素山という絵師が登場しますが、素山という絵師は実在した絵師ですが、苗字はわからない無名の絵師であり、柳田という苗字はわたしが付け加えたものであることを申し添えさせていただきます。

最後に、本書の出版を快諾してくれた開拓社の武村哲司社長、編集の労を取ってくれた川田賢部長、松浦有紀氏に感謝の意を捧げたいと思います。また推薦文を書いていただきました認知科学者の苫米地英人博士およびお父様の故苫米地和夫氏、さらには表紙の装幀の画像を提供してくれました京都国立近代美術館の関係者の皆様、清水三年坂美術館の村田理如館長、学芸員の朝山衣恵氏、陶磁器全般のご指導をいただきました「近代国際陶磁研究会」の平正窯・高木典利氏をはじめ服部文孝瀬戸市美術館館長、佐藤一信愛知県陶磁美術館館長など関係者の皆様、横山美術館の鈴木俊昭元館長および学芸員の原久仁子氏、さらには初代諏訪蘇山のエピソードをお話してくれた四代諏訪蘇山氏に心より御礼を申し上げます。また出版に際して貴重なアドバイスをいただきました友人の田仲拓二氏、越智慎二郎氏、錦光山の「祭礼図薩摩花瓶」を購入して見せてくれた和田誠一氏、薩摩焼研究家の西田明子氏、プロフィール写真を提供してくれました海工房の門田修氏、宮澤京子氏、また本書を読むのを楽しみに待っていてくれた中学・高校時代の友人、宮嵜和夫氏、兵頭富雄氏、男沢正文氏に心より感謝申し上げます。どうもありがとうございました。

錦光山和雄

二〇二二年　夏

〈著者プロフィール〉

錦光山和雄（きんこうざん　かずお）

一九四七年東京都生まれ。一九七二年早稲田大学政経学部卒。和光証券（現みずほ証券）入社、調査部、経済研究所を経て、常務執行役員。現在、コグニティブリサーチラボ株式会社、（株）サイゾー役員。

著書『京都粟田焼窯元錦光山宗兵衛伝――世界に雄飛した京薩摩の光芒を求めて――』

ブログ「錦光山和雄の「粟田焼＆京薩摩」Blog」

http://www.kinkozan.com/

この物語はフィクションであり、実在の人物・団体とは必ずしも一致しません。

粟田、色絵恋模様 ——京都粟田焼窯元　錦光山宗兵衛外伝——

発行日　二〇二三年（令和五年）一月十五日　第一版第一刷

著　者——錦光山和雄
発行者——武村哲司
発行所——株式会社　開拓社
〒一一二−〇〇一三 東京都文京区音羽一丁目二二番一六号
電話　〇三−五三九五−七一〇一（代表）
振替　〇〇一六〇−八−三九五八七
http://www.kaitakusha.co.jp

印刷・製本——日之出印刷株式会社

ISBN978-4-7589-7025-9 C0093